ちくま文庫

火の島

新田次郎

筑摩書房

目次

火の島

火の島

第一章

南寄りの強い風だった。

一定風速で重い空気をおしつけて来るような、あの台風特有の吹きかただった。風は鉄の防風雨戸をたたき、壁にそって、庁舎の北側に廻っていき、なにかを吹き倒した。

風はときどき息をついた。息のつき方が一時的にせわしくなり、やがて一定の風速に落ちつくと、しばらくはまたやかましく防風雨戸をゆすぶった。

房野《ふさの》八郎は観測野帳を手に持って、雨戸の隙間から外を覗《のぞ》いた。外は真暗だった。雨戸の隙間から洩《も》れる明るさの中を、水平に横切っていく雨粒の流線が見えた。雨はたいしたことはなかった。風が問題だった。彼はその風を三十メートルぐらいと推定してから風速計の指示目盛りを覗きこみ、風速が二十八メートルであることを確かめると、彼自身の推定に満足したような顔で、大きく顎《あご》をひいてから、雨戸をしっかりしめて、外へ出る支度をはじめた。

観測室の出口で、新免《しんめん》春治が外に出ようとしている房野八郎にご苦労だねと声をかけた。

房野八郎と新免春治は肩を並べて、ほんのちょっとの間、外を見て立っていた。房野は時計を見た。二十時を過ぎるところだった。房野は、防風頭巾を手でおさえて、格好を直すと、風の中へ身投げするようにして、出ていった。風雨にたたかれている暗闇の大地の上を静かに動いていく提電灯の光が見えた。

房野八郎は強風の中を百葉箱《ひゃくようそう》（気象器械を収容してある箱）に向って這《は》っていった。風に湿気を感じた。海を渡って吹いて来るねばねばしたなま暖かい風が、房野の顔をなでた。雨粒が痛かった。強風が彼の口をふさごうとした。彼は、首をひねったり、両腕をたくみに使ったりして風をよけた。風は強いが比較的に雨が少なかった。砂のにおいがした。毎日嗅《か》いでいる砂のにおいだが、砂の上に這ったまま嗅ぐ砂のにおいはまた別なにおいがした。刺戟《しげき》性の臭気を放つ火山地特有のにおいだった。

砂が風に吹きとばされて彼の眼や口を襲った。

（いまにはじまったことではない）

彼は、口に入った砂を舌の先で外へ押し出しながら考えた。きのうきょう、この島へ来たのではない、昭和二十三年、鳥島気象観測所開設以来おれはこの島へ少なくとも年に一度か二度は来ているのだ。房野八郎は自分にそういった。台風でとばされた砂の味だってめずらしいことではなかった。誤って嚙んだ砂を吐き出すと、また砂のにおいがした。むっとするようなにおいだった。

「ヘンだな」

と彼は風の中でつぶやいた。そのにおいがヘンだというのではなく、いつになく、ヘンだなといったつもりだった。

百葉箱のまわりにだけ芝生が植えてあった。その僅かばかりの草地まで来たところで彼はひといきついた。ヘンなにおいはそこではもう感じられなかった。

彼は百葉箱に寄りそうようにして立上って、揚げぶたをあげて、器械の目盛りを読み取って、それを野帳に記入した。嵐の中においても、彼の動作は一種の節度とリズムを持っていた。彼の身体は素直に屈曲した。温度計の目盛りに光を当て、その目盛りを頭に覚えこみ、それを数字として紙の上に書きこみ、さらに次の計器と対面するという動作をつづけながらも、彼の神経は風に対してアンテナを張っていた。風に構えをなしていた。

観測が終ると、彼はまた這った。切迫感はあったが恐怖はなかった、暗夜だから方向を間違えて、海側の断崖《だんがい》の方へ這っていきはしないかというような心配もしてはいなかった。ただ、帰りは、風に頭を向けるような格好になるから、行きよりはつらかった。まともに砂が吹きつけて来るときは、眼をふさぎ、呼吸をするのさえ遠慮がちに、虫のように砂の上に這いつくばっていなければならないことがあった。

房野八郎が強烈な異臭を嗅いだのは彼の顔が、海側、つまり、断崖の方を向いたときだった。砂のにおいであることに間違いなく、いわば、この鳥島の体臭のようなものであったが、強すぎた。思わず、顔をそむけるほどのにおいだった。どこからそのにおいがやって来たのかは分らなかった。風が運んで来たには違いないけれど、においのかたまりをそっくりそのまま、どこからか持って来て彼の鼻先につきつけたようで不愉快だった。

その悪臭は亜硫酸ガスのにおいであり、頂上の噴気孔のあたりで嗅ぐことのできるにおいだったが、観測所の付近にはないものだった。

「ヘンだな」

彼はまたつぶやいた。この島が火山であり、島をおおっている岩石がすべて、ごく近い過去の噴火によって形成されたものであるから、あらゆる地物にそのにおいはついていた。においがないことの方がヘンであり、においがあってこそ平常だと考えればヘンではなかったが、彼の鼻孔をついた強烈さはやはりヘンであった。風のいたずらとしてもヘンであったし、観測所の近くに、その臭《にお》いの源が突然出現したとなると、それは単にヘンだとして見逃すわけにはいかなかった。

現象を一応ヘンだと考えることは気象観測者の心構えのようなものであった。ヘンな現象を発見して、それを正確に読みとるのがその任務であるといったふうな使命感が、彼にヘンだと感じさせたのではなく、そういうことはもう、よく馴らされた猟犬のように、身についている、いわば武芸者の構えのようなものであった。

ヘンだと感じた以上、ほって置くわけにはいかなかった。彼は、ヘンなにおいのして来た方に向って頭を持ち上げた。観測室から洩れて来る一条の光のほかはなにも見えなかった。這ったままで、首を左にひねって見上げると、そこには、鳥島の外輪山を形成する月夜山《つきよやま》が見えるはずだった。厚い雲におおわれて、なにも見えなかったが、彼は、彼の網膜に、はっきりと焼きついている月夜山を見た。なんの変哲も、潤いもない砂山が、夜目には故郷の山に見えることもあった。月夜山の北側に本土があり東京があり、一日も早くそこへ帰りたいという、望みが、きっかけのあるごとに彼の眼を月夜山の頂に投げさせていた。月夜山のあたりに明るさがあった。紅を水に溶かしてうすめたような色だった。うすめても尚、紅の色を感じさせるほどの薄さに、雲は染められていた。

「ヘンだぞ」

彼は言った。そして瞬《まばた》いた。気象観測者はヘンなものを見つけることと、見つけたら一応はそのヘンなものを疑うように習慣づけられていた。房野八郎は、彼の眼が、現象に対して客観性を持たせる用意ができるまでその現象にふたをしたのである。

鳥島観測所のどこかの部屋から洩れる光がなせる業かとも思った。彼は視界の範囲内にその現象をとらえこんだままで、他のあらゆる対象物を探った。

光は消えた。もとの暗闇となった。しばらく待ったがその光は現われなかった。

彼は強風の中に伏せたままで、彼が見た変な光を、はっきりと彼の頭に記録しようとした。暴風雨の中で、そのことを記録することは困難だったから、観測室にかえってから、その現象を要領よく記載して置かねばならないと思った。月夜山の上空をそめた薄紅色は彼が子供のころ白骨《しらほね》温泉から、夜空に映る焼岳の噴煙を見たときの色とよく似ていた。房野八郎はそのとき十三歳だった。彼は、父の手を汗の出るほどしっかり握ってその夜景を見詰めていた。怖いと思ったが、彼はそれを唾とともに飲みこんだ。噴火についてまだ分る年齢ではなかったし、ましてまともに、噴火の灰をかぶったことのない彼だったが、その時はこわいと思った。噴火のおそろしさではなく、その薄紅色に染まった空の色が、美しいとは見えず、こわいと彼には見えたのだった。

そのときの空の色と恐怖が、突然よみがえって来たことで彼はひどく狼狽《ろうばい》した。彼はしばらくそこにじっとしていた。心を落ちつけねばならないと思った。待っていても、二度とその光は現われなかった。錯覚とは思いたくなかった。この眼ではっきり見たのだと自分にいい聞かせても、空は、彼の見たことを否定するように暗かった。

観測室の入口で、提電灯を振るのが見えた。新免春治が心配しているのだなと思った。房野八郎は、提電灯をふってそれにこたえてから、ゆっくりと這い出した。それまで気にならなかった風の音が一度に耳に入って来た。接近しつつある台風のことが房野の頭にひっかかった。

雨具の頭巾で頭がすっぽりおおわれていたから耳はよく聞えなかった。頭巾の向いた方の音だけが聞えるので、その夜の暴風雨の音とはやや違ったかたちで聞えていた。あらゆる方向の音が混然として聞えて来るのではなく、頭巾の向きに指向性を持っているから、表面的には、頭巾の向いている方角から、暴風雨がつくり出すあらゆる物音が聞えて来るのだ。それでも彼は、その頭巾の中に入って来る音が、頭巾の向いている方から来たものか、まわりこんで来るものかのおおよその見当はつけられた。彼ではなくても、そんなことは、誰でもできることであったが、ただ彼と彼の同僚以外にはできないことは、この混然とした音の中から海の音を濾過《ろか》して聞くことだった。海の音には周期があった。風のようにでまかせな音を立てずに、あるきまった法則に従って、海は鳴っていた。海鳴りによって、彼は押し寄せつつある台風の消長を彼なりに予測した。それが彼の勘に類するものか、或いは古来からある観天望気に類するものか彼にもよく分らなかったが、彼には彼なりに、その音によっての判別は結構的中すると考えていた。

海鳴りは一時間前と少しも変らなかった。音の周期も高さもほとんど違ってはいなかった。ひょっとすると台風は進行をためらっているかも知れない。鳥島にまともに向って来ると予報されている進路を或いは変えたのかも知れなかった。

彼は断崖にそって吹き上げて来る海の音に頭巾を向けて、もう一度その音を確かめようとした。

人の声を聞いた。風に吹きちぎれてことばにはならなかったが甲高い叫びに似た声だった。

彼はすぐその声が庁舎の中からのものではないと思ったが、しばらくの間をおいて、はっきりと断崖のあたりにその声を聞くと、そこに人がいることを疑わなかった。

「助けてくれ」

三度目の声は言葉をなしていた。

彼は声の方角に提電灯を向けたが、人の姿は見えなかった。

「どうかしたのか」

観測所の方で新免春治が怒鳴った。新免にもその声が聞えたのだ。新免は、その声を房野が放ったものだと思っているようだった。

「人の声がするぞ」

房野は新免に向っていうと、人の声の方に向って、起き上ろうとした。背をかがめて歩いていこうとしていけないことはなかったが、そうするよりも這っていったほうが、やはり、安全で、しかも速かった。房野は背後の庁舎内で、多分大騒動が始まっただろうと思った。台風来襲中の暗夜に人の声がしたことは、なにか容易ならぬ事件がもち上る前兆のような気がした。

声は四たび聞えたが、その声は小さかった。房野は、その声のところに、もうすぐ提電灯の光がとどくところまでいって、後ろをふりむいた。三つの光が大地を這いながら近よりつつあった。房野は安心した。

「誰だ、どうしたのだ」

房野は黒い物に声をかけた。黒い物の中で顔だけが上下に動いていたが声はなかった。顔中血だらけになった男がそこにあえいでいた。丸首シャツの上に、皮のジャンパーを着ていた。

(船乗りだ)

と房野は判断した。

男は、全精力をふりしぼって、頭を持ちあげようとしていた。

「助けて下さい、あと二人いる――」

男はそういった。男の眼が、その時、きらっと光ったが、次の瞬間には眼を閉じて、前につんのめったまま動かなくなった。

「安心して気を失ったらしい」

房野はあとからやって来た所員たちにいった。

「ひとりか」

「いやあと二人いるといった」

房野はたいへんなことになったと思った。この暴風雨の中を、遭難者をさがしに海までおりていくことはとてもできないだろうと思った。

房野の頭に海上から見た鳥島の全貌が浮んだ。島は黒い絶壁をめぐらせていた。島の西側だけがゆるい傾斜地で、そこから断崖を縫うようにして登る道があった。その道を登って来る以外に観測所へは来られなかった。夜、歩ける道ではなかった。まして提電灯なしで登れるところでもなかった。

(どこをどうして登って来たのだ)

房野はその男に聞きたかったが、その男は動かなかった。

男は庁舎に運びこまれると、まず濡れた衣類を剝《は》がされ、毛布に包まれた。呼吸はしていたし、心臓も動いていた。額と頰の傷はたいしたことはなかったが、足に、一箇所深い傷を負っていた。傷口を消毒して包帯しても、血は包帯を赤く染めた。

ザイルに身体を結びあって、庁舎の周囲を見にいった者が帰って来た。

男が突然呻《うめ》き声をあげた。そして眼を見開いた。

新免春治があらかじめ用意して置いた水を飲ました。

「二人はどこにいる」

男はいった。二人はどこにいるんです二人は、そういって男は毛布をはねのけて起き上ろうとした。

「騒ぐな、落ちつけ、どこで遭難して、どうして、ここまで這い上って来たかをいうがいい」

房野がいった。

「すみません」

男はそういって、もういっぱい水を下さいといった。水を飲ませると、やや落ちつきを取りもどしたようだった。

「港へ船をよせようとしたのです、一人は泳いで渡り、岩の上に立ったと思ったら、波をくらって流され、船にいた私ともう一人は、船がひっくりかえって海の中へ投げ出されたのです」

男は五十をすぎていた。いかにも海でたたき上げたような黒い顔をしていた。話のまとめ方から見て、房野は、多分この男が、船長だろうと思った。

「港ってどこのことです」

鳥島には港らしい港はなかった。だから船はずっと沖に停泊して、艀《はしけ》で近よるしか手はなかった。

「私はこの島の近くをよく通るので、観測所の人たちが使っている港を知っていたのです」

男はそういって、二人はどうしました。ね、どうなったか教えて下さいといった。

「すると、あなたはあそこから這い上って、ここまでやって来たのですね」

房野は念を押した。通称B港と呼んでいるところまでいけば二人の漁船員たちの消息は分ると思った。決死隊というほど悲壮感はなかったけれど、暴風雨の中を、足場の悪い岩根を伝わってB港までおりていくことは多分に危険なことだった。三人ずつ、二つの遭難救助パーティーが組織された。

打上げる波頭がB港をおおい、波頭は岩壁を叩いていた。その岩壁を横断《トラバース》するようなかたちで夜半すぎまで捜索はつづけられたが、人かげらしいものは発見されなかった。夜半を過ぎて、風速はいくらか落ちた。台風がそれたのである。北西に向きを変えて進行すると予報された台風は、気を取直したように、頭を北に向けるとそのまま迷わずに北上した。鳥島の風は時間の経過とともに衰えていった。

朝が来た。台風の余波で海は荒れていたが、島からはもう嵐は去っていた。

徹夜で続行されていた遭難漁船員の捜索は朝が来てもおわらなかった。九時ごろになって、岩と岩の間に挟《はさ》まっている若い男の死体が発見された。一度は打上げられたが、また波に引きずり戻されて、岩の間にはさまったものと思われた。頭部が割れていた。その一撃で、青年は息を引取ったかのように思われた。若い男はうつろな眼を開いたまま無表情だった。木庭《こば》友邦が若い男の眼を閉じてやった。若い男の死体のすぐそばに破損した船が打ちあげられていた。

若い男の死体が発見されたと聞くと助けられた男は声を上げて泣き叫んだ。

「おれが悪いんだ、おれが船長なんだからあいつのいうことなんか聞かずに、頑張ればおれたちはみんな助かったのだ」

船長は同じことを繰返した。

「あとの一人はどうしたんです」

船長は、見つからない責任が観測所員にでもあるかのような口の利き方をした。彼は何度か立とうとしたが、足の激痛のために、坐りこんだ。

「みなさんもう一度、探しに行ってくださいませんか、もう一人はどこかにきっと生きている、どっかの岩かげで、義足を撫《な》でている。あいつは簡単に海で死ぬような男じゃあない、あいつはね、三度遭難して、三度とも、あいつひとりだけが助かったんです」

船長は所員たちの手をやたらに引張っていった。

「あとの一人の捜索は引続いてやっている。だから、船長、どうして遭難したか、始めからゆっくり聞かせて下さい。あなたの船が、故郷の港を出たときからのことを順序を立て、話してくれませんか」

所員がいった。

船長は何度かうなずいた。そして、涙があふれ出そうなほどの悲しい眼を所員の方に向けてから重い口調でしゃべり出した。

「船には三人の男が乗っていました。若い男と義足の男とそしてこの私の三人です。わずか七トンのちっぽけな船なんです」

船長は話しだした。

「台風が発生したらしいってニュースはラジオで聞いていましたが、丁度そのときは魚がいつになくよく取れますので、つい時間の経つのも忘れて、波が高くなってから台風の来襲をはっきり知ったのです」

船長はそこで声をおとして、

「若い男は、海がこわかったのです。生れてはじめての遠洋航海だから、無理はないと言えば無理がないが、あいつは、それからっていうものはラジオにかじりついたままなんです。気象放送の時間でもないのに、ラジオのそばを離れないんです。海を見ろといってても彼はラジオの前を離れませんでした。台風が北西に転向するらしいというニュースを聞いてからっていうものは、彼はもう気が狂ったようでした。彼は十六時の気象放送を聞いて天気図を書きました。その天気図の中心から北西方向に黒い矢を引くと、その矢がちょうどこの島のあたりになるのですが、私の船は、もうその時は鳥島の見えるところまで来ていました。絶対に台風は来ると彼はいうんです。来るかも知れない来ないかも知れない。来たって、風に舳先《へさき》を立てて頑張りゃあ、なんとかなると私がいっても、若い男は、聞かないんです。七トンの漁船が台風に耐えられるわけがないっていうんです」

「天気図が書けるくらいだから気象にはかなりくわしかったのだろう」

所員がいった。

「なあに、漁業組合の天気図講習会を二週間ほど受けただけなんです。そんな知識で台風が来るの来ないのっていったってしようがないだろうというと、おれが来るといっているのではなくて、気象庁が来るといっているから絶対に来るのだと怒鳴るんです。十七時ごろでした。鳥島がだんだん大きくなって来て、観測所の建物と、建物につづく白い道が港までおりているのが見えるようになって来ると、若い男は突然、おれは鳥島へ上陸するから船を島へ寄せろって怒鳴り出したんです。時間的にいって、もし上陸するならば、日没までの三十分か一時間が勝負だというんです」

船長は彼をかこむ所員たちを見廻していった。

「死ぬのはいやだと怒鳴り散らして、しまいには私の持っている舵《かじ》を奪おうとまでするんです」

所員が聞いた。

「その時もう一人の男はどうしていたんです」

「義足の男は、私といっしょになって、若い男の気を沈めようとしていました。この高波では、船を島へ寄せることはできないし、寄せたところで、泳ぎつくことはできない、波打ち際で岩に叩きつけられて死ぬに決っているからやめろといってやったんですが、若い男は聞かないばかりか、ついには私を人殺し呼ばわりするんです。無能な船長だというんです」

船長はちょっと言葉を休んで、

「ほんとうに私は無能な船長でした。なにを言ったって、聞いてやらなけりゃあよかったのですが、義足の男が、島へ船をよせましょう、若い男が死んだら死んだときだ、おれが証人に立ちますというものですから、船を港近く寄せました。ところが若い男はいざ海にとびこむ段になると、ひとりで上陸するのが気がひけるのか、それとも、親切心か分らないが、綱の束の端を持って、義足の男に、もしお前が上陸する気があるなら、おれはこの綱を持ってあの岸へ這い上り、陸からお前を引張ってやろうっていったんです」

「義足の男は泳げるんですか」

所員の不審そうな顔に船長は、

「義足の男はだいたいなんでもできる男でした。勿論《もちろん》泳げましたが、はやく走ることはできませんから、波打ち際のもっとも危険なところを、若い男が引張ってやろうっていったんです」

「しかし、それは無茶だ」

「無茶です、両足健全な若い男にだって、波打ち際を乗りこえられるかどうかというのに、義足の男が、いくら引張られても、それができるはずがないのです。ところがおかしなことが起きたんです。若い男にどうだと誘われると、それまで若い男を引止めていた義足の男がおれも島へ逃げるといい出したんです。ばかなことをと、私がとめようとしているうちに、若い男は、そのつもりになって、綱の端を腰に結んで海にとびこみました。若い男は、どうやら、波をかわして、海岸の岩の根子《ねっこ》に取っつきました。やったぞと私は思いました。はやく逃げろと声を掛けたい気持でした。男は岩に這い上ると、腰のザイルをほどいて腕に巻きつけてそこに立上りました。そこへ大波がかぶさりかかったんです、若い男の姿を見たのはそれが最後でした」

船長は水をいっぱい飲んだ。

「私は舵をにぎっていますから、義足の男に、はやくザイルを引張れと怒鳴りました。急に舵が効かなくなりました。若い男の腕から離れたザイルが、船のスクリューにからんだのです。船は転覆して、私はあちこちを打たれて気を失いました。気を失っていた時間は十分かせいぜい二十分ぐらいだったでしょうが、気がつくと、私は海岸に打上げられていました。夜に移りかわる間際でした。運がよかったのですね、もう十分も気がつくのがおそかったら、私は道を見つけだすことはできなかったでしょう。私は、岩根の間につくられてある、コンクリートの白い道を目がけて一生懸命這いました。這いながら何度か吐きました。気も遠くなりました。間もなく真暗になりました。暴風雨のなかを私は手探りで這ったのです。観測所へいって助けを求める以外にないと思ったのです。——私は這いました」

「よくわかったよ船長、そうすると船長は十七時ごろから二十時ごろまで、あの暴風雨の中を這い廻ったことになる」

所員はそういうと、船長に、

「ゆっくり休んでください。あとのことはおれたちがやる」

房野は船長のいる部屋を出た。風はまだ強かった。鳥島目がけて泳いでいこうという若い男を引止めていた義足の男が、なぜ突然、翻意したのか房野には分らなかった。もし、義足の男がその気にならなければ、若い男は綱を持って海へとびこみはしなかっただろう。綱がスクリューにからんで、船が転覆することもなかっただろうし、台風がそれたのだから船はおそらく助かっていたであろう。若い男にしても、腰にザイルを結んでいなかったら、波打ち際で、もっと上手に立廻ったかもしれない。義足の男の気が突然変ったのはやはり、死の恐怖だと思った。義足の男は、島に近づいたとき、七トンの漁船におおいかぶさって来た死の影を見たのかもしれない。いや、もう間もなく、日が暮れようとしている鳥島そのものに死の影を見出したのかも知れない。死のベールに包まれた鳥島を見たのかも知れない。それなら、なおさらのこと鳥島から逃げればいいのに、若い男とともに、鳥島へ上陸しようと考えたのはなんであろうか。

（死の誘惑だろうか、義足の男は、そのとき、現われた死の影におびえながらもそれに引摺《ひきず》りこまれたのではないだろうか）

房野はつぶやいた。思い過しだと否定しながらも、房野は義足の男は鳥島の死の影に引摺りこまれて死んだような気がしてならなかった。房野はこういう時にはなにか気分のかわるようなことをするのがいいと思った。夕べ当直で全然眠ってないからまず眠ることが先かもしれない。だが彼は彼の私室へ行く気がしなかった。誰かと話がしたかったが、その相手が、はっきりとは浮び上ってこなかった。しなければならないことがいっぱいあるように思われるのに、それがなんであるかはすぐには思い出せなかった。

彼は風に当って見たくなった。頭を冷やせば、もう少し自分がはっきりするだろうと思った。彼は観測室の方へ足を向けたところで、そっちへいかず、外へ出た。風が彼の頭をはっきりさせた。彼の頭の隅にあったなにかしなければならないことがなんであったかが、そのときはっきりした。彼は露場の砂場を横切った。昨夜嗅いだ臭気がどこから来たかを確かめるつもりだった。這って見ればよかったが、明るいところで、そんな格好をすれば、観測当番が窓から見ていて、なにをしているかと声をかけて来ることは確実だから、彼は立ったままで歩いた。落しものでも探しているふうを装った。

露場を歩き廻ったが、あの亜硫酸ガス特有の臭気はなかった。崖《がけ》の方へよって見ても、ガスが吹き出しているような気配はどこにもないしにおいもなかった。

鼻がどうかしていたのだと房野は鼻のせいにした。長いこと島にいると、突然その場になんの関連もないにおいを感ずることがあった。しかしそれは多くの場合、食べ物のにおいか、女性の体臭であった。しかもそのにおいは、においがするという感じがするのであって、すぐそのあとで、それは郷愁のにおい以外のなにものでもないと、打消すことのできるにおいであった。それは観念の中のにおいであって、現実のにおいではなかった。ひくひくと鼻をうごめかしても感ずるにおいではなかった。空虚な心の隙間にもぐりこむにおいの回想であった。だが、昨夜《ゆうべ》のあのにおいは、それらのいずれにも属さないにおいであった。鼻《び》腔《こう》をちゃんと刺戟して、思わずそっちへ顔を向けたにおいだった。たしかになんらかの型でにおいは存在したのだ。しかしその証拠はなかった。どんなに丹念に探しても、においの痕跡《こんせき》がないことは、たとえ彼が感じたとしても、観測したことにするには、客観性に欠けていた。

彼は崖に面して、しばらくの間、強い風に打たれていた。もしかすると、その風の間に、あのにおいがして来るかもしれないと思った。

「なにかなくし物でもしたのか」

木庭友邦が寄って来ていった。

「百円玉をひとつ落したのだ」

「ほほう、百円玉をね、島では銭は通用しないのに、なんだって持っていたんだ」

「気持の問題さ、ポケットに銭を入れて置いて、時々さわると、なんとなく東京を思い出して楽しくなるだろう」

房野は丸い眼をおどけたように見張って、ポケットからひとつかみの銭を出して見せた。

「なるほどね、そいつは面白い、早速おれもやって見よう、ところで八さんは今日非番だろう、眠らないのか」

「眠る気がしないんだ」

「死人が上っちゃあね」

「いやそれとは違うんだ」

房野は余計なことをいってしまったようにあわてて眼を月夜山へやった。そして彼は、彼が立っているそこから見た月夜山の薄紅色の光のことを思い出した。

「久しぶりで山へ登って見ようかな」

房野はなんとなくいった。山へ登ることの理由を、所員たちに感付かれたくはなかった。この島で所員がもっとも恐れていることは火山なのだ。噴火のにおいのする話はタブーなのだ。それでなくても最近の伊豆七島神津島《こうづじま》の頻発《ひんぱつ》地震のニュースや大島火山の活発化は、所員たちを不安な気持にさせている。鳥島も神津島も大島も富士火山脈の上にある島であった。他島の活動は鳥島観測所員にとって、黙って見過すわけにはいかなかった。

「山へ登るのか、この風の強いのに」

木庭友邦は、不審な眼を房野に向けた。

「ただ行って見たくなったのだ」

木庭はなにかあるなと思ったが、それ以上は追及しなかった。

房野は風の中を月夜山へひとりで登っていった。ポケットに野帳と、手に温度計の入ったケースをさげていた。ぶらりと山へ登って、ついでに噴気孔の温度を測って来るといったふうな格好だった。

鳥島は直径約二キロメートルの丸い島であった。島というよりも海に浮べた山であった。その山の頂上が、その島の中心でもあった。頂上は外輪山によって形成され、外輪山に抱かれたように、その中央に、絶え間なく噴気をつづける小丘があった。

房野は外輪山の肩に立って、その島の中心部を見おろした。地の果てに立った気持だった。中央の火口丘を中心とした砂漠地のいたるところに人骨でもころがっていそうだった。立昇る噴気と噴出物にそまって赤茶けて見える岩壁と、絶えず崩壊をつづける岩を飲みこむ砂原のどこを見ても、そこに生存につながるものを見出すことはできなかった。赤茶けた岩や砂にこびりついている硫化物の白さだけが、地獄の中に見出すことのできるたったひとつのうるおいだった。

外輪山から火口丘に向ってこまかい砂の斜面をおりていくにつれて、異臭が鼻腔を衝いた。外輪山に囲繞《いにょう》された谷底にたまった異臭はときによっては、嘔吐《おうと》をもよおすほどの強烈さを持っていた。

彼はそこに立止って、所員たちが硫黄山《いおうやま》と呼んでいる火口丘を見上げていた。その名のとおり硫黄山は硫黄とそのにおいにおおわれていた。岩と岩の間から紫色をした噴気が立昇っていた。重々しく余韻を引く噴気特有の音が鳴りつづけていた。彼はその噴気の高さを眼で測った。一カ月前に彼が見た高さとほとんど変りがなかったというよりも、彼が十五年前にそこに立ったときと、変ってはいなかった。紫色の噴気は朝日に輝いて見えた。考える噴気と誰かが名付けたとおり、どこかに考える弱さを持った噴気だった。考える噴気と名付けられたひとつの理由は、おそらくその噴気が、やや斜めに噴き上っているように見えるからであろう。それが首を傾げて考える格好を連想させたのかも知れなかった。だが、ほんとうは、噴気は傾いて噴射しているのではなく、噴射している部分の岩の傾きと、噴気のバックになる外輪山の格好から傾いたように感ずるだけだった。そこは考える噴気などといって、眺めていられるところではなかった。急いで観測をすませて、走って帰るところだった。考える噴気は救いのない景観に名付けられた一種のしゃれであった。だが房野は考える噴気という名称自体は好きだった。彼は汗を拭ってから、温度計を取出した。

彼は観測者になっていた。

彼はゆっくりと砂を踏んでいって、赤いペンキで印のつけてある噴気孔のところへ近よっていった。噴気孔の温度を観測する場所は、数カ所に分れていた。

彼は第一の観測点で温度を測った。四百五十三度二分で、一カ月前に測ったときとくらべて、三度あまり温度は低くなっていた。彼はそれを記録した。第三の観測点へいったとき彼はそこに、流れ出て来る硫黄の流動体を見た。ピチピチと乾いた音を立てていた。その音が彼の心を打った。

その場所はいつも硫黄が流れ出しているところだった。黄色の流体が、とめどもなく流れ出て来るところだった。音もあった。だが、彼がいま、そこに聞くような活発な音を聞いた覚えはなかった。音は火花《スパーク》の音にも聞えた。聞きようによってはピチピチという音ではなく、パチッパチッという音にも聞えた。音は決して高くはなかったが、音の間隔が短く、ひとつひとつの音が、金属性の澄んだ音色を持っていた。その音を総合して聞くと、火山の囁《ささや》きに聞えた。地球の脳味噌のような、濃黄色の流動体のささやきにも、その地底で、肩をすくめて待機している、岩漿《マグマ》のつぶやきにも聞えた。

じっと立ってその音を聞いていると、息苦しくなる音だった。音が彼の心臓を刺戟するのか、或いは、なにか特殊な放射性能を持ったものが、その地球のつぶやきとともに発射されているのか分らなかった。

彼は近よることをためらったが、気を取直して、その観測点へ静かに腰をかがめていった。温度計の示度が安定するまで、待つ時間がいつになく長く感じられた。異常な高温が観測されるかも知れないと思った。だが、その観測点の温度も四百五十三度三分であり、一カ月前とほとんど変化はなかった。

彼は観測点から数歩さがったところで、もう一度、地球の脳味噌の流動する音を聞いた。やはり異常だった。いままで、数歩下ったところでは、その音はほとんど聞えなかったように覚えていた。

彼は観測野帳を開いた。

(硫黄の流動物の音響異常に高し)

彼は、そう記録して、野帳をポケットに入れると、温度計のケースを携《さ》げてそこを離れた。急いで離れなければならないような切迫感が彼をせき立てていた。

彼は外輪山にかけ登るようにあがって、そこから火口丘を眺めた。考える噴気は、前のままだった。

彼は自分自身で恐怖を駆立てようとしているのではないかと思った。それは観測者にとって、軽蔑《けいべつ》に値する行為であった。硫黄の流動音が異常に高かったか低かったかは、そこに、過去の音響測定のデータがあってこそ言えるべきものであった。

彼は野帳に書いた一行を、鉛筆で、真黒に塗りつぶしてから、月夜山の傾斜を観測所へ向ってかけおりていった。

彼はいきおいをつけて走りながら、いま、彼のあとから、なにものかに追いかけられているような気がしてならなかった。

なにものかが、彼を追いかけて来て、彼とともに、眼下の観測所を埋没させてしまう日が遠くないような気がした。

彼は月夜山の中腹で足を止めた。呼吸を整えないとそれ以上は走れなかった。彼は観念したような顔で、砂の上に腰をおろした。胸の鼓動がなかなかおさまらなかった。彼は、自分の眼をなにか安定したところへ落ちつけたかった。

彼は眼下の鳥島観測所に眼をやった。気象庁の組織規程からいうと、地方気象台以下の観測所であったが、仕事の内容は地方気象台以上のことをやっていた。

一日二回の高層気象観測、毎時の地上気象観測、地震観測、海洋気象観測、それらの観測データを打電する、無線通信設備と観測所のすべての電源をまかなう、自家発電所、所員にとって、もっとも切実な問題となる、賄《まかない》施設など、それらいっさいがたった三十五人によって運営されていた。

そこは日本領土の南端であった。南方からしのびよって来る気象現象をつかまえる、前哨《ぜんしょう》基地であった。台風来襲に備える最前線の砦《とりで》であった。

房野は眼下に眼をこらした。観念の砦は消えて、そこには鳥島観測所の庁舎群があった。多くは赤屋根だったが、そのひとつひとつは独立した建物であり、見ようによっては部落であった。

房野は彼の住む部落が多くの集合体によって形成されていることに対して今までは疑問を持たなかった。だが、今そこに見る赤屋根の集合体は、吹けば飛ぶようなおそまつな集落に見えた。

その部落は島の西方のゆるやかな傾斜地に、八丈茅《はちじょうがや》にかこまれていた。傾斜地は、月夜山を要《かなめ》としてほぼ扇形にひろがった土地であった。島全部の数分の一にも達しない、その生物の扇形居住区を除いて、その周囲はすべて切り立ったような断崖が、生々しい熔岩流《ようがんりゅう》の跡をさらけだしていた。

部落は西側の海に面する崖の上にあった、部落は南北に細長く形造され、各戸はすべて南北に建築基線を合わせて建ててあった。だから、山の中腹から眺めると、部落は、大小無数の赤い色の四角な積木を南北の基線にそろえて置いたように見えた。

南北に細長い部落の最北端に地震計室と水槽《すいそう》の屋根が見えた。その南側が、所長室と宿舎とホールと倉庫を一つにした建物であった。それにつづいて、第二水槽、オゾン観測室、第二独立宿舎、食糧庫、水素ボンベ室、気球放球室がそれぞれ独立して建てられていた。

南北に長いその部落の中心となる建物は、地上観測室、高層観測室、無線通信室の三つを包含する、コンクリート造りの四角な建物だった。この庁舎だけが屋根がなく、屋上は平らになっていた。この中心部の庁舎から廊下が出て、食堂と娯楽室、事務室に接続されていた。

部落の南端は全身を真赤に塗りつぶした電源室、電源工作室、材料置場であった、そこで部落はおわり、つけたしのように、その南に、テニスコートがあった。

主要建物はそれだけだったが、それに付随する大小の建築物があった、房野は総数を数えた。部落の戸数は二十四戸であった。

彼はその建物群がそこに現出した鳥島気象観測所開設以来十八年の歴史を思った。予算要求の何パーセントかが通れば、それだけが、赤い屋根の一軒屋として建てられ、その翌年予算が通ると、新しい建物がまたできた。その年の予算の多寡によって建物の大きさは決った。

房野は、南北に細長い鳥島部落からやや西にそれて海をのぞむ崖に面して作られた退《たい》避壕《ひごう》の白い屋根に目をやった。屋根の厚さ数十センチにおよぶ、一種のトーチカであった。火山が噴火した場合、吹きあげる火山礫《かざんれき》から逃れるための退避設備だった。ひと休みしてから彼はまた走り出した。止めようとしても止らなかった。おそらく、彼のあとから、なにかが追いかけて来るとしたら、退避壕に逃げこんだとしてもまたたく間に埋没されてしまうだろうと思った。走りながら彼はピチピチと音を立てて流れ出て来る硫黄の流れを思い出していた。

食堂のサイレンが鳴った。

その音で房野の足がやっと止った。何度か深呼吸した。所員に、恐怖の片鱗《へんりん》も見せてはならないと思った。彼は笑って見た。他人が見たら気違いと思われるだろうと思いながら笑った。足もとの草叢《くさむら》から鳥がつぎつぎと舞い上った。笑いはそのたびに止った。笑い顔を作っていると、こわばったと感じられるほど、自分を失っていた自分が帰って来た。

彼は洗面所で顔を洗って、食堂へ入っていった。

「どうだ噴気孔の温度は上っていたか」

木庭友邦が、食堂へ入っていく彼に声をかけた。そこにいる所員たちの眼がいっせいに房野に向けられた。

房野が月夜山へ登っていったのは、所員の多くが見ていた。なんのためにひとりで登っていったかの疑問が木庭の質問で解けたが、彼等はそれだけで満足はしなかった。そこは限られた世界であった。独立した国だった。ちょっとでも誰かが変ったことをすることは、この鳥島という小さな国に、なにかしらの変化が現われたことであった。彼等は、その変化を起した、根拠を知ろうとした。個人的なことならば、そっとして置かねばならなかった。共同のことなら、鳥島という国をあげて考えねばならなかった。

「噴気孔の温度は一カ月前と同じだった」

房野は野帳を開いて木庭に見せながら笑った。

「ひどく真黒く消したじゃあないか」

木庭が野帳の記事の消しあとに眼をつけていった。房野は木庭が憎かった。この男はなぜこんな細かいことに気が付くのだろうと思った。

「落書きはしちゃあいけない」

そうだ、これはたしかに落書きだったと房野は思った。あのピチピチという音のことを、文字に書きたかっただけのことなのだ。

房野はテーブルの前に坐って、腰を浮かし加減にして自分のドンブリに飯を盛った。妙な静けさを感じた。ひょっと前を見ると、彼の顔を見詰めていた、二、三人の所員が、同時に眼をそらした。その態度が一種の、無言の抗議に見えた。抗議される理由のないのに、そのような排他的な眼つきをされたことで、房野はいくぶん機嫌を悪くした。

彼はドンブリに盛った飯の半ばを捨てるように飯櫃《めしびつ》に戻すと、ふんといったような顔を所員に向けた。新免春治の切れ長の眼が髭面《ひげづら》の中で房野を見詰めていた。

「おい、どうしたんだ」

房野はいった。その瞬間、房野は彼が昨夜《ゆうべ》以来なやまされているヘンな現象のことを、所員たちがうすうす、感づいているのではないかと思った。少なくとも、房野がなにかを感づいていることを、感づいたのだと思った。

「まだ死人の処置がはっきりきまらないらしい」

新免がいった。

「東京から電報が来ないのか」

「とにかくもたついているんだ、なにかについて中央はもたつくんだ」

房野は新免が死人のことなんか、この食堂でいう男でないことをよく知っていた。新免は慎み深い男だった。食事のとき、きたないことをいう男ではなかった。その新免が、死人の話を出したのは逃げたのだと思った。おい、どうしたのだと、聞かれて、咄嗟《とっさ》に、死人のことを言ったのだと思った。

房野は飯を食いながら、食堂の黒板に眼をやった。いつもなら夕食の献立が書いてあるはずだったが、それはなく、白墨の走り書きのような字で、神津島、頻発地震と書いてあった。伊豆七島の乱暴な略図があった。房野はその黒板のチョークの跡を吟味するつもりはなかった。誰かが、そこで立話をしながら書いたもののようだった。神津島の頻発地震と大島の活動を、鳥島の火山活動に結び付けようとする所員の恐怖心はその食堂の黒板にチョークのあととなって現われたのだと思った。

房野は、昨夜のことはいかなることがあっても洩らすべきでないと思った。彼は、飯に茶をかけて、口に運んだ。雨水の茶湯には水の味がなかった。腹が立つほど、そっけない味だった。

房野八郎の黒い大きな眼がなんとなく、滑稽に動いて見えるのは、眼の使い方もあるけれど、ほんとうは眼の威力ではなく彼自身が、長い間の修道院生活（鳥島気象観測所員が、六カ月間の島の勤務に名づけた名称で、創立当時は、島流しと呼んでいた）を通じて身につけたものであって、常に、笑いの一歩手前の表情を持続することが、こういう隔絶された世界でいかに大事であるかという必要性が作り出した生理現象とも言えた。よく眠るから彼の眼はいつも澄んでいた。視力も抜群だった。水平線上に、ちょっぴり浮び上った、交替船のマストを一番先にとらえるのは、いつも彼の眼であった。

彼が笑うと、額に五つ六つの横皺《よこじわ》ができて、彼の年齢を思わせた。彼は四十三歳で子供が三人いた。髭面で色白で、眼が黒くて大きくて、一見ハンサムに見えるけれど、彼の過去がロマンスに満ちたものかどうかは誰も知らなかった。彼は自分のことを他人に語らなかった。自分のありのままの姿をさらけ出し、他人のはだかの姿も知ることによって和合していくグループとは、いささか彼は違っていた。彼は他人の話も聞きたがらなかったし、自分の話もしなかった。そのあたりに彼は、職場と自分との区切り線を引いていたようだった。

房野八郎は観測室の屋上から月夜山を見詰めていた。火口丘の方を見ようとする気持が彼の眼に現われていた。つい一時間ほど前に見た、黄色い地球の脳味噌の流れと、気味悪く鳴る音が彼の頭にこびりついていた。昨夜の体験も今日のこともそのまま記録に残したり同僚に話すことをさしひかえていた。錯覚という場合も考えられた。夜間、光を見た場合は、まず錯覚でないかと疑って見ることが常識であり、事実錯覚であったことの方が、錯覚でなかった場合より圧倒的に多かった。

房野八郎は月夜山を見ながら、あの薄紅色の光とピチピチ音を立てて流れる硫黄流とを結びつけようとした。それに、昨夜露場で嗅いだ変なにおいを結びつけると、火山の爆発につながりそうな気がした。

鳥島は単なる島ではなく火山であった。火山の八合目か九合目に観測所を立てて住んでいるのである。明治三十五年の大爆発で、島民百二十五名を一挙に火泥の中に埋めた島であり、昭和十四年に再爆発して、島民ことごとくを追い出した島であった。

火山島の上にいるという意識が、薄紅色の発光を見たり、亜硫酸ガスの臭気をかいだとすれば、それは観測者の感覚ではなく、恐怖する者の幻覚として処理されねばならないかも知れなかった。それに、もし、彼が体験した二つの現象を、所員に語った場合にその後になにが起るかも考えねばならなかった。所員は例外なく火山の再爆発と大書した紙をふところに持っていた。彼はその紙にガソリンをそそぎ火をつけるようなことはしたくなかった。

「だがたしかにおれは見たのだ、においも嗅いだのだ。そして火口丘から流れ出して来る地球の脳味噌の囁きも聞いたのだ」

彼は言った。風が彼のことばをとばした。台風は鳥島には来ないで北東にそれたが風はまだ強く、そこに長いこと立ってはいられなかった。

「ここにいたのか」

新免春治は房野八郎の顔を覗きこんで、びっくりしたような顔をした。新免は房野八郎の眼の中にいままで見なかったものを見た。誘いかける笑いも爆発しそうに怒った眼もそこにはなく、強いていえば、それは恐怖の眼であった。

「どうしたんだ」

新免は房野八郎の視線の方向が月夜山であったことが或る程度期待していたことであるように、軽く、ひとりで頷《うなず》いてから新免もまた、そっちの方へ眼をやって、どうかしたのかとまたいった。

「義足では無理だろうな、いくら探しても人影らしいものは見えない」

房野八郎はとぼけた。彼の心の中のものを、行方不明になっている、義足の男とすりかえた。屋上に立って、いかにも、その行方不明者を探しているように見せかけようとした。

「まずだめだろうね」

房野はそこで、彼のよくやる笑いを誘う眼を輝かせながら、

「おればかりじゃあない。みんなも結構探し廻ったからな」

といって、声を上げて笑った。そんなとき笑うべきでないし案外神経の細かい房野が、笑うべきときでないのに笑ったから、新免は房野はとぼけているのだなと思った。なんでとぼける必要があるかは分らないが、とぼけていると考える以外に、房野八郎のおかしな挙動の説明はできなかった。

「そうだ、島中探した。もう探すとこはない」

新免春治は房野八郎のおとぼけに合わせて、とぼけながら、きょろきょろと、あっちこっちを見廻した。八丈茅は観測所を中心に一面に生えていた。生いしげるといった状態ではなく、うすく火山に衣をきせかけたように、草は月夜山の頂目掛けて、その繁殖地をひろげていた。

「あきらめたほうがよさそうだね」

新免はつぶやくようにいうと、眼をすぐ下に投げて、

「東京から電報が来たんだ」

「なんていって来たんだ」

それには新免は答えず、

「下へおりようや、所長室にみんなが集まっている」

といった。新免は庁舎の中へ入ると、急に風がなくなったので、ほっとしたような顔で房野八郎をふりかえって、房野八郎が、いつもの房野八郎の茶目気たっぷりの丸い眼を輝かせているのを見て、安心した。

「外へ出ると寒い季節になったな」

新免は妙なことをいった。寒い季節という季節は鳥島にはなく、要するに新免は、風が強いから外は寒いといいたかっただけのことだった。その寒い風の中に立って、放心したように月夜山を見ていた房野の挙動が、寒い季節ということばになったのである。

新免春治と房野八郎との間に風だけが吹きとおれるほどの心の隙間ができた。そんな隙間は、この島ではごくありふれたものであり、その隙間を無理に埋めようとすると必ず騒動が起るし、放っておけば、自然に、消えてしまうものだった。

新免は、房野八郎に、彼がなぜ当直あけというのにひとりで山へ登ったり観測室の屋上に突立っていたかを聞かなかった。所長室に入るとき新免は、

「面倒なことになりそうだ」

とひとりごとのように言った。

園部雄助がひどく興奮した口調でしゃべっていた。しゃべる相手が、そこに集まっている所員ではなくて、会議用の組立て式テーブルの上に、たった一枚、どこからか風に乗って舞いこんで来た木の葉のように乗っている電報用紙であることは、園部が、口を利くたびに、その電報用紙をゆびさしたり、拳骨で、それをたたくような格好をしたり、また彼が、彼の演説について同意を求めようとして、そこに居並ぶ所員たちの顔を睨《ね》めまわすのを見ても、彼の怒りがほんとうのものではなく、大きな怒りを爆発させる前の予行的なジェスチュアーのように見えていた。

「僚船が死体を引取りにいくまで死体を流されないようにしておけとは、いったいどういうことなんだ、死体を岩にでも縛りつけておけということなのか」

園部雄助は、若い男の遺体の処理について問合せたのに対して海上保安庁の正式回答として、そのようなかたちで来たことを怒っていた。

島の周囲が絶壁でかこまれた鳥島という孤島について、海上保安庁は認識を欠き、さらに海難者に対する非情な考え方が、このような、電文となって表われるのだといった。

「流出を防ぐような処置をしろといっても、どうにもしようがあるまい、とにかく相手は仏様だ、まず棺箱をこしらえて、入れて置こうじゃあないか」

木庭友邦がいった。

木庭友邦が所長の方に眼をやった。所長がそれにうなずくと、話は木庭友邦を中心として棺箱作りの相談に移っていった。園部雄助は、その決定にも、積極的に賛意を示さなかった。彼は、その電文にこだわっていた。僚船なんか当てになるものか、近くにいる、海上保安庁の船をよこせばいいではないか、海難事故は海上保安庁の所管事項であるから、一刻も早く彼等の手によって処理すべきである。そのように、電文を打ったらいいではないかと所長に食ってかかりながらも、すぐかたわらで棺箱作りの概略図面をセクションペーパーに、器用な手つきで書いている新免春治を見ると、

「棺箱作りなんて、縁起がよくない。だいたい、おれたちはついていないんだ」

そして、園部雄助は、ついていない理由をひとりでしゃべり出した。

園部雄助は鳥島きっての釣りの名手だった。大もの狙いだった。釣りの記録保持者だった。三十五人の所員が二日がかりで食べ切れないほどの大物をあげたことが一度や二度ではなかった。その釣りの名手の糸に、この一カ月あまり、魚が全然寄りつかなくなったのが、ついていないということだった。

「釣り揚げたい魚は全然、ひっかからずに、来て貰いたくないお客様が浜に打ちあげられた」

そこで園部雄助はまったくついていないぞと、つづけ様に三度ほどいってから、

「どうも、今度の修道院生活には、ケチがついている。こういうときは、これからもなにが起るかしれたものではない」

そのいい方が棺箱の略図を引いている新免春治の手を止めると同時に、彼の傍に並んで、なにかと助言していた房野八郎の眼をあげさせた。房野八郎はなにかいいたげだったが、なにも言わずに、

（そのくらいでいいだろう、それができたら板切れを集めて、棺箱作りに取りかかろう）

房野は所長に眼で相談した。

所長は重そうな頭を軽くさげただけだった。所長室に集められた主だった者たちは、早いとこ、嫌なことの始末をつけてしまいたい気持で話がきまると、急ぎ足で、所長室を出ていった。

「房野君」

所長が出ていこうとする房野を呼びとめた。房野と並んでいた新免が同時にふりかえったが、新免はちょっと立止っただけで、手に持っている棺箱の図面を房野にかざすようにして見せながら出ていった。棺箱作りをやっているから、所長との話が終ったら来いよという合図だった。

「なんです所長」

房野はいつも彼が所長から命令を受取るときのように、右手を会議用のテーブルに掛けたままのわざといくらか崩した姿勢でいった。

「いや別にこれっていうこともないのだがね」

所長は房野をそこに置いたままで、所長室をぐるぐる歩き出した。所長が房野にいいたいことはいくつかあった。第一は昨夜観測中に船長の声を聞きつけて救助したことであった。第二は徹夜の当直にもかかわらず、強風の中を早朝から、行方不明の海難者の捜索に当ったことであった。その二つに対して房野の労をねぎらってやりたかった。それまでは、所長としてごく当然のことであったが、所長が房野を呼びとめたのは、それほどの激務をしているにもかかわらず、更にひとりで、火口まで噴気の温度を観測に行ったことであった。その仕事は房野の義務外の仕事である。火山観測——噴火の温度、噴出物の分析検査、地形変化の測定は、月一回、行うことになっていて、そのスケジュールは別に組まれていた。だから、房野八郎がひとりで火口へ出かけていって噴気の温度を測って来たことは、飽くまでも個人的な行為であった。所長は房野のその私行について疑惑を持ったのである。房野は火山について、なにか異常をキャッチしたのではないだろうか——所長はそれを聞きたかったのである。

「なんですか所長」

房野はだまっている所長に用件を催促した。呼びとめて置いて用件をすぐ言わないのは、いつもの癖である。おそらく所長はあのでっかい頭の中で、方程式を立てたり、消したりしているのだなと思った。

「たいへんだったろう、昨夜から今朝にかけてまるで盆と正月がいっしょにやって来たようなものだ、もっとも、あまり楽しい盆と正月でもなかったがね」

「盆というと？」

「盆は台風で、正月はあのありがたくないお客様だよ」

房野はほっとした。盆と正月と所長がいったから、ひょっとすると、所長は、房野の頭の中で、荒れ出している恐怖の暴風のことを察知したのかとも思ったが、考えて見ると、そんなことを所長が知るはずがなかった。房野はテーブルから離れた。

「ところで房野君は兵隊の階級はなんだったかな」

「軍曹で終戦でした」

「実戦に出たかね」

「冗談いっちゃあこまりますよ、ちゃんと弾丸の下をくぐって来たんですから」

房野は大きな声をして笑いながら、ヘンだぞと思った。無口の所長が、こんなことを言うのはおかしいし、まして、もと陸軍大尉だった所長は、戦争のことは爪のあかほども話したがらなかった。

「斥候ってものをやったことがあるかね」

「ありますとも、ぼくはその分隊長をよくやらされましたよ、決していいものではありませんですね、あの斥候って奴は」

「ほんとうだ。おれも部隊長をやっていて、斥候を出すのもいやだったし、斥候の報告を聞くのも頭が痛かった」

「というと」

「斥候の報告というものは必ずしも当てにならないのだ」

所長はそこで話を止めると、また部屋のなかをぐるぐる歩きはじめた。

「ところで房野君、きみは午前中、山へ行って来たそうだね、なにかあったかね」

所長は足を止めて房野を正視した。

房野はやっと所長の意中を知った。所長は、房野が山へ斥候に行ったと睨んでいるのだ。

「散歩に行って来ただけです。ただの散歩じゃあつまらないから、噴気孔の温度を測って来ました。だいたいこの前の観測値と同じでした」

「だいたい同じということは、少し違うところがあるということになる」

所長は、ことばの端に食いついて、房野が、ほんとうは、なにをしに山へ行ったかをさぐり出そうとした。

「温度が三度ぐらい違っていました。四百五十度が四百五十三度になっても、四百四十七度になっても変ったというほどのことではありません、別に気にする兆候ではないですな」

「そうかな、おれはそんな細かいことが気になるたちなんでね」

「部隊長はあまり、細かいことに気をつけないほうがいいと思います」

「いや部隊長だから、細かいところに気をつけねばならないのだ。予兆は見おとしてはならぬ」

「予兆っていいましたか所長」

「前兆だって同じことだ。ね房野君、いまの科学でいちばん分らないことは地震と火山だ。地震の予報も火山の予報もまずもって不可能だ。学問がそこまでいっていないからだ。そういうときに当てにするものはなんだと思うね、きみ、予兆だよ、つまり前兆なんだ」

　所長にしては珍しくしゃべりすぎると房野は思った。しゃべるからには、あのでかい頭の中で考えての上のことだろう、慎重をモットーにしている所長が迂《う》闊《かつ》におしゃべりをするはずがない。

「この鳥島になにか火山爆発の予兆でも現われたとでもいうんですか所長」

　房野の曲射砲はテーブルを越えて、所長の頭上で炸裂《さくれつ》した。奇襲であった。だが所長はいささかも驚いた様子はなかった。奇襲には馴れっこになっている部隊長の顔で、

「現われたらたいへんだと思っている。明治三十五年に鳥島が爆発する二週間前に、山の草が枯死しはじめた。一週間前に、温泉が止った。三日前に鳥が島からいなくなった。

そのころから頻発地震が起った。爆発する前日に、水死体が島に流れついた。付近の珊《さん》瑚《ご》採りの船が難破したのだ」

ちょっと待って下さいと房野は所長のことばを遮《さえぎ》った。

「水死体が流れついたことは予兆ではないでしょう」

「そうだ予兆ではない。おれはきみにそうはっきりいって貰いたくてその話を出したのだ」

房野は所長の逆襲を受けた格好だった。

「所長、今度だって、若い男の水死体が上りました。さっき園部雄助がいったように縁起のいいことではありませんね、ほかに予兆のようなものが現われると、関係のない水死体のことが、関係ありそうについ錯覚を起すことになりますからね」

「ほかに予兆のようなものがあったのだね」

所長は大きな頭をふり立てるようにしていった。房野はあやうく、所長の前で降伏するところだった。実はと、彼が観測中に見た薄紅色の光と、亜硫酸ガスのにおいと、地球の脳味噌のつぶやきの話をしそうになったが、思いとどまった。それは言ってはならないことなのだ。言うにしてはあまりにも根拠のとぼしいことだ。房野は口を固く結んだ。

所長は、応えない房野に、不満の眼を投げたが、それ以上はなにも言わなかった。彼はまた、所長室を歩きはじめた。大きな頭の中に立てた微分方程式が、どうにも解けないで困っている顔だった。

房野が外へ出ると、棺箱はテニスコートで既に組立てられた後であった。所員たちは、その大きな箱を持って、岩根の道をB港へおりていった。風が箱に当ると、箱を持っている男たちは箱と共によろめいた。

「結構な風が吹くじゃあないか」

誰かが岩根につばを吐いた。その不吉な箱は投げ出したいほど重かった。

B港におろされた棺箱は波にさらわれそうもない、岩の凹《へこ》みを見つけて置かれた。男たちはそこで、ひと息ついてから、棺箱のふたを戸板のように四人で持って、若い男の死体のそばへいった。

戸板の上に、新しいシーツが三枚重ねて敷かれて、その上に若い男のはだかの死体が乗せられてアルコールで拭き清められてから、クレゾールをたっぷり吸わせた包帯で包まれていった。

最後に首だけが残った。顔まで黒褐色のクレゾール濃液でよごしてしまうのは、残酷に思われた。所員たちは顔を見合せていたが、結局首だけはフォルマリンをしめした包帯を巻くことにした。木庭がフォルマリンをしめした包帯を死人の頭に巻きつけようとした。

「おっかねえ顔をしているぞ」

死体に表情はない筈だったが、木庭がおっかねえ顔だといえば、おっかねえように見えないことはなかった。木庭が、おっかねえ顔だといったのは、死んだ若い男の眼が完全には瞑目《めいもく》してはおらず、カミソリ一枚ぐらいのすき間から、まだ生に、未練を残しているように、死人の眼が覗いていたからだった。

「おれたちが、きさまを殺したのじゃあない」

木庭は包帯の端を持ったまま若い男の死顔にいいわけのようにいった。

「台風が北西に向きをかえるといったのも、おれたちの責任ではない、それは、電灯がこうこうと輝く東京の気象庁ビルの三階で回転椅子に坐っている予報官が、天気図を睨みながら予報したことなんだ。予報官だって一生懸命に考えたことだ、故意に予報をはずしたのではない。嘘をついたと思ってくれちゃあこまる。天気予報ってものは必ず当るとは決っていない。必ず当ると思い込んだのが誤算だった。そう観念して往生してくれ」

「もういいじゃあないか」

房野八郎がいった。

「坊主の引導より、いまの引導の方が、その人にはよほど有難かったに違いない、見ろ、死人が笑ったぞ」

房野八郎が冗談をとばしたのと木庭が、フォルマリンをしめした包帯をほうり出したのとほとんど同時だった。

木庭は岩の上に尻餅をついて肩で息をしていたが、しばらくたって、死人が笑ったといった。死人の細く開いた眼は、憎悪の眼にも、笑いの眼にも木庭には見えた。房野八郎が言葉の責任を取って、死人の頭を包帯で巻いた。そこには、一個の人間の形だけが残されていた。遺体は戸板の上に敷いてあったシーツに包まれ、さらに幾枚かの毛布にくるまって棺箱におさまった。

そこまでは波は来なかったが、台風がもう一度やって来たら、しぶきがかかることは間違いなかった。

「流出を防ぐようにして僚船を待てか」

園部雄助がいった。

新免春治が、棺の前にローソクを一本立てた。火は海から吹いて来る風にすぐ吹き消された。所員たちは、燈明の消えた遺体の前で合掌した。

所員たちは一列になって、七曲りの道を登っていった。昨夜船長が流した血のあとが、点々とつながっていた。

「魚がつれなくなったのはほんとうか」

列の最後部にいた房野八郎が、園部雄助の肩をたたいて聞いた。

かるのは雑魚《ざこ》だ」

「ほんとうだとも、島中どこの釣場へ行ったって、大物は金輪際《こんりんざい》かからなくなった、か
「雑魚はかかるのか」

「雑魚は、やはり雑魚だ。この島のことをほんとうに知っているのは大物だ」

「どんなふうに知っているのだ」

「それは大物に聞いて見なければ分らない」

園部雄助はうまく逃げた。

明治三十五年の大爆発のときも、昭和十四年の爆発のときも、島の周囲には魚がいなくなったと伝えられていた、鳥島は火山島である。八合目から下は海中にある。もし七合目に噴気があれば、海はにごる。敏感な魚がそれに気がつかぬはずはなかった。その話は鳥島所員で知らない者はなかった。ごくありふれた噴火の前兆現象の一つではあったが、魚がつれなくなったことを、直接噴火に結びつけるのは危険であった。潮の異変によっても、魚はつれなくなることがある。だから、園部は大物が釣れなくなったことを、しいて火山爆発に結びつけなかった。例外なく所員が、このことに、もっとも神経をとがらせていることを、園部はよく知っていたからである。

「大物に聞いて見ろか、なるほど」

房野八郎はこともなげに笑った。心の底では、ほんとうは笑わず、およそ、誰も見た

ことのないようなけわしい顔で、房野は薄紅色の発光と亜硫酸ガスの臭いと地球の脳味噌のつぶやきと園部の話とを結びつけようとしていた。

男たちの行列はやがて、観測所の見える、ややゆるやかな傾斜地の八丈茅の中に入ると、そこで、声を掛け合いながら各自の仕事場に別れていった。

一叢《ひとむら》の八丈茅のそばに房野八郎と新免春治が立っていた。その八丈茅は二人の背丈ほどもあり、すでに今年のいとなみは終ったかのごとく、穂についた種子は遠くにとび散ってしまっていた。その八丈茅は、この島での例外の一つであった。それほど見事に延びた八丈茅が全島をおおうようになれば、島の環境はもっと人間の住みやすいものになるかも知れないが、それまでの年月、この島がこのままであるものとは思われなかった。一叢の八丈茅を背にして、房野と新免は肩を並べて、庁舎の屋上で、両手に旗を持って、沖にいる漁船と手旗信号をやっている園部雄助の手元を見ていた。

園部の手旗信号はかなり荒れていた。間違えてやり直すたびに、彼は、なにかひとことふたこと沖の漁船に向って悪態をついた。

漁船の手旗信号はぴりぴり区切りをつけてうまかった。はじめっから、鳥島観測所に対する、回答を用意しておき、その文章を繰りかえし、手旗で送っているようだった。

「現在の海の状態では、艀《はしけ》をおろして島に近づくことはできません。また本船は魚を満載しており、しかも氷が少ないので、海のなぎるまで待機する時間的余裕がありません、残念ながら、遺体引取りはおことわりいたします」

それが漁船の回答だった。

園部雄助は手旗で反論した。

「海は時化《しけ》ていない。鳥島としては、むしろ絶好の上陸日和である。艀をおろして、至急遺体を引取られたし」

だが、漁船は同じことを繰りかえすだけだった。

「同じ漁港の船ではないか、同県人ではないか、仏を見捨てて帰って、恥ずかしいと思わないのか」

園部は怒った。怒ると手旗が乱れ勝ちになる。漁船はそれには応えず、信号手は旗をひっこめた。

「こっちの負けだな」

房野八郎がいった。

「遺体の引取りはおことわりいたしますとは驚いたものだ。まるで、あの死体が鳥島観測所のものでもあるかのようないい方じゃあないか」

新免は、足もとの砂を蹴《け》とばしていった。蹴られたところだけ砂地に穴があいた。そ

の穴をしつっこく靴の先で掘りくりかえしながら新免は、

「これじゃあ、ほかの船もあぶないものだ」

といった。

「もつかな、今日で三日目だ」

と房野八郎は例のでっかい眼を見張っていった。遺体はクレゾールの包帯でぐるぐる巻きにしてあったが、それがいつまで保《も》つかということは誰も知らなかった。

「下手をすると、おれたちと一緒に引揚げということにもなりかねないな」

「冗談いうな、あと三カ月も保つ筈がない」

「そうだろう。だから……」

房野八郎はそこで太い首を無理に延ばして、八丈茅の向うにやった。人の気配を感じたのである。八丈茅の向う側に船長が、棒切れを杖《つえ》にして立っていた。

船長の眼は白い航跡を残して去っていく、漁船にそそがれていた。黒い表情の中で苦痛をこらえている船長の眼はそれほど絶望的ではなかった。船長の眼の中にはあきらめがあった。罪の座に坐っている恭順な姿勢にも見えた。遺体引取りをことわって去っていく、その船も船長も船員もおそらく顔見知りであろうけれど、その船を許してやっている顔だった。

房野にも新免にも、いささかそれが意外なことに思われた。船長は、遺体を見捨てて去っていく僚船を呪《のろ》うべきだった。地団駄ふんでくやしがるべきだった、自らの頭をなぐりながら狂いまわるほどのいかりを所員の前に見せ、少なくとも、憤怒《ふんぬ》の涙で砂を濡らすべきであった。

「ひどいと思いませんか船長さん」

房野がそう呼びかけると船長は、なにか悪いことをして叱られたように、幅の広い肩をちぢこめて、

「しょうがありません、あいつらだって生きていかねばならないでしょう、死んだものは損したということです」

「だって同じ仲間でしょう」

新免が口を出した。

「同じ仲間だって、死んだものより生きたものの方を大事にするのは当り前です、あいつは死んじゃったんです。人間は死んでしまえば、石ころと同じですよ」

船長がいった。死ねば石ころと同じだということばは、房野と新免の心の中に大きな音を立てて落ちこんでいった。死ということが表に出ると、房野の心のなかに火山爆発の恐怖が芽を出して来た。

「八さんよ、少しこのごろおかしいじゃあないか」

新免が歩きながらいった。

「おかしいように見えるか」

「見える、なにか考えているようだな、いつもの八さんとは違って見えるようになったのはあの台風の夜からだ。その八さんの心配ごとの、とばっちりでおれもこのごろヘンだ」

「ここは島だからな」

その房野八郎の婉曲《えんきょく》に逃げようとする鼻先をおさえて、

「いや、ここは火山島なんだ」

と、いつもに似合わないきつい眼をからませて来る新免に、房野は、危うく、彼の心配ごとをいってしまおうかと思ったほどだった。房野はそれをこらえた。

房野は新免春治が嫌いではなく、むしろ三十五人の所員のなかで、もっとも気の合った男だったが、いまは新免と離れていたかった。房野は観測室に入って、台風の夜の観測当番のとき手に持っていた観測野帳の頁を繰った。三日も経っているから、記録された頁は日時の順を追ってかなり進んでいた。彼の鉛筆のあとはかすれたり、ひどく濃く書きこまれた数字であったりした。野帳がよごれているのはその観測が暴風雨の中でなされたことを示すものであり、いわばそれは彼の自慢の種にもなるものであったが、彼はそのよごれた頁に、彼が体験した現象をなぜ書き込まなかったかを反省していた。書き込まなかったのは自信がなかったのだ、いまだって、あの二つの現象について、自信が持てたら書き込んだっていいのだ。証文の出しおくれの気味があっても、それが事実ならいっこう構わないのだ。書き込めないのはやはり自信がないからなんだ。彼は野帳を閉じた。こわばった野帳の表紙がはねかえった。野帳の表紙はあの夜、雨に濡れて、その後日に当てて乾かしたので、厚紙の表紙はいくらかそりかえり気味に固くなっていた。彼は野帳の表紙をポンとゆびではじいた。乾いたかたい音がした。房野はいま別れて来たばかりの船長を思い出した。そうだあの夜、あの時刻に外に出ていた人間がもう一人いたのだ。

房野は外に出て船長を探した。船長は、さっきのところに坐っていた。船長の顔を見たとき房野は、三日前のあの夜の船長が普通の状態ではなかったことを思い出した。その船長に薄紅色の光のことなんか聞いて分るはずがない。たとえ船長が見たといったところで、常態でない人間の見たものを現象として扱うわけにはいかなかった。

(聞いても無駄なのだ)

そう思っても、房野は三日前の夜のことを船長に聞きたかった。たとえ船長の頭が朦《もう》朧《ろう》としていたとしても、あの夜、外にいたものは船長と房野のふたりだけである。

房野はしばらくためらった。船長に質問を放つことは、観測精神の喪失にも思われた。科学者の面よごしのようにも考えられた。だが、彼は船長に聞きたかった。

房野は恐怖に負けている自分を感じた。房野は周囲を見廻した。そして船長に話しかけた。

「船長、ちょっとひとことお聞きしたいのですが、あの夜船長が、観測所のまわりを這いまわっていたころ、あの山のあたりに、怪しい光を見ませんでしたか」

あの山といいながら房野は月夜山をゆびさした。

「怪しい光だって」

船長は、まぶしいせいか眼を細めていた。怪しい光ということばをどうとっていいか分らないようだった。

「薄紅色の、少女がぼうっと頰を赤らめたような色なんです、そういう発光現象を見ませんでしたか」

房野はそういいながら、少女が頰を染めたような色とはうまいいいまわしだと思った。房野は船長の顔の動きを見守った。

船長の表情はしばらく動かなかった。聞えていないふうにも見えたが、船長の、まぶしそうに細めていた眼が少しずつひろがっていくのを見ていると、船長があの夜の記憶を辿《たど》っていることは明らかに思われた。所在不明のものを探している眼ではなく、あるものを探そうとしているような眼であった。意識の底に沈んでいるものに光を当てながら、ゆっくり、手元にたぐりよせようとしているようだった。

「薄紅色に山の上の雲が染まって見えたのです。ほんのしばらくの間、そうですね、三回か四回瞬きする間のことです」

「薄紅色に雲が映えて見えたっていうわけですね」

「そうです、船長さん、見たんですかあの色を」

房野は船長の肩に手をかけた。

すると船長は、きたないものにでも、触れられたように、房野の手から身を引くと、

「見たといっても、見ないといっても嘘になるでしょうね」

船長はそこまでたぐりよせたものを、落さずに、かといって、手を延ばして確かめても見ずに、恐る恐る、その外観だけを見て取って、あわててそっぽを向いてしまうようないいまわし方をした。

「見たんですね」

房野は、期待を持った。その薄紅色の光がどんな具合に雲に映えていたかを聞きただして見て、それが房野の見たものと一致していれば、それは現象として取扱っていいと思った。

「頭の中が火事だった」

「火事のように見えたのですか」

船長はそれには答えず、

「あのときおれは半分は死んでいた」

船長は眼を閉じた。陽のまぶしさをよけるのではなく、それ以上房野の質問には答えられないことを示していた。

その日の午後になって一艘《いっそう》の漁船が沖に現われたが、前の船と同じような逃口上を手旗で送って去っていった。

海難事故から四日目にまた漁船が近づいて来た。その船は、手旗の合図には応ぜず、島の周囲を半まわりほどすると、急に速度を上げて去っていった。

五日目に来た漁船は、

「本船に艀なし、残念ながらかえる」

という手旗信号を送って来た。

園部雄助が、

「当方のゴムボートにて、貴船まで運ぶから、遺体引取り願いたい」

と、それまでになく丁重にいってやった。それに対して、漁船は返事をしなかった。二、三人がデッキに集まって協議しているようすだった。集まっていた人が散ると同時に船が走り出した。非情な航跡はしばらく消えなかった。

漁船の行動は所員の憤懣《ふんまん》を駆立てるばかりでなく、多くの疑惑を残していった。近よって来ては去っていく漁船の行動は奇怪にも見えた。遺体引取りに対する意識的拒否にも見えた。

「明らかにこれは海上保安庁の命令に対する、漁船の抵抗だ」

園部雄助がいった。

「だいたい海上保安庁の船が遺体を引取りに来ないで、その辺にいる漁船に、たのむというやり方がおかしいではないか」

新しい指令電報が海難五日目の夜に来た。

「遺体の処置については、八丈島警察署の指示に従われたい」

既に死体となって浜に打上げられたものは海上保安庁の管轄ではなく、警察庁の管轄であるという法的結論が、遺体が打上げられてから数日後になってきまったことを、お役所仕事として見すごさねばならないことは、所員に取って、この上もなく腹の立つことであった。遺体には交替で見張りが立った。棺の前の茶碗の水は毎日かえられた。花のかわりに供えられた、幾分青味を残している八丈茅が風に鳴った。若い男の死体の入っている棺のふたは開けられて、更に多量のクレゾールが包帯の上からそそがれた。嫌な仕事だったが、やらねばならないことだった。クレゾールの臭いと死臭は、一度取りつくとなかなか離れなかった。死臭は、観測所まで持ちこまれた。各部屋の壁につき、床にこびりつき、やがて死臭が観測所のことごとくの建物にいきわたるころになると、所員たちは、眼に見えてことばを失っていった。笑いも少なくなった。死臭は各庁舎から食堂、私室にまでしのびこんでいった。

賄係は、急に減退した食欲に眉をひそめた。クレゾールの刺戟性のつよい臭いに圧倒されて観測所は沈黙した。遺体が浜にある間は、観測所をおおっている沈鬱な空気を入れかえることはできなかった。

どうにもならないような暗さが観測所内をおおった直接原因は死臭であったが、死臭にくっついて所員を不安にさせたもうひとつの要因があった。

それは明治三十五年八月にこの鳥島が爆発して百二十五名を死にいたらしめた前日、一人の死体が鳥島に流れ着いたという不吉な伝説であった。鳥島の爆発となんの関係もないことであったが、なにかそこに因縁話でもでて来そうな気味悪い話だった。所員は例外なくその話を聞いていた。誰も、その話と火山の爆発と結びつけて考えるものはなかった。話は話であって鳥島怪談シリーズの一編としての存在価値しかなかったが、現実に死人が打上げられて見ると、怪談が、怪談の域を脱して、一種の切実感として身に迫って来るのも事実だった。所員たちは死臭を嫌悪した。死臭が鼻につくと、怪談を思い出した。鳥島の爆発についてあれこれと考えた。神津島の頻発地震から、およそ鳥島とは縁のないように思われる松代《まつしろ》の頻発地震のラジオニュースに聞き耳を立てた。

死臭が火山爆発に直結すると、所員たちは、その日その日が不安でたまらなかった。沈黙はいらいらして来ると、彼等は意識的に沈黙して他人との衝突をさけた。沈黙は次第に潜在していった。

鳥島観測所に取っては、一日も早く招かれざる客のお引取りを願いたかった。

八丈島警察署から、気象庁凌風丸に遺体引取り方を依頼したという電報が入った。凌風丸は、鳥島観測所の改築工事のための工事員と資材の運搬予定を繰上げてやって来たのである。

凌風丸は漁船遭難以来ちょうど一週間目に鳥島についた。その日はいくらか波が高かった。所員たちは当直者を除いて全員浜にでかけていった。

船長の足はかなりよくなっていた。体力も恢復《かいふく》していた。彼は血を流しながら這い登った岩根を、所員の肩につかまりながらおりていった。

凌風丸からは十五名の人夫がおろされ、ひきつづいて、資材がおろされた。おろすものがなくなってから、遺体が収容されることになった。

死んだ若い男の遺体が凌風丸に収容される前に、八丈島警察署員と船長によって遺体の確認が行われた。このときまで、船長はまだ、若い男の死んだ顔を見ていなかった。

棺は北に向けられて置いてあった。棺の蓋が取りのぞけられて、若い男の頭部に巻いてある包帯が少しずつ解かれていった。

フォルマリンとクレゾールのにおいと腐臭の中に船長は、若い男の顔を見た。

若い男は薄眼を開いていた。

八丈島警察署員が船長の顔を見た。船長は言葉のない質問に、大きく頷いた。八丈島警察署員は、包帯の端を持って立っている房野八郎に眼くばせした。房野は包帯をふたたび、若い男の頭に巻きつけようとした。船長が手を出してそれを止めて、房野の手からそっくり包帯を受取ろうとする様子を見せた。房野は、船長の顔をちょっと見たが、そうさせてやったほうが、いいように思われたから、そっくり包帯を渡そうとした。船長は素手であった。そばにいた所員のひとりが自分の手にはめている軍手を取って船長にわたした。

船長は軍手をはめた手で、包帯を持ちかえると、若い男の死顔に鋭い訣別《けつべつ》の視線を送ってから、割合に落ちついた手つきで包帯を巻いていった。フォルマリンをしめした包帯は完全に頭部をつつみかくした。船長はフォルマリンの包帯とクレゾールの包帯のつぎ目をしっかりさせるために、のどのあたりに巻いてあるクレゾールの包帯をほどいて巻きかえした。端が数十センチほど残った。あとはその端をどこかに折りこんで止めればよかった。船長は包帯の端をはね上げた。そうするつもりはなかったが、船長はその嫌な仕事の最後の仕上げをいくらか急いだ。はずみがついた、包帯の末端は死人の顔の上で弧を描いた。クレゾールの一滴が包帯の末端から宙に打出されて、それが、房野の眉間《みけん》のあたりについた。房野は反射的に額に手をやった。そこが熱かった。こすった手も熱かった。クレゾールの現液は、房野の額にごく軽傷な火傷《やけど》を与えた。房野が額に手をやったことに気がついたものはいなかった。棺の蓋は閉じられ、石を金槌《かなづち》がわりにして、釘《くぎ》が打たれた。棺はゴムボートにつまれた。棺箱がゴムボートに移されるのを見とどけると、こちこちにかたまっていた船長の顔から急に力が抜けた。船長は泣きたいのをぐっと我慢した表情で、所員のひとりひとりに、まったく同じ時間をかけた丁寧さで、お世話になりましたと礼をいって廻った。

船長はひととおりの挨拶が終ってから、所長のところへいって、もう一度頭をさげた。船長が口の中で、もごもごなにかいった。所長は大きな頭をそれに合わせてさげるだけだった。

船長がゴムボートに乗り込んで棺箱のそばに坐ると同時に、所員たちは、船長と棺箱に向って手をふった。長方形のゴムボートを長方形に波が取巻いた。ゴムボートは艀に繫曳《けいえい》されてやがて、サソリ岬《みさき》を廻った。そこからは島のかげに停泊している凌風丸の姿は見えなかった。

あとに異臭が残った。

所員たちは、やれやれという顔で、海と浜と断崖と、そして彼等の帰途の白い道へ眼をやった。

「どうも島中が陰気臭くていけないから、今夜は景気直しにいっぱいやろうではないか」

木庭がいった。その提案は即座に支持された。

所員たちはぞろぞろと一列になって、七曲りの岩根を、なんとなく、しめり勝ちな空気をはねとばすように、わざと大きな声を出してのぼっていった。途中で凌風丸の出帆を知らせる汽笛を聞いた。

房野八郎は額に受けたクレゾールの火傷のほのかな痛みをかみしめながら歩いていた。若い男の死骸についたクレゾールの一滴が眉間に飛んで来たのは、死んだ若い男の生への執念が最後の瞬間を利用して、彼の身体に乗り移って来たように思われた。

房野は眉間に受けたあるかなしかの火傷を同僚に発見されることを恐れた。痛みの感覚からどうやらその火傷は鼻筋を上に延ばしていった正中線のあたりになるように思われた。

房野は、その自分の顔を鏡にうつしたときのことを想像した。鏡を覗き込んで、大きな眼を見開いている自分自身の顔が、数年前に亡くなった、池谷技官の顔にすり変った。

〈こんなところに傷をつけちゃった。アカチンでも塗って置こうかな〉

池谷技官がひとりごとをいった。池谷技官の眉間の傷は傷というほど大きなものではなかった。なんでそんなところに傷をつけたかは知らなかった。

〈正中線の上にあるからな〉

池谷技官はそんなことをいった。池谷技官が殉職したのはその翌日だった。池谷技官の殉職と、そのあるかなしかの眉間の傷とはなんの関係もなかった。誰もその眉間の傷のことなど覚えているものはなかった。房野も忘れていた。それが突然、房野自身の額に受けた火傷をとおして、よみがえって来ると、房野の心臓はなにか重大な発見でもしたように音を立てて鳴り出した。

(眉間にできたスポットは死の予告ではないだろうか)

ばからしいと打消しても、なんらの科学的根拠がないことであると思って見ても、ふと頭に浮んだそのことは消えはしなかった。

(死の予告だとすると、それは……)

房野は眼を月夜山に上げた。月夜山の上にはふわりと一塊の雲がかかっていた。毎日見ていて、いっこう変り目のない山だった。その山が死の予告を発するほどの前触れを出している様子はなかった。

房野八郎は庁舎の方へは行かずに、庁舎群の北端にある地震計室に入っていった。地震係の西初男が、地震計のそばに坐って、煤《すす》を塗った記録紙に眼をとおしていた。

「なにかあったかね」

房野がいった。

「なにもないさ、ただ微動が……」

西は専門的なことをいおうとしたが、ただ微動が、といったとたんに喰いつきそうな眼つきをした房野八郎に押されて、いやなんでもないと言葉をにごした。

「それより、なにか用か」

と逆に西に聞かれると房野は、

「いやなんでもないんだ。ただね……」

房野八郎は丸い眼をいよいよ大きくして笑い出した。見かけ上、彼の顔には不安なものの片鱗《へんりん》も発見されなかった。


招かざる客が帰った夜のパーティーで新免春治はだまって坐って飲んでいた。ビールをすすめると、コップにそっと口を当てるけれど、すすんでそのビールを飲み干そうとはしなかった。ビールが好きなほうではなかった。ビールにかぎらず酒類はそういけるほうではなかったが、こういう席にいることが好きだった。新免は眼のすみに微笑をたたえながら、ビール・パーティーの席上で演ぜられる様々な芸を見守っていた。どんな順序で誰がなんの歌をいかなる調子で歌うかは、ちゃんと決っていた。そこには演出者も司会者もいなかったが、自然に会は、鳥島風の様式によってすすめられていった。ビールも罐詰《かんづめ》も、彼等の一日僅かに数百円にしかならない滞在費から、差っ引かれるから、底抜けには飲めなかった。誰かが鯨飲《げいいん》すればその飲み代は、その席につらなる全員で負担しなければならなかった。それは、ごく当り前な日本的習慣であったけれど、島では必ずしも、それがそのままは通じなかった。限られた世界には、それだけのせまさと遠慮があった。ごく僅かな人間だけがいい気分になるための酒宴は、ここでは存在しないと同様に、いい気分になれなくても、いい気分になったような顔をして坐っていることも、島における大事な交際だった。

新免春治は、酒を飲んでいい気分になるほうではなかった。飲めばいくらでも飲めたが、さっぱりいい気分にはなれなかった。彼の身体は酒には反応を示さなかった。愉快でも不愉快でもなく、ただ生理的に、上から下に通過していくだけのことだったから、できることなら、飲まないほうがよかった。新免は人が歌い出すと手拍子を打った。彼に順番が廻って来ると、いくらか黄色い声で、ソーラン節を上手にやった。歌っている顔は酔っているように見えるから、誰もが、新免は酔っているのだと思っていた。

新免は、テーブルの隅にいた。彼と対角線でつながるあたりに、房野八郎が坐っていた。新免は微笑しながら、房野八郎が立上ったのを見て取ると、一段と強烈な拍手を送った。房野八郎のオハコは、石焼き芋屋の呼び声だった。

「イシヤキイモー、ヤキイモ、イシヤキ、イシヤキーイモ、」

最後の「モ」を引張らずに、突然、ばっさり切っておとすような止め方がうまかった。房野八郎のイシヤキイモは、東京の街で聞く、石焼き芋屋の呼び声とはかけはなれて違っていた。時々、他の宴席で聞く、石焼き芋売りの真似ごととも違っていた。房野は房野流にイシヤキイモを創《つく》り出していた。抑揚や節廻しの中には彼の工夫があった。

イシヤキイモの呼び声はよく通った。房野がそれをやると、宴席はいよいよ終りに近づいたことを示していた。人々は、房野のイシヤキイモの中に、郷愁を感じた。房野のイシヤキイモは三度やることになっていた。二度はうまくいったが、三度目は、最初のイシヤキイモーのモの延ばしで、もたついた。そして、イモ、のとどめがすぱっと切れずに糸を引いた。

新免春治は房野八郎がなぜイシヤキイモをやりそこなったかを考えていた。新免は房野のイシヤキイモを十年近くも聞いていた。一度だってやりそこなったことはなかった。

新免は拍手をしながら、それとなくまわりに眼を配った。地震係の西初男の姿が見えなかった。新免は、さっき、房野八郎と西初男が、オゾン観測室の方から、放球塔へつづく石段を肩を並べて登って来るのを見ていた。ふたりは、なにかしきりに話し合っていた。二人の顔に共通した沈痛なやりとりが、ふたりを石段の途中で立止らせたのを新免は見ていた。

新免は西初男が、はじめっから、このパーティーには顔を見せていなかったことを思い出した。

新免はゆっくり立上って、

「ああ面白かった」

といった。それは、いつも、こういうパーティーのあとで放つ、彼の挨拶であった。多くの場合はそのことば通り面白かったが、いまの新免は決して面白いという気分ではなかった。房野八郎のなかに起りつつあることがなんであるか、新免にもおよそ読めかけていた。房野はなにかをつかんだのだ。そのなにかが、鳥島火山噴火に関する、なにものかでなければいいがと願う気持が、新免の足を、石段のところへ運ばせた。夜そんなところを歩く所員はまれだった。彼は提電灯をつけた。オゾン観測室は電灯が消えていた。所長室の窓の下を通って、なかを覗くと、所長は、大きな頭を重そうにふりながら、部屋のなかを歩き廻っていた。

地震計室には煌々《こうこう》と電灯がついていた。五人の男たちが、西初男をかこんで、地震計の記録紙を覗きこんでいた。

西初男のとなりに房野八郎がいた。

「この微動は、火山性微動ではないのか」

房野八郎が聞いた。

「広く解釈すれば火山性微動になるだろうけれど、火山性微動だとはっきりきめることはできない」

西初男は、黒い煤紙の上を地震計のペン先が引掻《ひっか》いて作った、あるかなしかの震動のあとを見ながらいった。

「火山性微動だったらどういうことになるだろうか」

橋場良兼がいった。

「火山性微動だったら、このわれわれの立っている鳥島の内部で、なにかが始まったということになる。そのなにかが、直接、爆発と結びつくかどうかは分らない」

西初男は、おくれて入って来た新免春治に眼をやった。

(お前もやって来たのか)

新免には西初男の眼がそういったように見えた。新免は西の眼を受け流してから、そこに立っている連中の中に割込むようにして地震計の記録を覗きこんだ。

そこには、たった二つのちっぽけな振動というより脈動が描かれていた。眼を遠くはなして見ると、それは紡錘型に近いかたちをした生きものに見えた。

「胴と尾っぽしかない微生物のようだな」

新免は、脈動の記録に対していった。

「火山性微動は、その頭のないのが特徴なんだ、胴としっぽしかないものか、或いは胴しかない脈動が火山性微動の特徴なのだ」

西初男は新免にいった。

「するとやはり火山性微動じゃあないか」

橋場良兼は西初男を詰《なじ》るようにいった。火山性微動の起きている責任が西初男にある

とあたりを見廻して、

「とにかく、もう少し模様を見ないと」

西初男は、多くの人間がそこに集まって来たのが心外でならないような顔で、ぐるっとあたりを見廻して、

「ひょっこり現われて、このまま後がでて来ないこともある」

「こともあるというのは、後がでて来る可能性の方が多いということなのか」

橋場は追及をやめなかった。

「そうとも決っていない」

「どういうことなんだいったい、おれたちは心配しているのだ」

橋場が文句をいい出すと、口先がとがって来る。口をとがらせる度合にしたがって、早口になっていく。

「そのおれたちの中に、このおれだって入っているのだ。分らないことは分らない」

西初男は、問答をやめた。地震計から離れると、机の方へかえり、机上に置いた書類を整理すると、地震計のまわりにかたまっている男たちに向って、

「おい電気を消すぞ」

壁のスイッチに手をかけていた。新免春治は地震計室を出たとたんに寒さを感じた。風が北西にかわったせいもあるが、十一月の鳥島にしては寒かった。涼しいと感じたの

ではなく、寒いと感じとったのは、或いは風邪でも引いたのかも知れないと思った。熱は感じなかったが、熱が出たのかもしれない。そうでなければこの島でこの季節に寒さを感ずることはなかった。ビールを飲んだことが、いくらか寒暖の感覚に影響しているとしても、寒いと感ずるのはおかしかった。酒類に対して無反応な彼の身体が、たった一本か二本のビールで寒さを感ずるほど卑屈になっているとは考えられなかった。新免は呼吸《いき》をとめて全身の神経の末端にまで力を入れて見た。風邪を引いたのだろうか、風邪を引いたときには、こうやればきっと応えがあった。頭の芯《しん》のあたりのけだるさだとか、胃のあたりの倦怠感《けんたいかん》だとか、喉から胸にかけてのなにか熱っぽい感じがあった。彼はそれを彼独特の風邪の徴候と見なしていた。島の風邪は、早いうちに直さないといけない、ここには医師がいない。飛行場もない、荒天が続けば、船は来ないし、来ても上陸できない。風邪が悪化して肺炎でも起したら死を待つより方法はない。だから新免は自衛上、風邪の初期症状を彼の体感によって診断して、早いところ風邪薬を飲んで直していた。

新免はなんどか呼吸を止めた。歩きながらやって見ても、立止ってやって見ても、風邪の徴候はなかった。風邪をひいたのでない。彼はそう決断した。もう寒くはなかった。わざと寒そうに身体をちぢこめて見ても寒くはなかった。鳥島の十一月初めの夜はやはり鳥島の夜らしく、快適な涼しさだった。涼しさを寒いと感じさせるほど風は強くなかった。すると、地震計室を出たときに感じた寒さはいったいなんだろう。その寒さを感ずる寸前までいったいなにを考えていたのであろうか、火山性微動のことだった。火山性微動があったからといって、いますぐ噴火が起るとはきまっていない、と西初男はいった。しかし、火山性微動があるということは地底でなにかが起ったことを示している——そうだ、その西初男のことばが鳥島の夜風に当ったのだ。夜風が、彼の心の中の恐怖を煽《あお》り立てたのだ。それが寒さとなったのだ。

（ばかな、そんなばかなことがあるものか、おれはそれほど臆病ではない、きのうやきよう、この島に来たんじゃあない、もう十数年来、この島とお近づきを願っているのだ。その間、地震にだって、何回も会っている。火山性微動という、いわば、地質学上のヴィールス菌のような現象にだってお眼にかかっているのだ）

それなのに、なぜ、寒くなったのだ。彼は風邪のせいにした。風邪の予感はないが風邪に違いない、台風の夜の遭難騒ぎ以来、寒い目にもあっているし、ひどく疲労している。風邪をひく条件は具備されているのだ。

彼は風邪薬を飲んだ。錠剤が喉のあたりでひっかかった。その錠剤がどうやら奥の方へ落ちついたとき、彼は、おれは風邪をひいているのではないと思った。彼は観測室へ足を運んでいった。彼は、観測当番に声を掛けて、書棚に眼をやった。そこには、いろいろの学術図書が置いてあった。地震の本も火山の本も何冊かあった。彼は火山の本が、中段の右端に数冊並んであるのを知っていた。

鳥島観測所にいると、不思議に勉強する気にはなれなかった。やろうと思えば、時間がないではなかったが、勉強のできるような雰囲気《ふんいき》ではなかった。気候も、居住施設も、勤務も、向学心をおさえこそすれ、沸き上らせるものではなかった。それにもかかわらず、火山の本はよく読まれていた。表紙の手あかがはっきりするほど読まれた。火山関係の外国文献も読まれた。日本各地の火山の報告は特によく眼をとおされていた。新免は火山の本のあるあたりに手を延ばした。そこには数冊分の火山の本に相当する空洞が口を開いていた。火山の本は全部貸し出されていたのである。

新免は、最下段の硝子《ガラス》戸棚の中に置いてある書籍貸出し簿に眼をやった。それを開けば、誰がどの本をいつ借り出していったか分る筈だった。緊急に必要ならば、その人のところにいけば、なんとかなることは分っていたが、新免は、その名簿を取上げようとはしなかった。

火山に関する本がそっくり抜けた書棚の空洞の暗さは、鳥島観測所員の心の暗さに通じていた。九月に起った、フィリッピンのタール火山の爆発と二千人の死者、神津島の連続地震、大島火山の活動、それと、なんの関係もないように見えて、なんの関係もないと誰も結論づけることのできない、松代地震の無気味な連続は鳥島観測所員を平静な気持でほって置きはしなかった。新免春治は自らの遠い恐怖が、遠いものではなく、ごく身近な人たちの間にも起りつつあることを知ると、なにかせき立てられるような気持になって観測室を出ていった。

外へ出たときは、意識したせいか寒いとは思わなかった。そんなことよりも、この気持を誰かに話したかった。新免は彼の私室のとなりにいる、房野八郎のドアーをノックしようとした。電灯は消えていた。

新免はベッドに横たわると、彼の妙にいらいらした気持こそ風邪の前駆症状であるに違いないと思った。疲れてもいるのだ。彼は眼をつぶった。深夜のような静けさだった。電源室のエンジンの音は、すでに彼の身内のものであったから、音としては感じなかった。電源室から洩れて来る一定量のノイズに、少しでもつみ重なったものが、ここでは音であった。音がないということはめずらしいことだった。たいてい風の音があったし、どうかすると海の音がはっきりと聞えることもあった。夜中、どこかの部屋に人が起きて仕事をつづけているのだから、少なくとも音がなくても人の気配がするのが当り前だった。それに新免にとってもうひとつ、偉大なる隣室の音響があった。房野八郎の鼾《いびき》であった。ここの所員は鼾に階級をつけていた。房野八郎の鼾は震度六だった。地震だったら烈震だった。人家が倒壊するほど強い地震だった。

しかし房野八郎の鼾が震度六になるのは、寝入りばなであった。三十分もすると震度四になり一時間もたつと、震度三となり、それは朝まで続いた。

房野八郎の鼾が聞えないということは、彼がそこにいないことだった。新免は起き上った。房野は外に出ているのだと思った。なんのために出たかの回答を新免は、はっきりとつけていた。房野は山の方を気にして外へ出たのだ。風の強い日に山へ登ったり、屋上に立って月夜山の方角を睨んでいた房野八郎は、今宵はどこかその辺の八丈茅の蔭にでも腰を据えて月夜山を睨んでいるに違いないと思った。

新免はせき立てられた。理由なく彼はあわてて部屋を出て、房野を探した。いまは房野を一刻も早く見つけ出して、新免の中の不安なものを聞いて貰い、房野の中の不安を聞き取ってやるべきだと思った。

房野は予想どおり、一叢の八丈茅を背にして月夜山を眺めていた。山を見ているのではなく、ひとりで月見を楽しんでいるような格好だった。

「やっぱりここにいたんだな」

新免は房野と並んで腰をおろした。

「眠れないんでね」

房野八郎はそういって笑った。笑い顔だと分る明るさではなかったが、声ははっきり笑っていた。

とぼけようとしているのだと新免は思った。眠れないというのだったら、少なくとも、眠ろうとする努力を三十分か一時間試みた上でなければならなかった。最近、おそくまで房野が電灯をつけて本を読んでいることを新免は知っていた。或いは寝つきが悪いから、本を読んでいたのかも知れない。しかし、いまそこにいる房野は、眠れないからそこにいるのではなかった。

「どうやら、おれは、はやばやと病気になったらしい」

房野がいった。新免は房野が嘘をいっているのだと思った。なにかかくそうとして、病気になったなどとでまかせをいったと思った。

鳥島で一般的に病気と呼称しているものは、いわゆる人間社会における病気ではなかった。薬を飲んでも、名医にかかっても治癒《ちゆ》する病気ではなかった。六カ月の島の生活の末端に近づくと、ほとんどの人がかかる一種の気鬱症であった。その病気にかかるとひとりになりたがった。誰にも見つからないようなところへいって、一時間でも二時間でもじっとしていることがあった。そのかくれ場所が、時によると、崖の突端だったり、高波が押し寄せて来る波打ちぎわだったりした。その点この病気は危険な病気だった。重症になれば、常に監視がつかねばならなかった。この病気は沖に交替船が現われた瞬間に完全に治癒した。それまで自己を閉鎖して、誰とももものを言わなかった男が、爆発的にしゃべりまくった。

「病気にかかるには少々早いじゃあないか」

新免はさからわずにいった。

「そうだな、少し早いかな」

船は十二月にならないと来なかった。房野はとぼけ過ぎてけらけらと笑った。房野八郎も新免春治も、この病気には、ここ数年来かかったことはなかった。長い間の島の生活で、この病気にかからない方法を心得ていた。帰還日を待ちこがれないことだった。待っても待たなくても、船はそのときにならないと来ないのだ。あと何カ月と何日と数えたところで、どうしようもないことだ。そう悟りきると病気は起きなかった。

「病気はほかの病気だろう」

新免はいった。

「いや、ひとりでいたい病気なのだ」

「すると、おれは邪魔になるのか」

「いないほうがいいな」

新免は立上った。房野の変にこだわるのが、面白くなかった。いつになく水臭いと思った。だが、こっちから、お前の病気は、火山噴火の恐怖の病気だろうと、はっきりいってやれるだけのものはなかった。新免は房野との間にできたこの懸隔が、船が迎えに来るまでは解消しないだろうと思った。

「じゃあ帰る」

新免がいった。

「ちょっと待て――」

房野八郎は新免を呼び止めた。だが房野はなにも言わなかった。恐怖の原因となるものは、科学的に脆弱《ぜいじゃく》だった、それらの現象となんの関係もない、水死人の死臭とともに、彼の額につけられた、死のスポットについても他人には言えないことだった。いうべきでなかった。他人に言うことは、自分の弱さを、秤《はかり》にかけて示すようなものだったし、それが、この火山島の住人にあたえる影響も過小ではないと思われた。房野は、そこまで出しかけたものを呑みこんだ。

第二章

その夜房野は一週間ぶりで、緊張の解けた身体をベッドに横たえていた。招かざる客と、水死体がこの島から去ったことが、彼の気分をいくらか楽にしていた。

房野八郎は夢の中に地震を感じた。それは夢であって、現実の地震ではないと、夢の中で夢を見ていた。地震は長くは続かなかった。やはり地震の夢であったのだと夢のなかで、夢の地震を肯定していると、夢の中で、地震とは関係のない音がした。音が彼の眼を覚ました。房野はベッドに坐り直して、音源を辿《たど》った。人声や足音がはっきりして来ると、房野はなにか大変なことが起きたと思った。彼はベッドからとび起きてズボンを穿《は》いた。壁にかけてある、上衣を取ろうとして手を延ばしながら房野は地震で眼を覚ましたのだと、はっきり自分を取りもどしていた。

人の足音はそれほど乱れてはいなかった。ひとりか二人が、おそらく当直勤務中の誰かが、地震計室へ走っていった足音のように思われた。人声は宿舎全体の私語の総合であった。宿舎は二人部屋と一人部屋に分れていた。一人部屋のものが隣室の二人部屋をノックする音も聞えたし、二人部屋で、声高に、地震について話しているものもいた。かなりの有感地震だったが外へ飛び出していく人はいなかった。

房野は、しっかりと上衣をつけ終ると、ちょっと隣室の方をうかがった。隣室の新免春治の部屋からはことりとも音がしなかった。眠っているわけがなかった。あれほどの地震で眼を覚まさないはずがないと思った。おそらく新免も房野と同じように、いつでも、外へ飛び出せる用意をしているのだと思った。

その地震がどこで起きた地震であるかは分らなかった。何百キロも離れたところに起きた地震か、それとも、鳥島の地下で起きた地震かは即断できなかった。やがて気象庁から電報で震源地を知らせて来るだろう。それまではじっとしていればいいのだ。頭がはっきりした。起きた以上は一応は地震計室へ行って見なければなるまいと思った。彼は隣室の新免を誘う気になった。

第二の地震はそのとき、明らかに、彼の足下からやって来た。どんと突き上げるような衝動と同時に、島はぐらぐら揺れた。彼はベッドにつかまって、キャビネットの上にボール箱に入れたまま乗せてある人形を見ていた。人形は赤毛の西洋人形だった。その表情がゆがんで見えるほど揺れた。その髪がボール箱の中で人形の顔をおおったように も、その人形が両手を上げて、顔をおおったようにも見えた。人形は前傾して倒れた。キャビネットから、ベッドの上に落ち、そこで人形はボール箱からとびだして、床の上に落ちて冷たい音を立てた。人形とともに、いろいろの物が床の上に落ちた。

地震は明らかに、彼が立っている直下から来たものと判断された。眼を覚ましていたから、その確信はあった。遠い震源地から来た地震だったら、最初はユラユラと軽く揺れながら振幅が頂点に達し、やがてユラユラと遠のいていく標準化された地震だった。だが、いま彼の人形を床に叩き落した地震は、いきなり振幅の頂点がやって来たものであった。足下から衝き上げるようにやって来た感じからすると震源地は鳥島の地底にあるように思われた。

房野の頭の中で、地震と爆発とが、結びついた。頭の中で岩漿《マグマ》が重く揺れると、岩漿の溜《たま》りから一条の血管が、鳥島山の頂上に向って延びていった。赤い岩漿は、そこで止った。鳥島山頂まであと一センチか二センチのところまで、延びていってそれ以上の直上をためらった。

房野の頭の中に描かれたものは、彼がその夜おそくまでかかって読んだ火山構造を示す図であった。本に書いてあるとおりのことが、いま実証されつつあるのではないかという気はしたが、まだそれが差しせまった恐怖になって表面には出ていなかった。

房野八郎は観測者のひとりであった。気象も、地象も海象も、ときによると、天象の観測までやりかねない、八面六臂《ろっぴ》の神通力を持った観測者になるようにしこまれて来ているオブザーバーであった。なにごとが起っても、それを冷静に沈着に直視して記録にとどめるのが任務であり、義務であるように飼い馴らされた機械的動物だった。

房野は腕時計を見て、午前二時十三分という時刻を確かめ、同時に、ポケットに手をつっこんだ、その時刻を記録すべき野帳が入っているべき筈であったが、ポケットはからっぽだった。たよりになるものを失ったときのような空白感が彼の頭を横切った。

鳥がいっせいに鳴きだした。観測所の上空を鳴き叫びながら旋回する羽音が嵐のように聞えた。

房野はそのときはっきりと恐怖を感じた。鳥島は爆発するかもしれないと思った。その地震が火山噴火の前駆地震のように考えられた。

(来るべきものが来た)

房野はそう思った。来て貰いたくないものだったが、やっぱり来やがったと思った。咄嗟《とっさ》になにをどうしようという、あてはなかった。気象観測当番者はちゃんといるし、地震当番もいた。いますぐ飛び出していったところで彼がすることはなにもなかった。房野は鳥の声に耳を傾けた。鳥の嵐が上空で起った瞬間、彼はイソヒヨドリ、イソシギ、モズ、トリシマウグイス、ウミツバメの五種類を想像したが、心を静めて、その声を聞いても、その五種類の鳥の鳴き声に間違いなかった。ウグイスは、その恐怖のあらしの中で、ホーホケキョとは鳴かなかった。イソヒヨドリも、シギも、モズも、彼等特有の鳴き方からはおよそ想像できないような奇妙な声を放っていた。

房野は、鳥の死するときその声や悲し、という一句を思い出した。彼の祖父が、幼少のころ彼に話して聞かせたことばだった。なぜ鳥が死ぬときに悲しい声を出すのか、そのころの房野には分らなかった。いま、彼の頭上で悲しげに鳴く鳥たちは、悲しげに鳴いているのではなく、びっくり仰天して騒いでいるのだと言えばそれまでだった。だが地変に対して逃げ場を求めて騒いでいる鳥類の声は、やはり房野には悲しく聞えた。その鳥の悲しみが、房野の膨脹していく胸の鼓動をいくらかおさえていた。

「来るべきときが来たのだ」

房野はいった。鳥島火山はいつかは爆発しなければならない島だった。遅かれ早かれ、その時が来ることが約束されていたのであった。その時が来たのだ。彼は同じことを何度かくりかえした。

ドアーをノックもせずに、新免春治がとびこんで来た。新免の顔は蒼白《そうはく》だった。

「噴火が起るかもしれないぞ」

新免は唇をふるわせていった。

「起るかも知れないさ、だがこのままですむかもしれない」

房野八郎は、自分の口から出た言葉を、自分でも疑うほど、投げやりな言葉に聞いた。新免はむっとしたような顔をした。めったに表情を変えない新免がそういう顔をすることは珍しいことだった。

「このままほって置いていいのか」

「まさかこの鳥島火山の地底にひそむ鯰《なまず》を、おれにおさえこめというのではないだろうな。噴火口にふたをしろというのではないだろうな」

「熔岩流《ようがんりゅう》の火の大蛇から逃げることを考えないでいいのか、といっているのだ」

「ばたばた騒ぐな」

房野は眼を剝《む》いていった。房野が新免に一喝をくらわせたとき、房野は騒げない立場になっていた。

「こういう日の来ることは、この島にいる誰もが考えていたことなんだ、それぞれ、心構えができている筈だ」

房野は新免をたしなめて置いて、意外に自分が、落ちついていられるのは、あの台風が来て以来七日間、この日のことを考えつづけていたからに違いないと思った。来るべきものに対して、構えるだけの余裕があったから、いざ来るべきものが来たら、落ちついていることができるのだとも思われた。

「どうしたらいいのだ」

「待つのだ、この地震が続発するようだったら逃げる準備をしなければなるまい」

「ゴムボートの用意だな」

「そうだ、それまでに、まずこの地震がなにものだかを確かめねばなるまい」

「地震計室へ行こうか」

「待て、西君はいま忙しい、いまは、余計な人間はいかない方がいい、あいつはしっかりした男だ。ちゃんとやるだろう。そのうち気象庁からも、この地震が、この島のものかどうかの回答が来るだろう」

「なんにもしないで待っていていいだろうか」

「春さん、鳥の声を聞けよ、悲しく聞えないかね」

「うるさいだけだ」

「おれはな、あの鳥どもがどこへ落ちつくかを心配しているのだ」

「というと――」

「鳥目に、自分の巣は見えないだろう。朝まで上空で騒ぎまわっているのだろうか」

「八さん、鳥のことなんかどうだっていいんだ、おれたちはどうなるのだ」

「きみは鳥目か」

「なに——」

新免はきっとなったが、すぐ房野がなにを言おうとしたのかが分ったように、眼を伏せた。新免春治の眼がふたたび、房野の顔を見つめたときには、いつものような切れ長の、おだやかな眼になっていた。

「坐れよ」

房野がいった。

新免は房野に言われるままに椅子に坐った。

「な、ぎりぎりいっぱいの有感地震を感ずるだろう、それまた来た」

島は確かにかすかに揺れていた。揺れてはとまり、また揺れた。

「これが火山性地震だったら、脱出の用意をしなければならないだろう」

「ゴムボートの整備にかかろうか」

「待て、その結論は、おれたちがつけてはいけないのだ、おれたちは、いまは静かにしていたほうがいいんだ」

微動はつづいた。坐ったままで微動を感じていると、庁舎の中が騒然としているのがよく分る。

「春さん、山を見よう」

房野は新免を誘って外へ出た。

その夜の月夜山は、いつもより高く見えた。

「八さんが、月夜山を気にしていたのは、やはりこのことと関係があったのだろう」

新免は、もうここまで来たら房野は、なぜ彼が、ここ一週間月夜山を気にしていたかの理由を話すだろうと思った。

「そうだ」

「なにか見たのか、噴火の前兆のようなものでも見たのか」

「いやなにも見なかった、ただ、山が気になったから見ていただけのことだ」

房野はいまとなったらあのことを、なおさらのこと言えなくなっていた。言えば恐怖の火に油をそそぐことになるだろう。

「火山は爆発する前に、異常発光するというのはほんとうだろうか、八岐大蛇《やまたのおろち》の伝説の中の大蛇の眼は、その発光現象で、大蛇そのものは熔岩流だという説がなにかの本に書いてあった」

新免がいった。

「老人の愚説だ。とかく老人は、ものごとをこじつけたがる、創ることができなくなると、他人の創ったものに因縁をつける、悪い癖だ」

「だが前兆の発光現象はあるだろう」

「前兆ではない、それは、前駆現象といってもいいものなんだ、だからおれたちはこうして山と睨《にら》めっこをしている価値があるのだ」

そういっている房野の顔に、新免が提電灯の光を当てた。

「春さん、なにをするんだ」

「八さんの顔が見たかったからだ。いやに落ちついているから、どんな顔をしているか見てやりたかった」

「どんな顔をしていた」

「やはりいつもとは違っているぞ、口では落ちついたようなことをいっているのに、八さんの眼玉はいつもより一ミリほども飛び出している」

「おかしな顔か」

「見たこともない顔だな、それが恐怖の顔だとしたら、おれもいささか、自信が持てる、八さんも、おれも人並みに、恐怖しているのだということが分っただけで、いくらかほっとした」

人の足音がした。提電灯をふりながら誰かが走って来る。新免は光の合図を送った。西初男だった。

「山になにか異常がありましたか」

西初男は乱れた呼吸の中でいった。

「なんの異常もないぞ、月夜山は、おれの女房の顔のように、相変らず、ふくれっ面をしている」

房野が答えるのに、たたみかけるように新免がいった。

「山の見張りはおれたちがやってやる。なにかあったら知らせにいくからな」

たのむとひとことといって、西初男は走り去った。

「朝まで月夜山と睨めっこか」

第三の地震は、房野のことば尻を蹴《け》っとばした。房野は空を泳ぐような手つきをしながらも、山から眼をはなさなかった。山の方で岩のくずれる音がした。遠い無気味な音だった。音はすぐやんだ。

全庁舎にあかあかと電灯が輝いていた。庁舎のあかりを唯一つの生命のたよりのように、鳥の旋風が庁舎の上に黒々と渦まいていた。

第四の地震は地鳴りを伴っていた。地底というよりも、海底深いところから、響いて来るような音だった。震動よりも、地鳴りの方が数倍の威力を持っていた。地底からの呪詛《じゅそ》の声だった、そこにあるなにかが地上に向って吠える声だった。地底の煉獄《れんごく》に繋《つな》がれた悪魔が、足の鎖を断ち切って、咆哮《ほうこう》する声だった。地鳴りはまた、島の身揺ぎによって作り出された空気の振動にも聞えないことはなかった。音と動きと同時に現われる鳴動ではなかった。地鳴りは地動の副産物として生じたものであり、鳴動のように陽気な宣戦布告ではなく、陰険な威《おど》しに聞えた。

「春さん、様子を見にいって来てくれ、おれはここで山を見ている」

新免は夜の中でうなずくと、はや足で去っていった。そのうしろ姿に房野は言ってやった。

「どういうことになっても、見当だけは取違えるなよ。見当を違えたら、生きられる者でも死ななきゃならぬことになる」

房野はひとりになってはじめて風が強くなったことを知った。南寄りの風だった。ゴムボートによる緊急脱出は海のご機嫌次第だった。波が高ければ、島を出る前に波に叩かれ、ひっくりかえされ、一週間前の漁船と同じ運命になるものと思われた。


鳥島部落の南端のテニスコートより更に二十メートルほど南に寄ったところに倉庫があった。鳥島観測所改築工事のために前日上陸した十五名の工事関係者と、気象庁から工事監督官として派遣された大野健が、その倉庫を仮の宿舎としていた。

地震で眼を覚ました工事員たちは、しばらくは、ねむい眼をこすりながらぼんやりしていた。ひどい地震だとは思ったがその地震と噴火とは結びつかなかった。彼等のほとんどは鳥島が活火山だということを知らなかった。

「早く逃げる支度をしないか、島が火を噴くかも知れねえぞ」

八丈島から乗りこんで来た奥山のひとことで、工事員たちは恐怖の底に叩きこまれた。地震と火山との関係は分らなかったが、彼等には、その異常な地震から、ただごとではないと察した。彼等はうろうろした。逃げろと言われても、どこへ逃げていいやら分らなかった。彼等は鳥島について、まだ一夜が明けていなかった。だが彼等は身支度だけはした。商売道具の道具箱を抱えこんだ東京の大工は、印半纏《しるしばんてん》を裏がえしに着ていた。ブリキ屋は右足にだけ地下足袋《たび》をはいて、金切り鋏《ばさみ》を持ってうろうろしていた。

「なにをあわてているのだ。この地震は鳥島名物のお迎え地震だ。噴火なんかと関係ねえぞ」

大野健の錆びた大声が響いた。六十三歳の声ではなく、三十代の若々しい声だった。工事員たちはその声にたじろいだ。

「観測所の方をよく見ろ、外へとび出している人なんかひとりもいねえぞ」

観測所は全庁舎に赤々と電灯がついていたが、屋外に人がとび出している模様はなかった。

「てめえたちいい年齢《とし》をして恥ずかしいと思わねえのか。さっさと家の中へはいれ」

大野は部屋の中の一番奥にあぐらをかいた。大野はいつの間にか、作業服に着かえていた。大野の落ちつきぶりが、工事員たちの不安定な頭を総体的に撫《な》でた。工事員たちは、大野の声に曳《ひ》かれて中へ入った。

「ふとんを隅っこの方へおしやってから、ここに集まるんだ。おれがてめえたちに言ってやりたいことがある」

工事員たちは、それまで、一緒の船で来た大野のことをよく知らなかった。年を取った監督だということ以外、彼についての先入観はなかった。しかし、彼等は、大野の怒鳴る声をひとこと聞くと、大野の素性がほぼ読めた。これはただの監督ではないなと思った。

大野の黒く日に焼けた顔の、細い眼から刺すような鋭い光が、十五人の工事員たちの頭の上を掃いて通ると、工事員たちは、その眼におされるように大野を一番奥にして、楕円形《だえんけい》の円を造った。

「お迎えの地震だっていいましたね監督さん」

大工がいった。

「そうだお迎えの地震だ。おれが昭和二十二年に、この島へ観測所を建てるために上陸したときも、その夜地震があった。そのときは全部で二十二人いたが、ひとりだって騒ぎ廻る奴なんかいなかったぞ」

大野が車座を見廻すと、工事員たちは、ほんの少しばかり、すまなさそうな顔をした。しかし、三回目の地震が来て、棚の物が音を立てて落ちると、工事員たちは、いっせいに立上った。入口にいた二、三人は外へとび出した。工事員たちが、車座を造るまで、またしばらく時間がかかった。大野は奥に坐ったままで、工事員たちの静まるのを待っていた。

「じたばたするな。とびだしたところでどうもなりゃあしない。下手にとび出して崖《がけ》からおっこちて見ろ。それこそ犬死ってことになる。まわりは、みんな海だぞ」

まわりがみんな海だという大野のひとことが工事員たちにいくらかの反省を与えた。より危険なものに、彼等の眼を開こうとした。彼等はやっと車座に戻った。

「鳥島の地震ってのは、そう珍しいものではないんだ。なにも驚くこたあねえ。朝になりゃあ地震は止《や》む」

朝になると地震は止むというのは、大野のでまかせではなかった。それは彼が、鳥島観測所改増築工事にやって来たとき経験したことなのだ。大野がその地震は朝になったら止むといっても、現実に、揺れつづいている地震の中では、そのことばはあまり有効ではなかった。彼等は本能的に恐怖した。大野のことばなんか耳には入らず、全身でおびえはじめていた、奥山がいった山が火を噴くということばと、連続地震は、彼等の頭の中で、なんの矛盾もなく結びついた。

「奥山、さっき地震が来ると山が火を噴くといったな。なんの根拠でそんなことが言えるのだ」

大野は奥山の方へ眼を向けた。答え方によってはただでは置かないぞという、はげしい色が動いていた。大野は、恐怖の火つけ親の奥山の方に、いくらか身体を乗り出した。

「おれはおやじといっしょに、昭和十四年八月の鳥島大爆発のときに、この島にいた。そのときにも爆発のおこる三日前から、衝き上げるような地震が連続してやって来た。そのときといまとが似ているから、おれは火を噴くといったのだ」

奥山は、彼の主張を正当化しようとするためか、胸を張っていった。

「そのときお前はいくつだった」

「二歳だ、おふくろのふところに抱かれて艀《はしけ》でこの島を逃げだしたのだ」

「二歳の時のことを覚えていたというのか、きさまは、その時と今とが同じだと言ったぞ」

大野に問いつめられると、奥山はことばに詰った。

「きさまは親父やおふくろの話を、きさまの頭の中で勝手に、いまの地震と同じような地震にしてしまったのだろう。衝き上げるような地震といってもいろいろある。下からどんと来る地震で、島が火を噴くなら、おれはこれまでに何回も、その噴火にお眼にかかれた筈だ」

地震がやって来た。それほど大きな地震ではなかった。その地震に勢いを得たように、奥山がいった。

「監督さん、おれは嘘をいっているのではない。衝き上げるような地震が来て、島は火を噴いたという親父の話をしたまでのことだ」

「逃げる準備を始めたらどうだ」

大工がおびえたような眼をしていった。

「どうすりゃあいいのだ。おれには女房子供がある、こんな島で死にたくはねえ」

ブリキ屋の眼が車座の奥に坐っている大野健に向けられた。眼尻に複雑な皺《しわ》をよせた大野の顔が、ブリキ屋の方に向った。

「ね、監督さんどうすりゃあいいんだね」

鳶《とび》職人がいった。

「黙っていりゃあいいんだ」

大野は白い歯を見せて、噛みくだくようにひとことというと、二本目の煙草に火をつけた。

「黙っておれといったって、これが黙っておられますか、衝き上げるような地震が来たら島は火を噴くっていうんじゃあねえか」

鳶職は引っ込まなかった。

「そういうこともあるさ。そうでないことだってある。おれはこの観測所を建てたんだ。なんべんもいうようだが開設以来毎年ここへやって来ている。なにも地震はいまにはじまったことではない」

「だってさ監督さん」

その鳶職の追及をふり切るように大野は、

「うるせえな、海は荒れ出した。ゴムボートは出せやあしない、それにな、どっちみちてめえらが騒いだってどうにもなりゃあしねえことなんだ。この島にはそれぞれその道の専門家がいるの。東京気象庁にはもっとえらい専門家がいっぱいいるんだ。そういう人達が危険だと思やあ、高い金を出しててめえ達をこの島へ呼んで工事をさせるわけがねえじゃあないか」

高い金を出してか、とブリキ屋が小声でいった。ふん、まったくよそ様には言えねえような、けっこうな請負仕事だからなと、それに合わせて大工が言った。

地震が来た。衝き上げる型の地震だった。その瞬間十五人の作業員は、その眼で自分自身をかばった。哀願するような眼が大野に向けられていた。

「心配するな、この地震は朝になったらおさまる。この前にもこういうことがあった」

大野は同じことをくりかえして、そこで胸を叩きたかったが、それは若い時分のことで、六十三になって、胸を叩いたところで威力がないことを知っている大野は、拳骨を固く握りしめたまま、なにかもうひとことふたこと彼等の気持を安定させることを言おうと考えていた。いうことはなにもなかった。こういう場合には、監督者が動揺を顔に見せないことだと思った。

大野にもその地震は異常に感じられた。危険感があった。が、彼は、彼の顔で、恐怖をおさえつけた。大野は煙草の火をもみけして腕を組んだ。

時間経過とともに地震計室と無線通信室と所長室との間の人の往き来がはげしくなった。

地震計室で観測された地震の記録は、即刻読み取られて打電された。気象庁からもそれに対して指示があった。

午前二時に地震が始まって以来午前四時までに、地震の回数は四十八回となった。島は揺れ続いていた。

「震源は鳥島付近」

と気象庁地震課から震源地を知らされて来ると、所員達は、予想していたことであったが、もう逃れることのできない宣告にあったように足元を見つめた。

「山に変化なしや、地鳴り、鳴動、空振《くうしん》についてくわしく知らせ乞う」

それは気象庁地震課の当直員が、鳥島の地震と火山爆発とを直結して考えた上、発信した電文であった。

「山には一部落石があったもようなるも、夜間にて詳細不明、その他異常なし、地鳴りはつづいている。鳴動、空振に類するものはいまのところ認められず」

無線通信係の武林公広は機械の前に緊縛されたままだった。電鍵《キー》を叩いているときでも、地震があった。武林は逃げだしたい気持をおさえて、電鍵《キー》をたたいていた。テーブルの上の物が床の上に落ちた。彼が坐っている回転椅子が彼とともに揺れて音《ね》をあげた。地震が来るたびに武林は、無線通信機に眼をやった。真空管はすべて点火され、あらゆるメーターはいつもとかわりなく、指針をぴくぴく動かしていた。武林は、機械が故障を起すことをもっとも強く恐れていた。

(この緊急の場を切り抜けるには、この機械で日本に呼びかける以外はないのだ)

武林の頭の中にはそのとき、日本という二字が大きく浮び上った。

鳥島は昔から日本領土である。くわしくは東京都下八丈島鳥島である。ここは明らかに東京都下にあるのだ。にもかかわらず、日本に呼びかけようという意識か浮んだのは、地震発生と同時に、彼自身を含めて島全体が眼に見えないような速さで、本土との距離を増していくように思えたからでもあった。交信の相手は気象庁であり、気象庁以外との通信は許可されていなかったが、いま武林の頭の中には気象庁の当直の通信係員以外の日本全体があった。日本にたよりたいという気持があった。

武林の電鍵《キー》には乱れはなかった。心が動揺しても、彼の腕は確かであり、彼のキーイングによって、発信される電波と、その変調された信号は、澄んだ音色となって、気象庁通信当直員の耳を打った。

武林は電文を反復打電した。ミスがあってはならないと思った。打電が終って、受話器《レシーバー》をかぶると武林の耳には東京そのものが入って来る。電鍵《キー》を叩く癖で、相手が誰であるかも分る。相手が分ると、相手の相貌を通じて東京が見えて来る。東京はまだ眠っているころだと思った。濃いスモッグにつつまれた東京の中に、そびえたっている八階建の気象庁の三階の通信室で、武林の通信相手は、いささか眠そうな顔をして、義務的に電鍵《キー》を打っているのである。

（東京に居ては、こっちの気持はおそらく分るまい）

武林は鉛筆を走らせながらそう思った。

分って貰いたくても、それはむずかしいことだ。通信は意志の伝達機関であり、そこに何等の感情も立入ることは許されないのだ。

「二時五十二分の地震は福岡、大阪、仙台にも記録された、震源トリシマ付近、その後の模様知らせこう」

武林は電報受信用紙に受信時刻を書き込んで、もう一度電文に眼をとおしてから、彼の後ろに立っている男に渡した。

ぽかっと間隙ができた。次の電報を打電するか、または、気象庁からの呼びかけがあるまで、彼は受話器《レシーバー》を耳にかけたままで、そこに坐っていた。

受話器《レシーバー》を通じて聞えて来る空界は静かだった。砂の流れるような、電子の流動音以外にはなにものも聞えなかった。いつもなら、囁《ささや》きに似た混信や、なにやら得体の分らぬ雑音が、かなりの量、聞えて来るのだが、いまはなんにも聞えてこなかった。異常なほど空界は澄んでいた。空界が彼と彼の同僚たちの動向をひっそりと見まもっているようで、無気味であった。

武林は空白の時間が恐ろしかった。透明な空界の静かな構え方は、空界が地底に遠慮しているように思われた。地底へのなにかの期待のための沈黙かも知れなかった。空界は、つぎに起るべき烈震を耳をすませて待っているのではなかろうか。武林は古典的な物理学のひとこまを思い出していた。空間を電波《でんぱ》が伝播するために、エーテルと称する媒介物の存在を認めさせようとした理論があった。それは科学よりもいくぶん観念論に近よっていた。エーテルは眼に見えなかった。電波は、機械を通じて眼にうつすことができたが、エーテルは決して眼の前にその実証をさらけ出すわけにはいかなかった。エーテル論はその後、ひとりの不幸な天才によって更に変革されようとした。その頭のおかしな天才はエーテルを人間に持ちこもうとして、新興宗教的色彩を強めたところで死んだ。その不幸な天才は、エーテルが空間にも、地底にも充満していて、エーテルの向平等則が地震となり台風となるという説を立てた。

武林は受話器《レシーバー》の静寂さに心をとめた。不幸な天才が、もしこの空界の異常静穏を聞けば、おそらく彼は、エーテルを持ち出して空界と地底との間に有機的なつながりを説明するだろうと思った。静けさは異常だった。受話器《レシーバー》の増幅管が一本か二本切れたようにノイズレベルは低下していた。

地震が来た。

彼は受話器《レシーバー》を掛けたままで、空界と地界との音を同時に聞こうとした。空界は地界の動きになんの反応も示そうとしなかった。

地震が終ったと同時に、武林は、からの電鍵《キー》を叩いた、イロハニホヘトを初めっから、おわりまで反復連打した。電波の発射されない、から電鍵《キー》はカチカチ鳴った。その部屋には彼以外には誰もいなかったが、誰かが見れば、武林は頭に来たと思うだろうほど、はげしく彼は電鍵《キー》を叩きつづけた。

烈震――電源停止、無線機一部故障――予備電源発動、無線機修理――鳥島爆発。だが彼は電鍵《キー》を叩きつづけなければならないだろうと思った。

氷山に衝突して沈んでいったタイタニック号の無線通信室で、最後まで電鍵《キー》を叩きつづけた通信士のように、彼もまた、最後まで電鍵《キー》を打たねばならないだろうと思った。

手首がつかれた。彼は汗ばんだ受話器《レシーバー》をはずして汗をふいた。彼が受話器《レシーバー》と電鍵《キー》から離れた瞬間、彼は死を思った。彼はあわてて受話器《レシーバー》をかぶって空界の声にすがりつこうとした。

（仕事をしていれば恐怖からは逃れることができるのだ）

彼の中で、そんなことを、なにかが彼に告げた。彼はその声を、彼の仕事に対する冒《ぼう》瀆《とく》だと思った。ひどく腹が立った、顔が真赤になるほど腹を立てていながら、その怒りが、ほんとうはなにから来たものだか分らなくなると、また彼は、電鍵《キー》を握った。から電鍵《キー》でイロハを打とうとした、そのとき彼は、彼がおこっているのは、

（なぜ、この恐怖から逃れることのできる電文を打つなり、受信できないのか）

ということだった。

大きな所長の頭が浮びあがった。

「いったい所長はなにをしているのだ」

武林は怒鳴った。

所長は主だった所員に取りかこまれていた。吊《つる》しあげられているといってもいいほどの情けない立場に追い込まれていた。

所長室の窓の外は真暗だった。夜が明けるまでにはまだ間のある時刻だった。

「震源地が鳥島であり、火山爆発の前兆地震が頻発しているのだから、一刻も早く、緊急引揚げの要請を本庁に依頼したらどうです」

「所長はわれわれ所員の生命をどう考えているんですか」

「考えることなんかないでしょう。所長、すぐ緊急引揚げ船をよこせといってやればい

いではないですか」

「所長だって生命は惜しいでしょう。昭和十四年のときは地震が始まって三日目に爆発した。いますぐ船を要請して、少しも早いということはない」

所長は困惑した表情で立っていた。彼の大きな頭でさえも、収容できないほどの多くのことを同時に考えねばならなかった。

確かに鳥島観測所は普通の状態ではなかった。彼はその現象を異常現象と見るべきか緊急事態と見るべきかについて迷った、はっきりしたきめ手はまだつかんではいなかった、異常現象を緊急事態と見て引揚げを要請して、それが緊急事態でなかった場合の責任は彼が負わねばならなかった。鳥島観測所の十八年間の観測記録の鎖をその瞬間に断ち切ってしまうことになるのであった。緊急でないものを緊急だと誤って観測することは、気象観測者として四十年間、営々と築き上げた彼そのものを否定することであった。

だがしかし、緊急事態を異常現象だと思い誤った場合は所員を殺すことになる、そういう例は過去にいくつかあった。その例証において、せめられるものはすべてその時の所長であった。その所長の名は気象史の汚点として記録にとどめられ、しばしばそれは嘲笑《ちょうしょう》の種になった。

所長は明治の生れだった。その島でたった一人の明治の生れらしく、彼はその名誉にこだわった。異常か緊急かを見定めるまでは、自らの手で、鳥島観測所を閉鎖するようなことは決してしたくなかった。あらゆることを慎重にかまえる、もっともよい方法は沈黙だった。

震源地は脚下にあった。地震は連続していた。火山性微動も現われている。だが、それだけの理由で観測を打切って引揚げることはできなかった。

(おれは火山学者ではない)

所長の頭の芯《しん》にはそのことばがあった。それが、所長を更に慎重な態度に追込む原因でもあった。

「いっさいの観測を止めて、いますぐ撤退の準備にかかるべきだとおれは思う。逃げおくれて、この島で焼けただれて死んだところで、どうってこたあないだろう。そりゃ二百万円ぐらいは遺族に出して貰えるかも知れない、だがそれで家族は何年食えるだろう。結局は死ねばばかを見るってことなんだ」

園部雄助がいった。

「所長、なんとかいったらどうなんです。まさか所長が頭に来たというのでもあるまい」

橋場良兼が口をとがらせていった。

(きさまたちこそ頭に来ているのだ)

所長は橋場の方へ視線をやったが、やはりなんとも言わなかった。言わないかぎり現況は持続されるのだ。もう少し延ばして、なにか決定的なものをつかんだうえで、緊急事態なり異常現象なりの判断を下すべきだと思った。

所長は主だった者のひとりひとりに眼をやった。みんないい連中ばかりなんだ。日ごろは仕事熱心で、遊び熱心で、釣り天狗《てんぐ》で、愉快に歌をうたっている連中なのだ。彼等がのぼせ上っているのは地震のせいだ。衝き上げるようにやって来た地震動が、彼等の脳味噌を上部におし上げてしまったのだ。所長の眼の中にいくらかの憐憫《れんびん》の情が動いた。しかしそれは、主だった所員たちには所長の泣き面に見えた。実行力のない所長が、行きづまったあげく浮べた苦悶《くもん》の表情と見た。

「おれは――」

と所長はいった。おれは少なくとも、夜があけるまで模様を見たい、といおうとしている所長の口先に、主だった所員の重みが加わった。主だった者たちの圧力によってその先は彼等に都合がいいように言わせようとする気配が見えた。所長は、彼等の顔にひととおり眼をやった。きさまたちもおれも生命が惜しいのだ。まあ黙って、おれのいうことを聞いてくれないかと、話をかえようとした。その眼に例外が一人だけ応じた。房野八郎だった。房野の大きな眼のなかには異例に見えるほどの寛容さがあった。

所長は房野に向って救われたように口を開いた。

「おれは、少なくとも夜が明けるまで、事態の推移を見ているつもりだ」

「そうするよりしようがないでしょうね。いますぐ船をよこせといったところで船に羽根が生えてとんで来るものでもあるまい。事態の推移は観測当番に見張りさせることとして、あとの手のあいている者は、夜明けとともにゴムボートの整備にとりかかったらどうだろうか」

房野はその提案を所長にいうよりも、彼のまわりに立っている主だった者にいった。おれの意見に不賛成な奴は、いまここで、その理由をいって見ろというような顔付きだった。反対はなかった。誰もそう思っていたことを先に出されたまでのことだった。所員たちの中には所長にまず、緊急事態を納得させて置いて、ゴムボートを整備しようと、考えていたものが多かったから、ゴムボートの方を房野に先に出されると、勝手が違ったような顔になった。

「みんなも賛成のようだ。では所長、ゴムボートの整備にかかりますから」

房野はまるで、退避訓練でもするときのようにいとも簡単にいった。

所長は房野八郎がいつものとおりの房野であることに驚いていた。すべての人が頭に来そうになっているのに、房野だけが例外であるのは薄気味の悪いほど変に思われた。ひょっとしたら房野こそ、もっとも強く頭に来ているのではないかとさえ思われた。

「いいですね所長さん」

房野は意外に思われるほど歯切れのいい声でいった。

「いいだろう、気を付けてな」

なにをいうにしても、最後に気を付けてなというのは、所長の癖だった。もっとも、この島にいれば、なにをするにも気を付けた方がよかった。この島では上陸してから帰るまでずっと気を付けることだらけだった。

「じゃあ、ゴムボートの整備をやろうじゃあないか」

房野がいった。主だった者はなにか房野にごまかされたような気がしたが、別に腹も立たなかった。なにを置いても、ゴムボートの整備に取りかかることが、この場合、大切なことだと知りながら、そのことを後廻しにして、緊急事態発生の電報だけに、こだわりすぎていたことを反省していた。それにしても、房野の落ちつきが解せなかった。いつもなら房野八郎が真先に、眼をむいて、怒鳴り出すような場面だった。その彼が見事に体をかわして主だった者たちの手綱を束にして引きしめたことが、あざやか過ぎた。

主だった者は、房野のあとについて、ぞろぞろとテニスコートへでていった。

「これからゴムボートの整備にかかろうじゃあないか、ゴムボートは全部で六隻ある。その六隻の整備班長をまずきめよう」

房野は大きな声でどなると、ずっと前から、考えていたように、その六名の人の名を次々とあげた。

「各班長は、ゴムボートをテニスコートに出して、空気を入れて、空気洩れの有無を点検してから、櫂《かい》、食糧、水の準備をすること」

明け方の風が吹いていた。房野八郎の声は、ときどき千切れた。そのたびに彼は同じことを繰りかえした。

主だった者は房野のその指令によって、救われたように、すぐ隣の材料倉庫の方へかけ出していった。みんな考えていたことを房野がいったまでのことだった。所長のいうべきことを、所長にかわって房野がいったのである。房野は主だった者の中の、主なる者になっていた。彼はそういう官職ではなかった。階級からいうと、彼より上の者が幾人かいたが、そこでは、誰も房野が主なる者であることに反対しなかった。

房野は自分のしていることが、ごく常識的だと考えていた。ゴムボートの整備という仕事に、一縷《いちる》の生きる道を発見したように、すさまじいばかりの熱意で整備が進められていくのを見ながら房野は、彼が他の人達よりも幾分か落ちついておられるのは、やはり一週間前からの恐怖の予告のおかげであろうと考えていた。

彼は、台風の中で嗅《か》いだ亜硫酸ガスのにおいも、薄紅色の発光も、地球の脳味噌のつぶやきもすべて、誰よりも鋭敏な彼の感覚がキャッチしたものにほかならなかったと自負した。房野にとっては、鳥島の爆発は予想することが恐怖だった。それが現実となって眼の前に現われた場合、彼はもう恐れなかった。彼は戦うつもりになっていた。その恐怖の変化過程は彼の体験した戦争とよく似ていた。敵が潜伏している可能性がある場合、彼の足はふるえた。だが敵が姿を現わしたとき彼の恐怖心は闘争心に変っていた。房野の眉間の火傷はもう痛まなかった。若い男が死臭とともに彼に投げ与えてよこしたいまわしいスポットはほとんど消えていた。

度胸が、他の人達よりいくらか早く、すわったのだと思った。度胸がすわったのかあきらめたのか、その辺のところは彼にもよく分らなかった。

大きな地震が夜明けとともに襲って来た。地震が来ると、すべての手はいっせいに止り、祈るような眼で山をふりあおいだ。その地震はそれまでになく、ゆらゆらと揺れた。衝き上げる地震ではなく、揺り籠に乗せられて揺すぶられるような感じの地震だった。その揺れ方の異常さが、かえって恐怖を誘った。そのあとに精神的な空白ができた。

――房野は葬送の風景を見た。自衛隊のパイロットであった彼の親友の写真は花に飾られていた。その中で彼の親友の未亡人は泣いていた。傍に三児がいた。三児は丸い眼をしていた。よくおれに似た眼をしているなと思うと、それが房野の子であり、未亡人は彼の妻であった。彼はぎょっとした。白昼夢ということは聞いていたが、それがそのようなかたちで現われるとは思いもうけぬことであった。

死ぬのはいやだと思った。こんなところで死んでなるものかと思った。

彼は逃げ場を頭の中で求めた。

――彼の頭の中で烈震が続けて発生した。岩石の崩壊が続いて、B港へのたったひとつの道は閉鎖された。鳴動とともに火柱があがった。亜硫酸ガスが、濃い霧のようになって月夜山の頂を越えておりて来る。火山弾が落下して来て、足元の八丈茅《はちじょうがや》を焼く。庁舎の一部に火がついた。だが、たったひとつのB港への逃れ道は崖くずれによってふさがれたのである。断崖《だんがい》から身を投げて死ぬか、火山弾に打たれて死ぬか、それとも、やがて、流れ出して来る熔岩流に焼かれるか、そのいずれかである。熔岩の赤い流れの速度はおそかった。それは、残忍な死刑執行までの時間を故意に延ばそうとしているようにさえ見えた。やがて熔岩は地肌を隙間なく埋めつくしながら流れ落ちて来た。熔岩の流れ方には、どこかに指向力があった。なにものに対しても妥協しないという自然の強烈な意思表示であった。熔岩流が山肌をおおうと、山は金色に光り輝いた——。

「おい八さんどうしたのだ」

新免春治に背中を叩かれて、房野八郎はわれにかえった。第二の白昼夢は、第一の白昼夢よりも長かったように思われた。

「山を見ているのだ」

と房野はそういって溜息をついた。

「山の見張りはちゃんと立ててある。なにか見えたのか山の方に」

「いやなんにも見なかった。おれはただ山を見ているだけだ」

「ただ山を見ている……。なるほど、そのことばは一週間前にも聞いた。そのうち山をただ見ておられなくなるだろう」

房野は新免のいつになく棘《とげ》のある言葉を聞くと、いたたまれなくなったように腰にさげていた手拭で額の汗を拭いた。身体の奥の方に長い距離を走ったような倦怠感があった。

「櫂の予備を何本作った」

彼は、そこで所員たちとともに働いている大工にいった。

「櫂で生命が助かるなら何本でも作りますよ」

大工は恐怖におびえた眼でいった。


地震来襲第一夜はあけても地震は続いた。

食堂のサイレンが鳴って集まって来た所員たちの顔は全精力を使い果したように憔悴《しょうすい》していた。

日頃、食堂は笑いの巣であった。ここへ来れば、あまり笑わない者でも、義理にも笑わねばならないような雰囲気だった。だが、その朝の食堂は冷えびえと沈んでいた。みんながいらいらしていた。とげとげしていた。なにかあれば、つかみ合いの喧嘩《けんか》でも起きそうな気配でありながら、喧嘩を引起すような熱度に欠けていた。高潮した雰囲気ではなく、冷却した雰囲気だった。過冷却の飽和点で凍結しそうな顔で彼等は箸《はし》を動かしていた。

彼等はいかにして生き延びようかと考えていた。まず逃げる道を考えた。海上に脱出するより方法はなかった。だがもし、それまでに大爆発が起ったならば、死ぬよりほかはなかった。家族のひとりひとりの顔が見えた。家族の将来の姿も見えた。死にたくないと思った。死んで名誉なことはひとつもないと思った。国のために死ぬのが本望だなぞと考えるものはひとりもなかった。

生き延びるためには逃げることだ。逃げるためにはできるだけ、港に近くいることだ、いざとなったら、真先にゴムボートに乗り込むことだ、他人はどうなっても、自分だけは生きたかった。

彼等の考えは、結局はそこまで落ちついていったところで、ふと眼を上げる。その眼を誰かがきっと受止める。そのふたりは、眼を見交わして急いで下を向く。その瞬間に、ふたりは全く同じことを考えていたことを確かめ合うのである。みんながみんな全く同じ考え方でいることが分り合っても、彼等は、自分の考えを率直にひろげては見せない。

彼等の考えは彼等の心の池に沈んで、しばらくたつと、怒りと恐怖の二面になって、別々に現われて来た。

怒りは気象庁に向けられた。こんな危険な島へ、勤務を命じた上役を呪《のろ》った。そして、その怒りはこの島でたった一人の管理職である、所長に向っていくのである。所員は怒りを額に浮べたまま、茶碗と箸をほうり出して席を立った。

心の中に沈んだ恐怖を怒りとして発酵できないものは、その恐怖の中に溺《おぼ》れていった。遠い人の足音にも、地震を感ずる。風音に空振を感じ、それまで聞こうともしなかった遠い海鳴りを鳴動と感ずる。熱っぽい眼を、飯の茶碗に向けたままで飯を食べようとしない。そして突然席を立って外へ出て山の方を見て、山がいつもと変らないでいるのにかえって恐怖を感ずるのである。

「ボートの整備ができたらB港へおろそうか」

新免春治が房野に聞いた。

「B港へ運んでいかないで、どこへ運んでいこうっていうのだ。ほんとうは海に浮べて水洩れがあるかないかを確かめたいのだが、この風ではそれはできないだろう。とにかくいまのところは運ぶだけだ」

「では運んでいく」

そう答えて出て行こうとする新免の背中を房野が一発どやしつけていった。

「おい春さん、しっかりしろ、みんなを引っぱってB港へゴムボートを運んでいくのはきみの役目だぞ」

「八さんはどうするのだ」

「おれはここにいる。やらねばならない仕事がいっぱいあるのだ」

「B港へはいかないのか」

「いけないいから、おれのかわりにやってくれといっているのだ。ゴムボートは赤ん坊の皮膚みたように弱い。岩根にちょっとでも触れるとすぐ破れる。急ぐんじゃないぜ、それをB港へおろしたら、全員をつれて引きかえして来てくれ、おそらくその頃、全所員会議が開かれるだろう」

新免春治はうなずいた。

新免はひどく職階を気にする男だった。おそらく、それは彼の父親が警察官であったためかも知れない。彼は権威に忠実だった。なにごとも、官の序列によらないものは排除した。代表的な公務員のひとりであり、外面的には温順な人柄だった。

新免はB港へゴムボートをおろす仕事を房野から命ぜられたとき、なんとなく変な気がした。承知したものの、どこかに、ぴったり来ないものがあった。新免の上役ではない房野の命令を受諾するのがおかしいという気がした。服務規程外の組織がつくられつつあるということに疑問を持った。だが、新免の頭の隅には、房野が、気をつけてやってくれという命令を所長から受理した事実が焼きつけられていた。彼はそれを発展解釈しようとした。

ゴムボートを整備して、B港に持っていって海に浮べるという非常避難訓練は何度もやっていた、その訓練計画は序列に忠実に組立てられていた。月給の高い者が月給の低い者を指揮する手筈になっていた。だが、今度は、所長がゴムボートの整備を房野に命じたときに、平時の退避訓練とは別個な組織が出来上っていた。その新しい組織によって動いているのだと新免はやっと納得すると、彼は手を勇ましくあげていった。

「B港へ行こう」

新免は、みんなの顔を見た。不満の眼はなかった。ひとりとしてそこにはじまった新しい組織に、異議を中立てる眼はなかった。

B港に向って歩き出すと新免は、もう組織のことはひとことも考えなかった。彼は房野から命令された。その傷つきやすい厄介物をどうやってB港へ無事おろすかということだけを考えていた。

「止れ、一番前のゴムボートだけゆっくり進め、岩に気をつけてゆっくり歩くのだ」

新免は岩の上に立って怒鳴っていた。

新免は恐怖を忘れた。彼は、それまでに、あらゆる意味で、その職務に忠実であったように、いまや新しく、彼に与えられた仕事に忠実に動いていた。

ゴムボートはB港の岩蔭に置かれた。海が荒れていて、総体的な水洩れの検査はできなかった。ひとびとは、絶壁を背にして、打ちよせる波をながめていた。地震があった。いくつかの小石が音を立ててくずれ落ちて来て、男たちの頭を越えて海へとび込んだ。

男たちの顔がゆがんだ。そこは危険な場所だった。海に近かったが、背後に危険な崖を背負っていた。烈震が起って、岩が崩れて来たら、ひとたまりもなくやられるところだった。

つぎの地震は衝き上げる型の地震だった。男たちは頭に手をやった。前よりも大きな石が落ちて来た。ひとつだけあとから落ちて来た拳大の石がゴムボートに当って傷をつけた。空気の洩れる音がした。新免はそのボートにとびつくようにして、修理用のゴム片をゴムのりで貼りつけた。空気の洩れる音は止った。

男たちはほっとひと呼吸ついた。海風が男たちの顔を撫でて通ると、男たちは一瞬申合せたように海へ眼をやった。空虚な数秒が経過した。彼等は直面している恐怖とかなりの隔たりのあることを考えた。家族の日常生活のひとこまが浮んだり、両親の顔を思い出したり、故郷の景色をふと思い起したり、特に野球が好きでもないのに、プロ野球の行われる球場が眼の前に現われたり、何年も会っていない友人のことを思い出したりした。断片的な回想だった。一葉の写真をちらっと眺めたように、それはすぐ頭から消え去った。

「ボートはできるだけ分散して置こう」

新免春治の声に救われたように男たちはボートに手を出した。

引揚船の要請について、園部雄助は一片の紙を無線通信係の武林公広につき出していった。

「以上のような状態につき、引揚船を緊急手配せられたしと一行書き加えて、打電してくれればいいのだ、そうすれば、みんな助かる、きみも助かるのだ」

武林はなにもいわなかった。園部の持って来た紙切れにちょっと眼をとおしただけで、電鍵《キー》をおした。メーターがいっせいに動き出した。

「昨夜来の頻発地震を考慮し、職員及び工事関係者は万一に備えて、冷静に行動し、早朝より救命ボートの点検整備をおこない、目下B港に引きおろし作業を完了せり」

武林公広は一気に打電すると受話器《レシーバー》をかぶった。ＯＫが出た。武林は送信機のパワーをおとした。

「打電してくれないのか」

園部雄助は武林に噛みつくような眼をむけた。

「公電以外はいっさい打電できない、打つならちゃんと所長のハンコを貰って来てくれ」

「所長のハンコが貰えたら、なにも、ここまでたのみになんかこない。武林、よく考えて見ろ、あのわからずやの所長のやるのを待っていたら船は来ないぞ、助かるものが、助からなくなる。きみだってそのくらいのことは分っているだろう。いまきみの打った電文にしてもだ、職員及び工事関係者は冷静に行動しというような表現で、その行動が、職員等の自発的行動であるかのようにカモフラージュしている。『早朝より職員及び工事関係者を動員して救命ボートの整備に当らしめ』とすれば、これは所長の意志によることが明白だが、それをしないのだ、明らかに、所長は退避準備行動の責任を回避しようとしているのだ。しかも冷静にはおかしい。本庁の人がこの電文を読んだら、逆に取る、所長の考え方はすべてこうだ。要するに彼は所長としての立場以外のことはなにも考えていないのだ。な、たのむ、この電報を打てばみんな助かる」

「打てないな、おれはなにも、所長の肩を持っているのじゃあない。公電以外は打てないから打てないといっているまでのことだ」

武林は黙りこんだ。園部雄助がなにをいっても取合わなかった。園部が捨てぜりふを残して無線室を去って間もなく、武林は東京から鳥島を連呼する信号を聞いた。武林はそれに応答して、受信用紙を用意した。

「今回の地震は直接火山の噴火と関係はないと判断される、地震課長」

武林はその電報をふるえる手で受信した。それは、火に油をそそぐ電報だった。震源地が鳥島であり、大小無数の地震がひっきりなしに島を揺すぶり、しかも地震計には、火山爆発の時刻切迫を示す、火山性微動が現われているにもかかわらず、直接火山と関係はないと、責任の地位にある課長が打電して来たことは、鳥島観測所三十五名全員の頭上に汚物をかけたようなやり方に思われた。

武林は電報をわしづかみにして立上ると、所長室へ走っていった。

その電報は所員たちを激怒させた。

所員たちは口々に気象庁幹部の浅薄な配慮を怒った。地震課長がこのような考えでいる以上、島がいま危険に瀕しているということは、上層部の関心外のことだろうという意見が支配的だった。

「地震課長は悪気があっていって来たのではない、彼は、彼の権威をもって、鳥島所員の気持を慰撫《いぶ》しようとしたまでのことだ」

所長はひとことといった。

「慰撫とはなんだ。いまはそんなときではない、いかにして、この危険を脱するかという瀬戸際まで来ているのだ」

「本庁幹部は鳥島を直視していない。彼等の老化している頭にはよほど強くいってやらないと分らない。すぐ緊急引揚げ要請の電報を打つべきだ」

所長は黙りこんだ。あれから十時間以上経過した。地震はいささかもおとろえないし、火山性微動が増えて来ている。だが、観測をやめて撤退したいから船をよこせと言える立場ではなかった。そういってやれば、中央では、所員をおさめ得なかった腰抜け所長と見るであろう、またもし、火山が爆発して死傷者を出したら、無能の所長と呼ばれることは間違いなかった。所長はそのあたりで迷っていた。所長もまた生きたかった。火山爆発の犠牲にはなりたくなかった。ただ所長の場合は他の所員と違って、所長として生きねばならない重荷を背負わされていた。その重荷は、彼の背に密着していて、ふり落せなかった。彼はあくまでも所長だった。

「問題は地震課長の電文の内容よりも、彼の意図だ」

所長は二十年前に北支で会った地震課長の若き日の姿を思い出した。そのとき所長は野戦部隊長の大尉で、地震課長は宣撫《せんぶ》班の中尉だった。宣撫班のその若い中尉は、弁舌が勝れていた。かぎりなくしゃべりまくった、しゃべりにしゃべったあげく、彼がなにをいっているのか理解し得る人はいなかった。

(そうだあの男は宣撫班長だった)

所長は重要なことを発見したように、その過去に向って焦点を当てようとすると、中尉は豪快な笑い声とともに消えた。その笑い方が所長には、彼の現在の立場を嘲笑されているように思われた。

(大尉殿、そんな地震はゲリラのようなものだ。ヤブでもなんでもいいから、それに向ってぶっぱなせばなにかに当る。恐怖という旗をかかげたゲリラは退散するだろう)

中尉がそういったような気がした。

「けしからん奴だ、あの中尉は」

所長は口のなかでつぶやいた。

「だれが、けしからんていうんですか所長」

所長のそばにいて、所長の顔の動きを見まもっていた房野がいった。

「あいつだ宣撫班の中尉だ、いや地震課長はけしからん奴だ」

あいつだ宣撫班の中尉だというところは、声が小さくて房野にはよく聞き取れなかったが、そのなかでたったひとこと宣撫班というところだけは房野にも聞えた。

「宣撫か慰撫かしらないが、とにかくこの電報はけしからん電報です。どうです所長、この慰撫電報を慰撫してやろうじゃありませんか、敵が足を揚げたのだから引張ればいい」

「敵って、宣撫班の中尉のことか、いや地震課長のことをいっているのか」

「そうです、敵ではない的《てき》ですよ、射的のテキ、つまり、この地震課長という中央の放言課長をまとにして火の矢を射かけてやったらどうです」

房野がいった。

「なるほどね」

所長は火が噴火の火を指し、矢が電報を意味しているのだなと思った。

「こう書いたらどうでしょうか、地震課長発の電文受領せり、地震課長の意見は地震学的に見て納得できず。鳥島のこの頻発地震及び火山性地震が、なにゆえ直接火山と関係なきや、その理由をお知らせ願いたし、なお鳥島はその後も火山性微動多く、緊急事態が切迫せりと思われる——。応急の処置をお願いする——。この電報は長官宛に打ったらいかがでしょうか」

所長の大きな頭が重そうにさがった。その電文構成は機も妙も得たものだと思った。所長は、頭の中でもう一度房野の電文を反復した。慎重に反復してから、二、三度つづけ様にうなずいて電報用紙の前に坐って、鉛筆を取りあげた。


午後になって返電が来た。

「今回の頻発地震調査のため洲羽《すわ》火山調査官を海上保安庁の初島丸にて急行させる。出港時間は後刻連絡する」

引揚船ではなかったが、船が来ることは心強かった。いざという場合は初島丸が救助してくれるだろうという期待が、いくぶんか所員たちの心を明るくした。

初島丸は夕刻横浜を出港し、神津島にいる洲羽火山調査官を乗せて、明日夕刻鳥島へつくという電報が入った。

「気象庁が、この島の実情をもっと真剣になって考えているならば長官が船に乗って来るべきだ。建設大臣だって松代へ行ったじゃあないか。日ごろ、最も重要な観測所といってておきながらこういうときに知らん顔をしているのはけしからん、長官がだめなら次長でもいい、部長級のひとりやふたり初島丸に乗船して来るのが当然だ。部長どころか課長もよこさないというのは、どういうことなのだ。中央がその最高管理職としての地位放棄を公表したも同然ではないか。これが職務怠慢でなくてなんであろうか」

所員たちの眼はしばらく所長から離れて中央に集中されていた。

所長はひとりになると、せまい所長室を、頭をふりながら歩き廻っていた。初島丸に乗ってやって来る洲羽火山調査官は、いったいなにを用意して来るだろうか。慰撫か撤退か、妥協か、それとも所長の更迭か。所長は頭をふった。とにかく誰が来るにしても、中央の意見を代表してやって来る洲羽火山調査官は、いまの場合、調査官ではなくして、監察官でもあるのだ。所長は息苦しいものを感じた。洲羽調査官の到着によって、鳥島観測所長としての業務能力が評価されるような気がした。そのつぎに洲羽調査官は火山活動について評価を下すだろう。その評価の本筋は既に地震課長によって示されたとおりである。

(引揚げるべきである。このような危険な島に、多くの人間をはりつけて置くことはできない)

所長は所員たちの前では言えないが、個人としては、はっきりそう言えた。

地震が来た。震度三。所長は反射的に窓の方へ寄って、月夜山を見上げた。頭の芯が痛くなるほど、地震に対して構えている彼の神経は、普通ならば、感じないような弱い地震も感じた。呼吸も胸の鼓動も地震とともに乱れた。彼はその恐怖にどうやら耐えられるのは、所長の役職にあるからだと思った。彼は窓枠《まどわく》をしっかり握りしめながら、いまもし、所長の役職から解放されたら、Ｂ港へかけおりていくだろうと思った。恐怖を顔に現わすことの許されない所長の椅子にそう長くおられる自信はなかった。

恐怖の第二夜の工事員宿舎は第一夜より暗かった。

工事員宿舎の大部屋の電灯は二個あったが、一個は芯が切れていた。奥の方の電灯が切れているので、楕円形に延びた車座の一番奥にいる工事監督官の大野健のところまでは明るさが届かず、彼はその大部屋の奥の置物のように黒く大きく見えていた。芯の切れた電灯を取りかえようとする男もいないし、奥の方の電灯の芯が切れていることに気が付く者もいなかった。

「火山だの地震だので飯を食っている商売人たちがあれほど騒いでいるのだから、えらいことだぜ、これは」

「時間の問題だっていっていたぞ。二日以内に爆発するか、三日以内に爆発するか、或いはいますぐ火が噴き上るかも知れねえってことなんだ」

「船が出たが、この島へつくのは明日の夕刻だそうだ。それまでにもしものことがあったらどうするのだ。浜のゴムボートで沖へ逃げるのか」

「ところがそれが問題だ。ゴムボートは六ぱいしかない、観測所員三十五人で満員だ、おれたちは置いてけぼりを食うかも知れない。全部が置いてけぼりを食わないにしても、何人かは残らなけりゃあならねえことになるだろう。あのゴムボートは六人乗りだ、六ぱいで三十六人乗れる、ゴムボート一ぱいにひとりぐらいは無理矢理おしこめるだろうから四十二人は乗れる。ところがいまこの島に何人いると思う、観測所員が三十五人に、おれたち工事員が十五人、合わせて五十人になる、すると八人が、積み残しということになる。島は火を噴く、八人は焼け死ぬ。逃げ残った工事員八名全滅。東京の新聞はそう書くだろう。置き去りにされた工事員八名なんてどの新聞も書きゃあしないぞ。八人の名前は新聞に出るさ、悪いことでもしなけりゃ一生に一度だって、新聞なんかに出るこたあねえ名前が出るってことだ。名誉のことだ。だが、おれはそんな名誉なんか受けたくないね。おれは、すっとんでいって、真先にゴムボートに乗るぞ、誰がなんていったって、タコのようにゴムボートに吸いついて、離れるもんか」

ブリキ屋の話に工事員たちは引きつけられていった。ありそうなことのように思われた。

「観測所の人に聞くと、火山が爆発する前に、火山性微動ってのが現われるそうだ。それが五分も十分も連続するようになると、そのあとで爆発が起るのだそうだ。観測所の人たちは、それを見張っていて、それが来たらいっせいに港に走っていって、ゴムボートに乗るつもりなんだ」

「そこでおれたちのうち何人かが、置き去りにされるというのか」

若い大工が悲鳴に似た声を出すと、それまで置物のように坐っていた大野健がいきなり立上って怒鳴った。

「ばかやろう、止めねえか。黙って聞いていりゃあ、勝手なことばかり言やあがって。おい、ブリキ屋こっちへ来い。おれの前へ出て、もういっぺん同じことをいって見ろ。おれはきさまの口を引裂いてやるぞ。あのゴムボートは十人乗れる。おれのいうことが嘘だと思うなら、すっとんでいって観測所の人に聞いて来い。ゴムボートには収容能力は充分ある。それからな観測所の人たちがてめえたちを置いて逃げるなんてこたあ絶対にないことだ。てめえたち、おれの顔が見えねえか。おれだって、気象庁の役人だ。このおれに黙って逃げ出すような人は観測所のなかにはひとりだっていねえぞ。びくびくするな。こういうときには静かにして時の来るのを待っているしかねえのだ」

「静かにしろといったって無理だよ監督さん。じっとしていると女房子供のことしか頭に浮んじゃあこねえ。おれが死んだら、女房子供は誰が見てくれるんだ。気象庁の仕事をやりに来て死んだんだから、殉職ってことにして、あとの面倒を気象庁で見てくれるっていうなら、なにもおれは文句なんか言やあしないさ。おれたちゃあ、裸一貫だ。この身が亡びりゃあ、ぶらさがっている女房子供はやはり亡びるんだ――」

ブリキ屋の語尾がつまった。彼は泣き出したのである。

「女房子供は亡びねえさ、立派に生きとおした例がここにある」

大野は怒鳴った。この場合は、工事員全部の心を監督官が摑《つか》まないかぎり、たいへんなことが持ち上りそうで不安だった。

「監督さん、いい加減のことをいっちゃあこまる。みんな生きるか死ぬかの瀬戸際にいるのだ。いざとなったらこの身ひとつで、あの岩根を這いおりて、港へ逃げなけりゃあいけねえってときなんだ」

ブリキ屋はゲンコツで眼をこすった。

「でまかせではねえ、ほんとうのことだ。いままで誰にも話したことたあねえけれど、きさまが、そういうなら話してやらねばならねえだろう。おれの親父は、やはりおれと同じような監督だった。鉄道の穴掘りの下請けの監督だった。日本海岸にでっけえトンネルを掘っているときに地震があった。親父は外にいたが、中にいて出て来ねえ人たちのことを心配して、みんなが止めるのも聞かずに入っていったのだ。第二の地震がやって来ておやじは死んだ。おれの九つのときのことだ。おれはそれから東京に出て丁稚《でっち》奉公をふり出しに色々やったが、二十歳のときには一人前の鳶職人になっていた。そして今では、みんなの前で監督官として口が利けるようになっている。立派に生きとおして来たんだ……」

地震が来た。またも衝き上げる型の地震だった。工事員たちはいっせいに膝を立てて、窓から観測所の方を睨んだ。観測所のあかりは赤々とついていたが、外見は静かに見えた。

「監督さん、こう地震がつづけ様に来ちゃあ、どうせ今夜も眠れません。火山よりさきに、おれの胸のほうが破裂しそうに苦しくなる、監督さん、いったいおれたちはどうしたらいいんです」

鳶職人がいった。

「ずっと、おれが言いつづけていたように、静かにしていりゃあいいのだ。この地震はただの地震だ。火山とは関係がねえ」

大野は、そういって、ポケットから電報用紙の写しを出して、読みあげた。

「今回の地震は直接火山の噴火と関係はないと判断される、地震課長」

工事員たちの反応はなかった。大野はこんどはやや高い声をあげて読んでから、

「今日の午後、気象庁の地震課長から鳥島観測所長あて打ってよこした電報だ。この地震はただの地震だ。火山の噴火とは関係ない。じたばたするなっていう電報だ。気象庁の地震課長といえば、地震火山については、日本における最高責任者だ。その最高責任者が、この地震と火山の噴火とは関係がねえといっているんだから、おれたち素人《しろうと》がなにも騒ぐこたあないだろう」

工事員たちは、きょとんとした顔をした。そう言えば、そうかなという顔をして、お互いに顔を見合せた。納得し合う眼の動きではなく、少々変だとは思わないかという顔つきだった。理屈は分らなかったが、彼等には、昨夜以来の地震は異常に感じられた。鳥が危険を感じていっせいにとび立つように、彼等も本能的な危険を感じて、浮き腰になっていた。その腰を、その一片の電報で落ちつかせようということになにか嘘を感ずるのである。

「おかしいじゃあねえか、そういうわけなら観測所の人が、午後になったら、落ちつきそうなもんじゃあねえか。ところがどうだ。観測所の人は、午後になるといっそうあわて出しているように見えるぞ。ガスマスクを出して点検する、鉄帽をそろえる、ウォーター・ジャケットを用意する。山には見張りを立てる……。だいたい観測所の人は笑わなくなったぞ。怖い顔をして、忙しそうに歩き廻っているのだが、なにをやっているのかおれにはよく分らない。ただ歩き廻っているようにしか見えないんだ」

そういうと大工は、車座の円周にそってぐるりと同意を求めるような眼を送った。工事員たちは、彼等がおかしいと思っていることが、いっぺんにそこにさらけ出されたのを見詰める顔で、大工に相づちを打った。

「そうだ、監督さん、地震課長の電報がそのまま信用できるなら、観測所の人たちは騒ぐ筈がない、異論があるから心配しているのだろう」

それまであまり発言しなかった若い大工がいった。

「異論だといったな。その異論というのがおれには気に食わねえのだ。日本における地震の最高権威者がだよ、この地震と火山の噴火とは関係がないっていったら関係がないんだ。そう考えるよりしようがねえだろう。気象庁の地震課長って人はだな、二ダースほどもいる課長の中では、もっとも偉い課長なんだ。松代地震が始まって間もなく、そのうち大きな地震がやって来るという地震予報をやった人だ。それまで、誰もやれなかった地震予報を、新聞記者や放送記者を前において、堂々とやった課長さんだ。それが見事に適中したことは、みんなもよく知っているだろう」

「その地震課長ってのは博士さんかね」

八丈島から来た人夫頭がいった。

「博士だとも、昔は博士様といったものだ、博士様が旅行に出ると県知事がいちいち駅まで迎えに出たものだ」

「いまじゃあ、博士の数は大工の数より多い」

とっさに切りこんで来た若い大工の発言は皮肉に富んでいた。若い大工は、挑戦的な眼を大野に向けて、

「地震課長の予報が当らなかったらどうする。明日か明後日に島が火を噴いたらどうしてくれるんだ。死んだら、その地震課長という最高責任者が、責任を取ってくれるってて

いうのか。え、監督、あんただって、長いこと役所勤めをしていて、そういうときに誰が一番ばかを見るか知っているだろう」

しかし若い大工の発言に、大野はたじろがなかった。大野は、細いまぶたの間から、かみそりのように光る眼で、若い大工を見据えていった。

「この電報は予報じゃあねえ。予報だったら、台風は北西に向う模様っていうような表現をつかうのがあたり前だ。ところが、この電報を見ろ、今回の地震は、直接、火山の噴火と関係はないと言い切っている。よほどの自信がなけりゃあこうは、言えねえもんだ。この電報は予報電報じゃあなくて、確報電報だ」

大野は、まだなにかいいたそうな顔をしている若い大工の方に立っていって、その電報用紙の写しを渡しながら、

「明日になれば海上保安庁の船に乗って洲羽火山調査官がやって来る。火山の専門家が来て、この地震と火山の噴火とは関係のないことを証明してくれるだろう。それまでは、余計なことは心配するな。心配するだけ損だ」

大野は車座の中心に立ってそういうと、車座へは戻らず、寝支度に取りかかった。だが工事員たちは不安な眼を据えてそこに坐ったままだった。小さい地震があった。頭をかかえこむようにして考えこんでいるブリキ屋の頭の上の電灯がゆれていた。電灯の揺れを見ながら鳶職人は、つづけざまに何度か溜息《ためいき》をついた。

その夜おそくなって、海上保安庁の初島丸の後を追って、気象庁観測船凌風丸が鳥島へ向ったという電報が入った。

第三章

洲羽火山調査官は喉《のど》の渇きを異常なものに感じた。明らかに腹のなかは水でだぶついているのに、喉が渇いた。渇きではなく、渇きの錯覚なのだと思っても、無意識に前に置いてある茶碗に手が延びた。

洲羽火山調査官は茶が喉を通っていく瞬間だけ安堵《あんど》を覚えた。その渇きは荒天の海を小さい船に揺られてきのう神津島《こうづしま》に着いて以来ずっと続いていた。

「やはり、この地震はこの島の天上山が噴火する前兆でしょうか」

神津島村役場の若い吏員がいった。

「そうではないと、さきほどから何度も申上げました。この地震は、大島の地震計にも三宅島《みやけじま》の地震計にも感じています。震源地もはっきりしています。しかしその震源地はこの島ではありません。それにきのうときょう天上山を調査して見ましたが、噴火が起るような兆候はなにひとつとして認められません。海岸周辺の湧水《ゆうすい》にも異常はありませんでした」

「ではなぜ一日に八十回も地震が起るのです」

これと同じ質問を、彼は上陸以来二十四時間以内に何回となく受けた。答えることはいつも決っていた。

「おそらく、今年の八月と九月にこの近くの海底に起った地震の余震だ、と見てさしつかえないでしょう。大きな地震の後の小さい地震なんです」

「でもこの島には火山がある。天上山は承和五年（西暦八三八年）に噴火したという記録がある。この島の火山と今度の噴火が全然関係ないって証明できますか」

洲羽はやり切れないような顔で若い吏員を見た。同じことの繰りかえしなのだ。向うでも、こちらが同じことを繰りかえすのを知っていながら、同じことしか質問できないのだ。同じような答えを何度か聞いているうちに、地震に対する恐怖を追い払おうとしているのだ。無理もないと思った。

「この地震が火山の爆発と関係があるものならば、私の持って来た地震計に火山性微動が記録されねばなりません。それが全然ないということは、この地震は火山と関係がないということになります」

「それじゃあいったい、どうして一日に八十回も地震が……」

若い吏員は話をまたもとに戻した。中年の役場の吏員が若い男の肩をたたいていった。

「同じことを何度も聞くな。要するに洲羽さんは、この地震が火山の噴火の前兆ではないといっておられるのだ。おれたちはここで洲羽さんに、別なことをお願いしようじゃあないか」

中年の吏員はいくらか落ちついていた。わざと浮べた微笑が、洲羽には、それまでになく、その男が彼自身の質問に自信を持っているように見えた。

「火山調査官っていう御役職は珍しいですね。火山を調査して歩いて、噴火するとかしないとかいうことを診断するお医者様のようなものですかね」

洲羽火山調査官は、ひやっとした。そのつぎに出て来る質問がこわいぞと思いながら、それに相槌《あいづち》をうつと、男は丸い顔をいよいよ丸く微笑していった。

「どうでしょう、この地震が火山に絶対に関係がない——つまり、一日に八十回も地震があっても、島としてはなにも心配はいらないという診断書がいただけませんか」

「診断書ですって」

「そうです。あなたが火山調査官つまり、火山のお医者様ならば、それが書けるでしょう。絶対にこの地震は火山の噴火と関係がない。その心配は皆無であるという診断書です」

男は語尾をやや強めると同時に、笑った顔を少しずつこわばらせていった。

「絶対に関係がないとか、心配は皆無だといい切ることは、現在の学問では……」

男は洲羽のそのことばを待っていた。

「ということは診断書が書けないということでしょうか。そうすると、いくらかでも、この地震と、天上山噴火とは関係があるということになるのではないでしょうか、洲羽さん、あなたは、われわれを安心させるために、心にもないこと——、この場かぎりの気休めをいっているのではないでしょうね」

男の顔にはもう笑いは浮いてはいなかった。

「どうです、火山のお医者様、診断書を書いていただけませんか。それができなかったら、ほんとうのことをいって下さい。気象庁から、もっともっと、多くの火山のお医者さんをよこして下さい。いざというときに必要な船のことだって、お医者さんの方から、しかるべきところへいって置いていただかないと、こんなちっぽけな島へは船は廻して貰えないでしょう」

火山を診断する医者だという表現はうまいものだと洲羽は感心した。確かに彼の役目はそうだった。日本にある六十余の火山のどれかにことがあると出向いていって診断するのが火山調査官の役目なのだ。投薬も手術もできない、ただ診断するしか芸のない火山の医者である。

「どうですか洲羽さん」

なにか、実質的なことを言わせたいのだなと洲羽は思った。

「私がいっていることが診断の結果です。これを紙に書いても、同じようなことにしかなりませんが、それでよろしいでしょうか。私は火山の医者ですが、名医ではありません。絶対にとか、皆無とかいうようなことを診断書に書く自信がないのです」

「どうも気になることばかり多くて……大島も活動が盛んになったというし、松代ではずっと地震がつづいているということだし、さっきのラジオで聞くと鳥島にも頻発《ひんぱつ》地震が起きているそうだ――」

村長が口を出した。

「鳥島で地震が起きたんですって」

洲羽火山調査官はどきっとした。神津島へ来て、頻発地震の調査中にも、彼はしばしば鳥島のことを考えていた。伊豆諸島を形成する富士火山帯の島々の中で、もっとも噴火の可能性が強い島は鳥島である。その島に地震があったということは聞き捨てにはできなかった。

「ラジオでは頻発地震が起きているといっていますが」

村長は洲羽の顔を見た。洲羽の顔がいくぶん青くなったように見えたからであった。

「鳥島に頻発地震が起きた……」

洲羽にはそのことがそれほど意外なことには思われなかった。地震があったのが当然のような気がした。起るべくして起ったことであり、地震が起きたのではなく、鳥島が爆発したと聞いても、それほど驚きはしないだろうと思った。すでに洲羽の心の底では鳥島がそうなるのではないかという火山学的な危殆《きたい》感があった。すべてにおいて鳥島の頻発地震発生は必然であったが、その予期したものに彼が顔色をかえたのは、別の理由であった。地震のつぎに起るべき噴火と、そこにいる観測所員の生命と、鳥島火山と直接に結びつく火山調査官の職責だった。洲羽火山調査官の頭の中にある富士火山帯の地底をつなぐ、真赤な岩漿《マグマ》が神津島と鳥島を天秤《てんびん》の両端にして動いた。火山学的には、神津島の頻発地震と鳥島の地震とはなんの関連もないと思われるにもかかわらず、洲羽火山調査官の頭の中の岩漿《マグマ》の比重が鳥島の方へ傾いたように感じたのは、彼がそれまでずっと考えつづけていた火山帯という大きな火山活動体の中において行われるエネルギーの移動についての非平衡的傾向を、発展させた一種の連想だったかもしれない。だが、彼は少なくとも、この数日来の憂鬱な旅行に終止符が打たれたような気がした。鳥島に地震発生と同時に、憂鬱さ以上のものが彼のところにやって来たような気がした。奇妙な勘であったが、その勘はしばしば当った。昭和三十七年の三宅島噴火のときも、彼は出張中に電報で呼び戻されて火山の真只中へ派遣された。おそらく、鳥島が火山である以上、そこに地震が発生したとなると、彼の出番を要求して来るものと思われた。

（それは容易ならぬことだ）

洲羽は鳥島の悲劇の歴史をよく知っていた。

「どうかなさいましたか」

村長が洲羽火山調査官の顔を覗《のぞ》きこんでいった。

「ずっと寝ていませんので」

「そうでしょうな、あの時化《しけ》の中を、お出でいただいたのに、休むひまもなく、すぐ調査にとりかかり、今日は今日で午後からみんなでよってたかってうるさいことばかりお伺いする……」

「そのことならいいんです。私の仕事ですから」

洲羽はいくらか肩をすぼめるようにした。

「お寒いですか、今日はこの島としては、めったにないほど涼しい日です。やはり十一月ですな」

オーバーを着たらいかがですかと村長がすすめた。洲羽は寒いとは思わなかった。彼の頭の中にあの鳥島の地震が、ひと揺れして落ちつくまで、そのまま放って置いて貰いたかった。

洲羽が急にだまりこむと、役場の吏員たちは洲羽に気の毒そうな顔を向けた。洲羽火山調査官が気象庁からの電報を受取ったのはそれから一時間後であった。

「今朝二時より鳥島を震源地とする頻発地震が起り、いまなお震度三ないし四の地震及び火山性微動が連続発生しつつあり、鳥島観測所員の緊急退避も予想されるので、貴官は海上保安庁の初島丸に乗船して現地におもむき、火山調査に当られたし、なお初島丸の神津島到着予定は本日二十三時」

洲羽は唾を呑みこんだ。震度三ないし四の地震が頻発し、しかも火山性微動が発生しているという電報の内容だけで、鳥島がいかに危険な状態に置かれているのか彼にはよく分った。

いつかはこういうときが来ると思っていた。火山調査官という肩書がついているかぎり、やむを得ないことなのだ。彼はその電報を村長に黙ってわたした。

「たいへんですな洲羽さん。だが、洲羽さんにいかれてしまうとこの島もたいへん困ることになる、だからといって、あなたをお引止めすることはできないし」

「この島はまず心配はないと思います」

洲羽はぽつんといった。鳥島の危険性に比較したら神津島は問題にすることはないと思った。

「ほんとうになんでもなく、このままおさまってくれればいいと思っています。とにかくご苦労様でした。これからまた、たいへんなところへ行かれるのですから、しばらく休まれてはいかがでしょうか。二十三時でしたね、初島丸が来るのは。初島丸までの艀《はしけ》は、どうぞご心配なく」

村長は洲羽に休養をすすめた。洲羽は彼の宿舎へ一度は入ったが、すぐまたそこを出て海浜に立った。

地図で神津島を見ると胎児の格好をしていた。頭を北に向け、腹部を西に向けていた。その腹部のあたりが神津島村前浜であった。前浜は弧を描いていた。太陽は西の海上にあった。太陽からの黄金の波の道が洲羽の方に向って真直ぐに延びて来ていた。海は荒れていた。風は南の分力を持っていた。

(二十三時に初島丸が来たとしても、果して乗船できるであろうか)

浜に打ちあげる波頭を見ていると、とても島から船を出せそうもなかった。彼は空を見上げた。いくらか緑色がかった青空は、明暗を分けつつあった。日暮れの時刻がせまっていた。浜を歩いていく彼の足型に影が残った。浜から村道に入って、靴を脱いで、靴の中の砂をはらっていると、村の子供が来て、彼の顔と靴を珍しいものでも見るような顔で覗きこんでいた。

「地震がこわいか」

洲羽が聞くと少年は黙ってうなずいた。


洲羽の眠りは浅かった。三十分ほどの休養を取ると、起き上って食事をして、前から約束してあった村民大会の会場へでかけていった。

彼はそこで二時間半、しゃべった。いくら平易に話しても、二時間半で、地震と火山のことを島の人たちに分らせ、彼等の頭から地震の恐怖をとり除くことはできそうもなかった。

講演が終って役場へ戻ると、

「おつかれになったでしょう」

村長が洲羽をいたわった。

「あなたがきのう、この島にお出でになってからたった二日しか経っていませんけれど、あなたを見ているうちに、なんとなく心が落ちついてまいりました。あなたは、名医ではないとおっしゃっていましたが、たいへんな名医です。あなたは、この島にかかった黒い雲を追い払うことはできなかったが、どうやらわれわれが呼吸《いき》をつけるようにしてくださいました」

役場では彼のために全員が居残っていた。前浜にいくつかの火が見えた。二十三時に入港する初島丸まで洲羽を送るための艀の用意だった。役場の吏員たちはもう洲羽に質問をしたり議論を吹っかけたりはしなかった。彼等は荒天の海のことを心配し、鳥島のことを心配した。

「気象庁というところは人使いの荒いところですね」

と彼に同情を寄せる者もいた。

「お茶はいかがですか。これは結構なお茶です、芋でつくったお茶なんですが」

村長が結構な諸焼酎《いもじょうちゅう》を茶碗についで洲羽にすすめた。

「定刻に入港できればいいがねえ」

役場の人は洲羽の沈黙が、初島丸入港についての心配と見たようだった。

初島丸は、予定より遅れて夜半に前浜の沖に来て停止した。

前浜は村の人であふれていた。集まった人の三分の一ほどは懐中電灯を手に持ったり、提灯《ちょうちん》を持っていた。洲羽火山調査官の送別のためだった。

洲羽は漁船に乗った。船が砂浜をはなれると同時に歓声が湧《わ》いた。彼の無事を祈る声だった。声はまもなく聞えなくなったが、灯は動いていた。彼は村中総出で送別してくれる好意の灯を遠く眺めながら、頭から波しぶきをかぶっていた。船が波と波の間に入ると、島の灯が見えなくなった。海はひどく荒れていた。

胸が悪くなって来た。こみあげて来る悪心《おしん》を、彼は船具につかまってこらえた。嘔吐《おうと》してはならないと思った。それは、彼を送別する村人に対してこの上ない失礼なことに思われた。初島丸は波を巨体で防ぎながら、彼の到着を待っていた。

船では船長と、二人のオフィサーが待っていた。彼を出迎えたのはその三人だけだった。船内は異常に静かだった。

彼は神津島の灯に向って手を振った。ふと彼は、その訣別《けつべつ》が彼の人生に対する訣別ではないかと思った。初島丸に乗船した瞬間に、彼は死地へ一歩を踏みこんだ気持がした。初島丸は動き出した。

彼はサルーンで船長から手紙を渡された。洲羽火山調査官宛に来た鳥島頻発地震に関する情報だった。

想像していたよりも事態は緊迫していた。

「お茶をいかがですか」

船長がいった。洲羽は、報告書から眼を離して、紅茶のカップを取った。ぽたりぽたりと水の垂れる音がした。彼は床に眼をやった。彼は波をかぶったままのオーバーをまだ着ていたのであった。

「とにかく着がえして来ます」

洲羽は立上った。若いオフィサーが洲羽を船室へ案内していった。

「これでよろしかったらどうぞ」

オフィサーはクリーニングしたばかりのズボンと上衣を洲羽の前に出して、

「たいへんですね」

といった。

洲羽はズボンと上衣をおしいただくようにして礼をいった。

船室はふたり部屋だった、下の方のベッドに、顔を壁の方に向けて誰かが寝ていた。格好が宮地らしかった。声をかけると、かれは身体を動かした。顔を洲羽の方へ向けようとしたがそのままうつ伏せになった。宮地に間違いなかった。眠っているようにも、船酔いに苦しんでいるようにも思われたから、それ以上話しかけずにサルーンに戻った。

「気象庁からは何人来たんですか」

洲羽は船長に聞いた。

「あなたの部屋にいる宮地さんひとりです」

「宮地君ひとりですって」

洲羽は自分の耳を疑った、少なくとも数人は乗っていると思った。長官か或いは次長か、少なくとも部長級のひとりかふたり、まかり間違っても、課長級のひとりかふたりは乗り込んでいない筈はないと思った。鳥島は噴火しようとしている。この船が引揚船となるかも知れない。気象庁におけるもっとも大切な前衛観測所が業務を閉鎖するか、続行するかの瀬戸際に立っているのに、長官の名代《みょうだい》として責任ある立場の上層幹部がひとりも乗船していないのは奇異に感じられた。

洲羽はさっき船長から渡された庁議の記録をもう一度出して眼をとおした。

「ほかに報道関係者が十八名乗っています」

「それだけですか」

洲羽は船長のうなずくのを見てほっとした。それだけですかというのは大学関係の火山学者が乗りこんではいないかどうかということだった。彼は大学関係の火山学者を嫌っているのではなかった。地震と火山が結びつこうとすると、気象庁と大学関係の意見を対照的に取上げようとするジャーナリストがよくある。時によると、その発表内容がいかにも根本的に食い違っているかのように報道されることもあって、民心に与える影響は大きかった。彼は三宅島の噴火の際、苦い経験を味わっていた。

(大学の火山学者も、鳥島までは出て来なかった)

卓見だと思った。当然だと思った。鳥島という活火山に火山性微動が観測されているのだ。噴火の可能性は充分あった。しかも鳥島は絶海の孤島であり、港はない。ひとたび噴火が始まれば逃げる場所がない。船が島の近くまで行けたとしても、少し波が高いと、艀さえ接岸できなかった。

学問のためには生命を捨ててもおしくないといって、明治三十五年、噴火直後の鳥島に乗り込んでいった大森房吉博士のような偉大な学者はもはやいない。

それでいいのだと洲羽は思った。大森博士の考えは明治の考えである。彼自身も、もし大学に籍をおいて、たまたま、今度のような機会に恵まれたとしても、進んで調査に参加しないだろうし、頼まれても拒絶したに違いない。死の待ち受けている鳥島へいくのは、学問的な熱意ではない。火山調査官という悲劇的な肩書があるからである。洲羽火山調査官は、紅茶に手を出した。すっかり冷えていた。

「報道関係者たちが、あなたが乗船して来たらインタビューをしたいといっていますが」

船長がいった。

洲羽はうなずいた。洲羽は乗船して来た十八名の報道関係者の勇気を讃《ほ》めてやりたかった。鳥島に上陸すれば死ぬ可能性は充分にあった。鋭敏な彼等がそれを知らない筈がない。知っていてやって来たのだ。

洲羽は待った、聞かれたらなんでも答えてやるつもりだった。真青な顔をした見佐《みさ》記者が入って来た。

「洲羽さんたいへんですね」

見佐記者はそういって、メモと鉛筆を出したが、その二つの武器を握りしめたままで、よろけるようにサルーンのソファーに倒れこんだ。見佐記者は気象庁記者クラブの中で、もっとも警戒を要する記者であった。聞き耳がはやく、その筆先で仮借なく気象庁の弱点を衝きまくった。

だがその見佐記者も船酔いには勝てなかった。他の記者は一人としてサルーンには現われなかった。

「洲羽さんは船に強いですね」

　船長がいった。

「いや、船には弱いんです。大島通いの連絡船に乗って、東京湾内で酔っぱらってしまうんですから」

「そうとは見えませんね。こう荒れると船乗りだってあまりいい気持ではないですから」

　船長はお休みなさいをいってサルーンを出ていった。

「洲羽さん、鳥島は……」

　見佐記者がソファーから身体を起していった。

「さあ、船室までお送りしましょう。記事は明日にしたらいかがです」

　洲羽は見佐に手を貸そうとしたが、見佐はそれをふり切って、サルーンを出ていった。

サルーンには洲羽とオフィサーのふたりが残った。

「船に酔ってもおられないでしょうね」

　オフィサーは同情した顔で言った。

「酔いたいですよ。船に酔って寝てしまいたいですよ」

　洲羽は船に酔っていられない多くの責任をかみしめながら。彼が初島丸へ乗船したことと、その後の鳥島の状況についての問合せ電文を書いてオフィサーに打電を依頼してから、船室へ入ってベッドに横になった。

ピッチングはこたえた。奈落の底へ沈んでいくときは、脳髄だけがベッドに置きざりにされ、奈落の底から突き上げられるときは臓物が、残されるような気持だった。嘔吐の誘惑はそのたびに来た。船が、おしよせて来る大波に向って突き進んでいるのだと思った。南の向い風に難航しているらしかった。到着時間が予定より遅れるかも知れない。

(鳥島到着が明日の夕刻ということになると上陸は不可能である)

明日の夕刻、と頭の中で考えて洲羽は腕時計を見た。午前三時であった。すでに明日の領域に入っていた。

眠らねばならないと思った。神津島以来の蓄積された疲労を、いく分でも恢復《かいふく》させて置かないと今後の行動に関係すると思ったが、疲労と興奮が刺戟《しげき》になって眠れなかった。彼は頭の中で火山の歴史の頁をめくった。

明治三十五年の鳥島の大噴火が起きる二年前に、福島県の安達太良《あだたら》山が噴火して七十二名の死者を出した。また鳥島噴火の三カ月前には、火山史上最大の悲劇が西インド諸島のマルチニック島で起った。モンペレー火山が爆発して、秒速百五十メートルの大熱雲が山頂から流れ出し、サン・ピエール市街の二万八千名の市民のうち、地下牢《ろう》にいた重罪犯人一名だけを残して、全滅させたのである。洲羽は今年に入ってからの火山活動と関係あると思われる現象を頭の中で並べて見た。

九月　フィリッピンタール火山噴火、二千人死亡

十月　沖の鳥島付近の海底噴火による海面異常
十月―十一月　神津島の頻発地震
十一月　三原山の噴火

これらの火山の噴火はそのひとつひとつを取れば独立した現象であったが、地底には何等かのつながりがあるように思われた。そのつながりを地球物理学的に証明することはかなりむずかしかったが、ないというよりもあるといったほうが事実に即した言い方だった。

「今年は富士火山帯の当り年……」

眠れないままに洲羽はつぶやいた。当り年という表現は非科学的であったが、なにかさっぱりした。

（そうだ今年は火山調査官の当り年かも知れない）

洲羽は苦笑した。厄年みたようなものだと思った。眠れそうだった。とにかく眠らなければと、強いて眠ろうとすると、さっき打った電報の返事が気になった。彼は起き上った。

サルーンには誰もいなかった。無線通信室へ行くと、ちょうど電報が来たばかりだった。洲羽は眼鏡をかけ直した。

「たいへんですね」

通信士がいった。洲羽は電報にやった眼を通信士に向けた。初島丸乗船以来、船の人たちが掛けてくることばは例外なしに、たいへんですね、だった。船長もオフィサーも見佐記者もそういった。

「そうです。たいへんなんです」

洲羽は電報に眼を落した。鳥島の頻発地震は少しもおとろえを見せていなかった。火山性微動は増加の傾向にあった。鳥島は最悪の状態へ進んでいっていた。

鳥島火薬庫に接続された導火線がシュルシュルと音を立てて燃え進んでいた。彼は鳥島観測所員の恐怖にゆがんだ顔を見た。船を待ちこがれている顔を見た。

「鳥島はほんとうに噴火するのですか」

「さあ、それは行って見なければなんとも言えませんが、危険な状態にあることだけは確かです」

「上陸されるのですか」

「しなければ調査はできません」

「たいへんですね」

スピーカーからモールス符号がとび出して来ると、通信士はすぐ機械に向った。洲羽は通信室を出た。

たいへんですねという意味が、分ったような気がした。いつ噴火するか分らないところへ踏みこんでいくのをたいへんですねとみんながいたわってくれるのだ。それは確かにたいへんなことだった。大森房吉博士は、そのたいへんを承知で、火を噴く鳥島へ上陸した。そして洲羽もまた、そのたいへんな場へ乗り込もうとしていた。

(たいへんですねと声をかけてくれる人たちは、たいへんだということを承知しているのだけれど、電報で命令を発した気象庁の上層部は、たいへんだということのほんとうの意味を知っているであろうか)

洲羽はベッドに入ってふとそんなことを考えた。眠りは間もなく訪れたが、眠っているのか起きているのか境目のはっきりしない眠りだった。

——夢の中で彼は鳥島のことを、考えつづけていた。夢の中で彼の娘が弾くピアノが鳴り響いていた。ピアノの音に乗って火山に関するあらゆるものが登場して彼の頭の中をかき廻した。

彼は眼を覚ました。後頭部が痛かった。船の動揺は幾分おさまったようであった。腕時計を見ると十時だった。下のベッドを覗くと宮地が起き上って坐っていた。

(そうだ宮地とまだ打合せがしてなかった)

洲羽はたいへんな忘れものをしたように、ベッドから下へおりた。宮地は洲羽の方へ片頰を見せたままで舷《スカットル》窓の方を向いて黙っていた。涙が一条の線となって頰を濡らしていた。

洲羽はしばらく言葉を呑んだ。宮地がなにか洲羽のやり方について怒っているのかと思った。洲羽は、自分の周囲を睨《ね》めまわした。ゆうべのことを考えて見た。宮地に悪いことをした覚えはなかった。洲羽は宮地と一緒に出張したこともないし、ゆっくり話し合ったこともまだなかった。宮地は彼の課における若手のひとりで最近結婚したばかりであった。

洲羽はどうすべきかを考えた。黙っているべきか、それとも言葉を掛けてやるべきかとしばらく考えていた。船がローリングをすると、舷窓から水平線が消えた。海はまだ荒れていた。

「宮地君どうしたんだね」

洲羽は声を掛けた。宮地の涙を見た以上、黙っているのは卑怯《ひきよう》のように思われた。これからふたりで危険なところへ乗り込むのだから、何等のわだかまりもあってはならないと思った。

「癪《しやく》なんです」

宮地は洲羽に正対していった。

「いったいなぜぼくが鳥島へ行かねばならないんです。ぼくの上にはベテランの、係長も主任もいるんです。しかも、今度の鳥島の調査は観測所を閉鎖するかどうかの問題まで引っ懸っているのです、それなのに、ぼくがなぜ、行かなきゃあいけないんです。ぼくは行くのがいやだとは言いませんでした。ちゃんと命令どおり出て来ました。だが、考えて見れば見るほど癪なんです。危険なことは下っ端にやらせようとする上の人たちの考え方が憎いんです。いざとなったときにさらけだす人間のエゴイズムが癪にさわるんです。ぼくは下っ端です。だから死んでもいいということはないでしょう。生命が惜しいのは誰だって同じです」

洲羽は黙って聞いていた。宮地のいうことはよく分った。洲羽も、宮地ひとりしか乗船していないと知ったときに同じようなことを感じていた。

「なぜ下っ端だけが損をしなけりゃならないのです」

宮地は涙を拭かなかった。二条の涙は頰を伝わり、首筋にまで流れていった。

「いやだとなぜ言わなかったのだ、係長か主任に、あなたが行けばいいでしょうとなぜ言わなかったのだね」

「話があったときには、出張命令はもう出ていたのです。卑怯です。卑劣です。彼等のやり方は」

「だが頑張るべきだったな。どうしてもいやだとごねればなんとかなった。だが出て来た以上はあきらめるよりしようがない。ぼくだってこんな仕事はいやだ。いやだけれど仕事だから止むなく、神津島からびしょ濡れになってこの船に乗りこんで来たのだ」

洲羽はポケットの煙草を探した。オフィサーからの借り物の上衣には煙草はなかった。

濡れた洋服のポケットを探すと、タバコは濡れてふやけていた。

洲羽は宮地から貰った煙草に火をつけて、宮地と並んで腰かけた。

「不思議なものだよ宮地君、いつもなら、船に酔って、煙草のことなんか忘れてしまうのに、今度は煙草が飲めるのだ」

宮地の返事はなかった。見ると、一時止りかけた涙がまた流れ出していた。

ドアーをノックする音が聞えた。洲羽が、宮地をかばうように立上って返事をすると、ボーイが電報を洲羽の手に渡した。鳥島の状況は依然として不穏だった。できるだけ今日中に上陸してほしいという鳥島観測所の要望が添えてあった。洲羽はその電報を宮地に手渡した。宮地の涙は拭われていた。


初島丸は予定よりやや遅れて鳥島に接近した。鳥島に頻発地震が発生してから第三夜目が訪れようとしていた。波はまだ高かった。

鳥島は水平線に浮んだ帽子のように見えた。島のバックとなっている空と島との明暗の差が曖昧《あいまい》にぼかされて来ると、島の一点に灯がついた。鳥島観測所で初島丸誘導のために焚火《たきび》をはじめたのである。

焚火は鬼火のように揺れて見えた。鬼火が鬼火でなく、はっきりと焚火になって見えるほどに接近したところで初島丸は停止した。焚火が消えて、発光信号が初島丸に通信を求めて来た。洲羽火山調査官上陸についての打合せだった。海上はまだ荒れていて、艀をおろしてB港に接近することは危険であった。

島と船との意見は完全に一致した。

「頻発地震止まず、いつ非常事態が起るやも知れぬから、海上より監視願いたい、当方はゴムボートをB港に置き緊急避難に備えつつあり」

発光信号は島の状況をそう告げていた。

洲羽は双眼鏡をしばらくぶりで見る鳥島に当てた。暗くてなにも見えなかったが、暗さのなかに沈んでいる多くの不安が双眼鏡をとおして見えるような気がした。

その夜も洲羽は眠れなかった。

二十三時、デッキに立って鳥島を見ていた彼は、異常なショックを感じた。船体が衝き上げられるような衝動だった。洲羽と並んで立っていたオフィサーと顔を見合せた。オフィサーは機関室になにか起きたかどうかを問合せた。なにも起きてはいなかった。

「地震ですね」

オフィサーがいった。洲羽はその前にすでに、それが地震だということを知っていた。地底から衝き上げて来る火山地震特有の型だった。海水という緩衝体をとおして、初島丸の地下でなにが起っているかを体感したオフィサーは、

「もし鳥島が噴火を始めたら……」

オフィサーは島に眼を釘付《くぎづ》けにしたままでいった。

「島に向って、もっともっと接近して、内火艇をおろして、ゴムボートで脱出して来る所員をひとり残らず助けねばならないでしょう。この船自体も損害を受ける覚悟でいなければならないでしょうね」

洲羽は船長のいうようなことをいってから、

「でも火山の噴火の確率というものはかなり低いものですよ。あらゆる噴火の条件が揃《そろ》っても噴火しないことだってあるんです」

それは洲羽の鳥島への祈りのようなものだった。そういわないではおられない気持だった。

鳥島に関する監視はずっと続けられた。島と船とは発光信号でつながれた。洲羽は一睡もしなかった。眠いという気持も起きなかった。眼の前の黒い島と、その島にいる五十名の命を、ゆだねられたような気持でいた。

午前四時、サルーンで報道関係者と洲羽火山調査官との記者会見が行われた。

「夜が明けるとともに、本船から内火艇をおろす予定です。波はまだかなりありますが、B港まではいけるでしょう。内火艇を接岸させたいのですが、岸に近よると、岩礁があって、内火艇のスクリューが破壊されますから、B港の中で鳥島気象観測所のゴムボートに乗り移って、上陸していただくということになるでしょう」

船長が海の状態を説明した。

洲羽は彼の前に坐っている見佐記者に話しかけるような口調でいった。

「ぼくと宮地君とは内火艇に乗って鳥島に向います、鳥島は依然として危険な状態から脱してはいないようですから、みなさんの上陸はもうしばらく待った方がいいかと思います。同行されるとこっちが迷惑するから止めてくれというわけではありません。ぼくらが上陸して調査して、その結果を船に知らせますから、その模様次第で上陸するかどうかを決めるということにしたらいかがでしょうか。島にはゴムボートがありますが、収容人員には制限があります。そのこともお考えになって同行されるかどうかをきめていただけないでしょうか」

報道関係者たちの間に重苦しい空気が流れていた。ここまで来た以上、洲羽火山調査官とともに上陸したい気持は強かったが、上陸することからしてかなりな困難があり、しかも、島がいつ噴火するか分らないという状況下では、洲羽火山調査官の意見に従わざるを得なかった。

「われわれが上陸できるかどうかはいつごろ分るのですか」

見佐記者がいった。

「おそらく午前中には、おおよその見当はつくでしょう」

洲羽がこたえると、すぐ見佐は船長に向っていった。

「内火艇とゴムボートの方はお願いできるでしょうね」

「ゴムボートのことは観測所にたのんで見ましょう。内火艇はいつでも出せるようになっています」

報道記者との会見はおよそ六、七分で終った。洲羽は、いつもならば、はげしい口調で突込んで来る記者たちが、おとなしく洲羽の意見を聞いてくれたことに、その場の切迫した雰囲気《ふんいき》を感じた。十八人の眼は、いつものように、不審の点をほじくりかえし、弱点に斬りこんで来るあの好戦的な眼つきではなかった。彼等は理解した眼つきをしていた。事態を直視した以上、余計なことを言うまいとする眼が明白にうなずき合っていた。だが洲羽は彼等の納得の眼の底に、洲羽と宮地に投げかけている一種の憐憫《れんびん》の眼差《まなざ》しを見逃さなかった。それは、出征軍人を送る眼付きでもあった。生きて帰る確率が少ない戦争にでかけていく男たちを見送る、あのやり切れないほど、多くの疑惑を感じさせる、わずらわしい眼付きだった。

「では一時間後に内火艇をおろします」

船長が立上っていった。

洲羽は船室にかえると、まだよく乾いていない、彼自身の洋服に着替えると、借りた服を持って、オフィサーの私室を叩いた。

「まだ濡れているじゃあありませんか」

オフィサーは洲羽の洋服を見ていった。

「上陸するときにはまた濡れますから」

洲羽はひょこんと意味のないおじぎをしていった。

「いや、それはいけません、濡れたままのものを着せていったとなると、ぼくの気持が済みませんから、それを着ていってください」

オフィサーは洲羽がさし出した洋服を邪慳《じやけん》におしかえしていった。受取る気配はなかった。強いて、そこにその洋服を置けば、オフィサーの機嫌をひどく悪くするように思われた。

「ではお借りします」

「どうぞお使いになって下さい、その方が気持がいい」

オフィサーはほっとしたような顔をすると、

「いよいよたいへんですね。しっかりやって下さい」

「しっかりやります」

洲羽はまた相槌のような意味のないおじぎをした。

「煙草は？」

と聞かれたとき洲羽は、もしかすると、このオフィサーは餞別《せんべつ》の意味で洋服を貸してくれたのかも知れないと思った。その餞別も単なる餞別ではなく、死地へ臨む者へ贈る餞別のつもりかも知れない。嫌な気がした。このさい、いっさいの同情や憐憫の押売りは彼に取って迷惑だった。洲羽は万歳と幟旗《のぼりばた》に送られて出ていく兵隊だとは思いたくなかった。彼の行動に彼自身の意志を明確に自立させたかった。火山の調査に上陸するのであって、それ以外のことを考えたくなかった。彼はオフィサーのさし出す煙草をことわって、真直ぐ彼の船室へ行って下船の準備を始めた。

「宮地君、人間の一生には、これこそおれがやったのだと、人に自慢できるような仕事はそうたくさんはないものだ。その意味では、今度の仕事は、君にとっても、ぼくに取ってもやり甲斐《がい》のある仕事だ」

「やり甲斐のある仕事です。おそらく、生きて帰るにしても鳥島の灰になるにしても、これだけやり甲斐のある仕事はないでしょうね。ただぼくにとっては、やり甲斐の意味が多少違うんです。ぼくは洲羽さんに、ここではっきり言っておきますが、仕事はやります。なまけたりなんかしません。だが心の底から仕事にせいだせといってもそれは無理です。おそらく、ぼくの心に空洞ができた場合、あのエゴイストたちのことを思うでしょう。いまごろ、まだぬくぬくと寝ているあいつらを呪《のろ》うでしょう、呪いながらぼくは仕事をつづけます。私にとってやり甲斐のある仕事ということは、ぼくがあのエゴイストたちを呪うことを決して止めないということです。金輪際、あいつらを許そうとしないことです。島へ来てしまったから、あきらめて仕事をしようなんて浅はかな妥協はしません。最後の最後まで奴等の計画的エゴイズムを呪います。お分りですか洲羽さん、ぼくのやり甲斐のある仕事の意味が分りますか」

内火艇が海上におろされて、その中からふたりの船員が船を見上げていた。

「さあどうぞ」

船長が洲羽と宮地をうながした。モッコの中にはすでに携帯用高倍率地震計が積みこまれていた。洲羽は船長と、彼のそばに立っているオフィサーに目礼してから、宮地と前後してモッコの網の中へ入った。モッコの網の目をとおして、彼等を見送っている報道関係者十八人の眼があった。船の人も、報道関係者もつめたい顔をしていた。笑いを以てふたりを送り出そうとする者はいなかった。声も出さなかった。送る者はすべて一様に黙りこくって、モッコに乗りこんだ二人と、そのモッコのバックとなっている黒い島に眼をやっていた。

チーフ・オフィサーの手が上ると、モッコを吊《つる》しているワイヤーが延びた。ウインチの音が聞える。モッコに乗った二人を吊り上げた揚貨装置《デリック》の桁腕《ブーム》が静かにヘッドをおとしていった。モッコが揺れると、モッコの網目から見える鳥島も揺れ動いた。

ふたりは内火艇におろされた。

内火艇が出発するとき、デッキで見送っている人たちがいっせいに手を振った。内火艇が初島丸から百メートルほど離れて、洲羽が島の方へ向き直ったとき、彼はそれまで鳥島噴火に対して抱いていた恐怖が形を変えていくのを感じた。恐怖という怪物から衣を一枚剝《は》ぎ取った感じだった。生《なま》の恐怖を眼の前に見ようとしている、へんな落ちつきだった。諦《あきら》めではなかった。棄てばちになったのでもなかった。恐怖の前で居直った気持だった。彼の心臓の鼓動は、内火艇のエンジンの響きとよくマッチした。新しい彼が、そこに生れつつあるような気がした。軽快なエンジンの音に刺戟されて、洲羽の中には仕事のスケジュールが組まれようとしていた。それまで二晩も寝ずに考えていたが、頭のなかがせわしいだけで、鳥島へ上陸して、なにをやるべきかのスケジュールは出来ていなかった。恐怖が先に立った。火山の怖《おそ》ろしさを知っている彼は、もっとも、噴火を恐れた。それでも彼は調査のスケジュールを樹《た》てようとした。頭のなかで書いては消し、消しては書きながら結局は上陸してから、調査計画を樹てるしかないのだと思っていたことが、いま内火艇のエンジンの音の中でつぎつぎと調査の構想がまとまっていくことを不思議なことのように思っていた。

(上陸してまず第一にすることは地震計室へいって、記録を調べることだ。第二には高倍率地震計を設置することだ。第三には、火口の調査と、地形の変化を調査することだ。一と二と三は並行してなされなければならない。第四は所員たちを集めて、調査結果を

公表し、同時にその結果を本庁へ打電して、その後の指示を仰ぐことだ）

それは鳥島が現在の状態をそのまま維持しているかぎりに置いては、不可能ではなかった。が、もし緊急事態が発生した場合は、スケジュールはそのとおりであるべき筈はなかった。

（そのときはそのときに適当な処置を講ずるよりほかに手はない）

風は涼しいというより、やや寒かった。内火艇がB港に近づくと、すでにゴムボートが一艘《いっそう》彼等を迎えるために、湾内に浮んでいた。

洲羽は白いものを三つ見た。B港の浜というにはあまりに狭すぎるところに並べられた白いゴムボートと、その浜から左右に延びていく白い汀線と、観測所へ登る白い道だった。波は岸の岩根を叩いて崩れ落ちていた。ゴムボートに移乗しても、果して、波に呑まれずに上陸できるかどうか疑問だった。

白い道は、B港から絶壁の間をS字型に延びていくコンクリートの登山路だった。白いものの他は黒かった。残酷なほど黒い絶壁に囲繞《いにょう》された鳥島は非情な物体に見えた。

洲羽は海に眼をやった。海は南方特有のみどりがかった色をしていた。空には雲がなかったが、鳥島の頂上の月夜山の頂には、一片の絹のスカーフのような雲がたなびいていた。

洲羽はB港の奥へもう一度眼をやった。白い道の基部に十人ほど集まっているのが見えた。洲羽は彼と並んでいる宮地の顔に眼をやった。宮地は歯をくいしばっていた。ゴムボートに乗った人の顔が見えて来ると、宮地は光る眼を洲羽に向けていった。

「荷物が先ですか人が先ですか」

宮地の声は曇ってはいなかった。

「荷物だ。携帯用高倍率地震計の荷物をひとつずつゴムボートに移乗させるのだ。それから君がまず乗り移れ」

洲羽の気持は澄んでいた。やれそうだった。たいへんなことが控えていようとも、やれそうだという自信がついた。

「いいか、島の人たちには心配そうな顔を見せるな。こっちは火山の医者だ。医者が、へんな顔をすると、患者は、ほんとうに重病かと思うからな」

洲羽は、神津島の役場の吏員がいった火山の医者ということばを思い出しながら言った。

宮地は素直にうなずいた。

ゴムボートに乗って来た二人の観測所員は洲羽の顔見知りであった。ひとりが手をあげて洲羽に合図した。内火艇とゴムボートが近づいたが、二人とも、洲羽たちに対してご苦労様とも、よく来てくれたとも言わなかった。怒ったような顔つきと怒ったような声で、内火艇の船員たちと移乗について、ふたこと、みことしゃべっただけだった。

洲羽と宮地と携帯用高倍率地震計と初島丸との通信用のトランシーバーなどがゴムボートに移乗されると、内火艇は静かに去っていった。

「勝手に動かないで下さい」

ゴムボートの船頭になってやって来た園部雄助がいった。

「下手に動いて海におっこったって知りませんよ」

それが、洲羽と宮地にかけた鳥島観測所員の最初の挨拶だった。

園部雄助は竿を手に持って、岩をたくみによけながら岸に近づいていった。波が眼の前で岩に当って崩れた。

「それっ、と号令を掛けたら思い切って岩にとびつくんだ」

ゴムボートは波にゆられていた。ボートが波の頂点に乗るちょっと前にボートを蹴《け》って陸に移らなければならなかった。洲羽は、この前来たときに、その経験があったが、その時は、このきわどい芸当について所員たちはもっと親切だった。実演もしてくれた。

陸からも助言があった。

陸には十人ほどの人が声もなく、ふたりを待っていた。大きな頭の所長の姿が、淋しげに十人とはやや離れた岩の根方に立っていた。

宮地はうまくとんだ。洲羽もとんだ。とんだ彼等の手を、つかまえてくれる人はいなかった。洲羽はいささか憤然とした。手ぐらいさし出してくれてもいいではないかという感情を、浜に居並ぶ十人の男達に投げた。十人はそれにきびしく応えた。なにしにやって来たかという眼付きだった。唾でも吐きかけそうな顔付きだった。宮地が一歩さがって洲羽と並んだ。宮地も、所員たちの憎悪《ぞうお》に満ちた出迎えに気づいたようだった。

十人の眼の中の一人だけが、やや他の男たちとは違っていた。その眼は慎重に、所員と洲羽火山調査官等とを見くらべてから、おそるおそる前に出ていった。

「ご苦労様でした。さあどうぞ」

所長は大きな頭を重そうにおろしていった。洲羽はそれでもまだ不満足だった。納得がいかなかった。他の九人がご苦労様ですと言わないかぎり、そこに立っていようと思った。洲羽が胸を張ると、宮地も彼に倣《なら》って胸を張った。

「携帯用高倍率地震計のセットにすぐ取掛ります。みんなで手分けして持っていって、ていねいに包装を解いて、記録部は地震計室に置き、感部はできるだけ火口の近くへ持っていくようにして下さい」

洲羽は九人の男たちに向っていった。

「なんのために、そんなことをやるんです」

橋場良兼が口をとがらせていった。

「なんのためにとはなんです。鳥島にある地震計では火山性微動がよく分らないから、高倍率の地震計を持って来たんです。火山の噴火の手掛りになる、もっとも有力なものはこの機械だということぐらい観測所に勤めていて知らないのですか」

洲羽のその一言は男たちの結束をくずした。彼等は互いに眼を見合せて、勝手が違ったなという顔をした。

「おい、みんなで手分けして持っていこう」

房野八郎がいった。男たちはてんでに機械に手を出したが、洲羽と宮地の私物を持とうとする者はなかった。

「たいへんでしたでしょう」

所長が二人の荷物をまとめると、駅のボーイのようにふり分けにして肩にかつごうとした。新免春治が、その荷物を奪い取るようにして肩にかついだ。一行は、白い道を、歩き出した。

洲羽と宮地が衝き上げられるような地震に見舞われたのは、岩壁につけられたS字状の道のちょうど半ばを過ぎたときだった。洲羽は両手で岩をつかんで、反射的に山を仰いだ。彼の前を歩いていく人達も例外なく彼と同じ格好で山を見つめた。洲羽はかつて、それほど強烈な衝き上げ地震に出会ったことはなかった。三宅島の噴火の地震もこれほどではなかった。地震ではなかった。大地の激動だった。洲羽は鳥島の地下に起りつつあることが、想像以上に容易でないことだと思った。

洲羽と所長は一行よりややおくれた。洲羽は山登りには自信があったが、呼吸《いき》が切れた。無理をすると眩暈《めまい》がしそうだった。考えて見ると、ここ一週間はろくろく寝ていなかった。

「つまり、どういうことになるのでしょうか」

ひといき入れている洲羽のそばで所長が小声で言った。

「どういうことというと」

「本庁の方針なんですがね」

所長は言いすぎはしなかったかなという顔をした。彼は慎重に、慎重にと心の中でいいながら顔の汗を拭いた。洲羽は大命を帯びて来たのだ。慰撫《いぶ》にやって来たのだ。地震におびえずせっせと観測をやれ、という長官の秘命を帯びてやって来たのに違いない。頻発地震は火山に関係がないという、地震課長の電報の裏付けにやって来たのに間違いはないが、その秘命の中にも、或る程度の妥協があるに違いない。長官は妥協の好きなお人だ。まず妥協を頭に描いてから方策を建てるお人だ。長官の秘命を帯びて来た洲羽調査官が、妥協条件を持っていない筈はない。それを探り出さねばならない。

「十一月にしては暑い方ですよ今日は」

所長はまた顔を慎重に拭いた。

この所長はどうかしたのではないかと洲羽は思った。危機に瀕している鳥島に暑いも涼しいもないはずだった。

「ねえ洲羽さん、本庁の方針はやっぱり、つまり、それをやれということでしょうね」

洲羽はそのへんてこな所長のことばをどうとっていいか、ちょっとの間考えていたが、上陸以来のなめられつづけた鬱憤が、その所長のことばの返事を考えているうちに、いよいよこらえられないところまで膨脹してくると、

「知らんですね。本庁のことなんか、ぼくは、神津島に出張中だったのを強制的にピックアップされてここへやって来ただけのことですよ」

洲羽の投げ出すような言葉はややヒステリックな響きを持っていた。所長と洲羽の会話を、木庭友邦が岩の上に腰かけて聞いていた。

「でも本庁のなんらかの指示はあったんでしょう」

「それはありました。調査せよということです。調査した結果を本庁に至急報告せよということです」

所長は、心の中を覗きこむような眼を洲羽に投げただけで、それ以上は聞かなかった。所長はそれまでは聞く準備ができていたが、それから先はもっと慎重に考えてからでないと、うっかりしたことは言えないと思った。

ふたりの会話がとぎれると、木庭友邦の足が急に速くなった。木庭は岩の道を歩いているひとりひとりに、洲羽と所長の会話を伝えると、またもとのところへ帰って来て洲

羽にいった。

「ご苦労様ですね」

洲羽が上陸以来、所長以外の人にかけられた最初の挨拶らしい挨拶だった。

洲羽が観測所につくと、ほとんどの所員が顔をそろえて彼を待っていた。洲羽はそこでも無愛想きわまる歓迎を受けた。B港で受けたような、沈黙と憎悪の表情はそこにはなかったが、明らかに洲羽たちの到来を警戒する顔ばかりがそこに並んでいた。ご苦労様でしたの声は、ほんの申しわけ程度にしか発せられなかった。どの顔もこわばった顔で、どの眼も充血していた。洲羽はその顔に思い出があった。その表情は昭和三十七年三宅島噴火のときの三宅島の島民の顔であった。地震と噴火の恐怖の中に幾日も眠らないでいる人の顔だった。洲羽は対決ということばをひょいっと頭に浮べた。これではまるで所員との対決だと思った。どの顔にも笑いがなかった。ご苦労様という以上は、当然、それに付随させるべき笑顔があってもよかったが、笑顔のひとかけらもそこに発見することはできなかった。笑顔を失った人間の顔は奇妙だった。人間の形をした人間ではない動物の集合体の中に入ったようで無気味であった。笑顔がないのは、鳥島がさしせまっている状況にあることを示しており、笑顔がないのが、むしろほんとうで、ここで笑顔がでれば滑稽だろう。だが、洲羽は消えた笑顔にかわって、所員たちの顔を支配している、明らかに洲羽たちの到着に投げかけている不審な眼つきは、なんとしても納得できなかった。洲羽は所員たちの間をつっきるようにして地震計室へ入っていった。

（おれは火山の医者だ、所員たちの顔付きを診断に来たのではない）

彼は自分にいった。彼の後を所員たちがぞろぞろとついて来た。誰も口を利くものはいなかった。洲羽のそばで、絶えず彼の顔色を窺《うかが》うような木庭の存在が、洲羽にはひどく邪魔だった。既に携帯用高倍率地震計の梱包《こんぽう》は解かれて地震計室の中央に置かれていた。たいへんな早業だった。洲羽はそこにも所員たちの恐怖の証左を見せつけられたような気がした。

西初男がそれまでの頻発地震を記録した地震計のそばで洲羽を待っていた。洲羽と西とは親しい間柄だった。一緒に出張したこともあり、ビールを飲んだこともあった。

西初男は入って来た洲羽にちょっと頭をさげただけで、ひとことも言わなかった。明るいところから暗い部屋に入ったのだから洲羽には、西がどんな顔で、迎えてくれたかは分らなかったが、声をかけて来てもよいだけの間柄の西初男が沈黙で洲羽を迎える態度には、他の所員とは違った怒りを感じた。

洲羽の眼は暗さに馴れた。洲羽は眼鏡ごしに西初男をとがめた、だが西初男は洲羽の眼力を、その数倍の力ではねかえした。積極的に反抗して来る態度であった。

洲羽は、もはや鳥島所員全体が救いがたいほどの精神錯乱に陥っているのだと思った。

洲羽は宮地の方へ眼をやった。宮地は洲羽の視線を受けると、それを携帯用高倍率地震計の方へおとしてすぐその前にしゃがみ込み、機械のセットに取りかかった。宮地の、所員を相手にせずという態度は立派に見えた。

洲羽は宮地に先を越されたなと思った。彼は、懐中電灯のスイッチをおして、その光を、作動中の地震計へやった。煤《すす》を塗った記録紙の上をペンが動いていた。ペンは、偶然のように火山性微動を描きつつあった。大地は揺れていなかったが、機械には振動が感じられていた。その火山性微動は細長くその振動の跡を記録していった。振動は終った。彼は三日間の記録紙を調べた。有感地震と、火山性微動で、記録紙はいっぱいになっていた。彼がしゃがみこんだとき、偶然のように火山性微動があったのだと思ったことが、偶然ではないことが分ると、彼は鳥島が想像以上に悪いところに来ているなと思った。記録上にさらにいやなことがあった。二、三時間前から火山性微動が相対的に減っていく傾向を示していた。その減退は二様に考えられた。潮の引くように減退していけば問題はなかったが、減退の傾向を見せはじめた途中で、突然微動がなくなった場合、その直後に爆発を起す場合が多かった。もしこれが爆発前置減退だったとしたら、間もなく爆発前静穏期に入ることになる。

「火山性微動ってのはどれですか」

洲羽のそばにへばりついている木庭がいった。

「これがそうだ。いま現に眼の前で記録されたのが火山性微動ですよ」

「火山性微動は火山の噴火とは関係がないのですか」

「あるから火山性微動っていうんです」

洲羽はおかしな奴だと思った。気象庁の職員であり、鳥島観測所の観測員である。そんな初歩的なことを知らないはずがなかった。

「よく記録紙を見て下さい、ほかにもその火山性微動っていう物騒なものはありませんですか」

作意的な質問に間違いなかった。木庭と洲羽との会話を息をひそめて聞いている所員たちの挙動と思い合せて、所員たちが、なにかのたくらみを持って、かかって来ていることは、疑う余地はなかった。

「頻発地震発生以来、火山性微動はほとんど連続的に発生しているでしょう。ほれこれを見たまえ。これもそうだ、このおたまじゃくしのような奴もそうだ。このげじげじのような格好をしたのもそうだ」

洲羽は記録紙の上をゆびさしていった。

「すると、今度の頻発地震は火山の噴火と関係があるということなんですね」

木庭の誘導訊問がどうやら、島の危険性を強調して、全所員の引揚げに結びつけようとしているらしいことは分ったが、なぜそんな面倒くさい芝居を、こんな緊迫しているときにしなければならないか、洲羽には分らなかった。洲羽は誘導訊問をさせているものは、木庭ではなく、実はそのせまい地震計室にいっぱいになって、彼と木庭との、気象庁職員に取っては、まったくばかみたいに当り前の、質問のやりとりを、ひどく緊張した顔で聞いている所員たちにあるのだと思った。所長と眼が合った。所長は、あわてて視線をそらせた。

「いったい、ぼくになにを言わせようとしているのですか」

洲羽は声を大きくしていった。

「今度の頻発地震と火山の噴火と関係があるかどうかと聞いているのです」

木庭は所長にでもなったような尊大ないい方をした。

「あるから調査にやって来たのじゃあないですか。ばかばかしいことを聞かないで下さい」

洲羽は憤然として、彼のそばにへばりついている木庭を押しのけるようにして、地震係の西初男に言った。

「過去の記録はそろえてあるでしょうね。ここへ出して下さい」

西初男はそれに答えるように一通の電文の写しを洲羽の前においた。洲羽は反射的に電文を受取ると眼鏡のつるに手をやった。

「今回の地震は直接火山の噴火と関係はないと判断される、地震課長」

洲羽はその一通の電文で、すべてを読み取った、この電文が所員たちを怒らせたに違いない。洲羽たちの鳥島派遣も、この電文の裏付け調査と所員たちは思いこんでいたのだ。困ったことをやってくれたなと思った。地震課長は悪意はなかったに違いない。その電文によって、所員たちの不安をやわらげようとしたのだ。火山を直視せず、うわっつらを撫でようとする政策的な考え方がこういうことになるのだ。だが洲羽に取って地震課長は上司であった。彼は所員の前で地震課長を罵倒《ばとう》することはできなかった。彼はいいわけを考えた。

「いったいこれはなんなんです。なんでこんな電報を打ってよこしたんです」

西初男の第一声とともに、所員は一斉にはげしいことばを洲羽にぶっつけて来た。洲羽は頭を垂れた。いつでもおれはこうなのだと思った。なぜおれは、いつも人に吊しあげられる役目ばかり負わねばならないのだろうか。三日前には神津島で、やはりおれは村民の吊しあげを食っていた。三宅島の噴火のときだってそうだった。阿蘇《あそ》でも十勝《とかち》でも、桜島でも……。

「神津島にいたので、この電報のことは知りませんでした。ほんとうに知らなかったのです」

彼はいいわけはやめた。地震課長の弁護もやめた、弁解すればますますへんなことになる。

「ではなんのためにこの島へやって来たのです」

なんのためにだと、洲羽はその所員の頭をぶんなぐってやりたいほど腹が立った。だれが好きこのんで、こんな危険なところへ出かけて来るものか。

「鳥島へ調査にいけというから調査に来たまでの話です」

洲羽は開き直ったいい方をした。

「慰撫工作に来たのではないでしょうね」

園部雄助が口を出した。事情は更に明白になった。洲羽はやっと所員たちと同じ位相に立った。

「はっきりいって置きましょう、ぼくは火山の専門家として、鳥島火山の噴火の危険度を測定して、本庁に報告する任務を帯びて来たのです」

「では聞きます。あなたがいままでごらんになった地震計の記録紙上では、どの程度の危険度がありますか」

園部雄助の顔は洲羽とぶっつかりそうに真近にあった。洲羽は園部の口臭を嗅いだ。

「江戸時代にコレラが流行したことがあった。名医のところに迎えが来た。容態を聞くと、どうやらコレラだった。コレラは死病だった。コレラと分っても手当のしようがなかった。医者は往診に行きたくなかったが、医者だからいかねばならなかった。医者は患者をコレラと診断した。そして医者はコレラに感染して死んだ。その医者はぼくの母方の先祖なのです。ぼくは火山の医者です。この島へ来る前に既にこの島のことはおおよそ分っていました。往診に来たくはなかったが来て、いま脈を取ったところです。島島の脈はあらい。かなりの重症と思われます。だがまだ診断書は書けません。高倍率の地震計で火山性微動をもっとよく観測し、さらに火山調査をした上でないと結論はつけられません。これはぼくひとりでできることではありません。みなさんの協力が緊急に欲しいのです」

地震計室は暗くて陰湿だった。そのなかにぎっしりつまっていた所員がひとりでも動くと、動きは全員に伝わった。全員が身体の力を抜いた感じが、洲羽のところまで伝わって来ると、洲羽は、いささか、芝居がかったことをしゃべり過ぎたなと思った。

「洲羽さん、どうも、ぼくらは、あなたのことを誤解していたようです。すみませんでした。分った以上、なんでもやりましょう。とにかくぼくたちはなにか仕事をしていないと不安でならないんです」

房野八郎が大きな眼を見開いていった。

「では早速、ぼくといっしょに、頂上の火口丘の調査にでかける人を選んで下さい。それから、携帯用高倍率地震計の感部のセットをする宮地君の応援もお願いしたいのです」

やりましょうと房野八郎は答えると、

「おれは山へいく、宮地さんの手伝いの方は春さんが責任もってやってくれ」

房野八郎の大きな声はせまい地震計室の中で響いた。

「分った。宮地さんの手伝いの方はおれがひき受けた」

新免春治は若い兵隊が命令を復唱するように答えて出て来ると、さらに細かい指示でも仰ぐように、房野八郎と並んで洲羽を見詰めた。

洲羽は、房野八郎と新免春治のふたりのあり方が、少しばかり出過ぎたことのように思われた。地震計室の外へ出て、房野と新免が、それぞれ、山へ登る人と、高倍率地震計の感部を取りつけていく人の名前を呼んでいるのを見ても、出過ぎた奴等だという気持には変りがなかった。

（所長がいるのに——）

そして洲羽はその所長がひとことも、言わないし、言わないでいて、所員がちゃんと、房野と新免のいうことを聞いて動いていくのに、また不思議なものを感じた。洲羽は、房野八郎という滑稽なほどでかい眼の男がどんな男かは知らなかったが、少なくとも、いまの時点において、この男と、もう一人の、すごく色の黒い、ポリネシヤ人系の顔つきをしている新免春治とが、この鳥島観測所において信頼できる男であることに疑いを持たなかった。

洲羽は地震計室の外へ出て月夜山を見上げた。いやな山だったが、行かねばならなかった。

「頻発地震が起る一週間前に、火口の温度の観測に来ましたが、ひとつき前とほとんど変ってはいませんでした」

房野八郎が歩き出すとすぐいった。

「それから」

房野はあのピチピチと無気味な音を立てる地球の脳味噌の話をしようとしたがやめた。台風の夜見た、薄紅色の空のことも、露場で嗅《か》いだ異様なにおいのことも言おうとしたがやめた。ここまで来たら、いう必要はもうないのだと思った。

頂上火口丘調査に加わったメンバーは五名だった。木庭は洲羽のそばを離れなかった。絶えず話しかけた。話していないと落ちつけないようだった。おどおどした態度だった。質問の内容は火山と地震に関することだけだった。火山学に熱心なのではなく、噴火の恐怖が、にわかに彼に火山の知識をひろめようとしているように思われた。おおよそのことは知っているから、だめ押しのような質問が多かった。

あとの四人はあまり口をきかなかった。火口調査をいやがっている気持がちゃんと顔に現われていた。

彼等は月夜山の肩で一服した。

洲羽は久しぶりで見る火口丘に眼をやった。火口丘一帯は赤茶色の地肌に白い斑点を浮き出させていた。硫黄のにおいが鼻孔をついた。

「確か硫黄山って呼んでいましたね」

洲羽は房野八郎にいった。

「そうです。文字どおり硫黄山です」

房野は腰をあげた。ゆっくり休んでいられない房野たちの気持は洲羽にもよく通じた。洲羽はまだ呼吸が荒れていたが我慢した。

月夜山の肩から砂の傾斜地を火口丘に向っておりたところで、洲羽は、岩と岩の間から吹きあげている紫色の噴気の柱を見上げた。

「前に来たときと、いくらか違ったようですね」

洲羽は、十年前にこの島へやって来たときの記憶をたどりながらいった。

「だいぶ前のことですね、洲羽さんが来たのは。そのときはすでにこの噴気には考える噴気という名がつけられていたでしょう」

「いやそんな名前は聞かなかったね」

「すると、そのあとですかね、その名がついたのは……」

そういって房野は、

「おうっ！」

腹から出るような声を上げた。房野は考える噴気に指をさして、そばに立っている所員にいった。

「変だとは思わないか」

「ぼくもさっきから変だと思っていたんです。考える噴気がいつの間にか考える噴気ではなくなっている」

「なんですか、いったい」

洲羽は噴気と彼等の顔を見くらべた。

「考える噴気という名は、噴気がやや斜めに噴きあげているのを誰かがそう呼んだのです。ほんとうは斜めに噴きあげているのではなく、噴気性のバックになっているあの岩の傾きと、外輪山の格好から、傾いているように見えていたのですが」

房野八郎は新しい恐怖を浮べた顔でつけ加えた。

「今から十日前、つまり、頻発地震が起る一週間前に、ぼくがひとりでここへやって来たときは、あの噴気はいつものとおりの考える噴気でした」

「角度にしてどのくらい変ったんです。そして噴気柱の高さは……」

「高さは変っていませんが、角度は変っています」

「考える噴気が傾いているように見えてはいるが実際は垂直だということを誰か確かめたのですか」

「それは確かめてある筈です。記録に取ってある筈です」

「トランシットの用意をして下さい」

洲羽は怒鳴った。声を大きくしないと不安でいられなかった。

トランシットで紫色の噴気柱の傾きを測定すると、三度ほど傾いていた。数メートルの風はあったが、風向きから考えて風の影響ではないと考えられた。

「大丈夫でしょうか」

木庭がおそるおそる洲羽に聞いた。

「噴気にしろ、硫黄流にしろ、火山に付随する流体物は変化しやすいものです」

そうは口でいっていながら、洲羽は、頻発地震とともに角度を変えた噴気口の地底の活動に大きな不安をおぼえた。火口丘に異常が起きたのだ。

「地熱を測ろう」

心をおし静めてそういう洲羽は、こわばっている自分の顔がよく分った。

房野八郎が地熱測定の分担を指示した。観測を能率化するために、彼等は地熱測定用の温度計を予備品を含めて三個持参していた。

木庭はしばらく躊躇《ちゅうちょ》していたが、同僚がそれぞれ分担の場所へいくのを見ていると、彼ひとりが、そこにとどまるわけにもいかず、思い切った表情で指定された場所へ走っていった。

木庭は赤いペンキの印のついている岩の下にしゃがみこんだ。木庭の背に陽がさしかけて、彼の着ている白い作業衣に反射する光が洲羽の眼にまぶしかった。

洲羽は視線を木庭からはずした。その瞬間衝き上げるような地震が襲った。魂が身体の中から空中に追い出されるような衝きあげ方だった。音はなかった。

木庭は地震とともに上を見た。そこは火口丘の一部で、上を見たところで、いざというときにはどうにもならないところだったが上を見ずにはいられなかった。石が崩れて落ちて来た。小石が木庭の肩に当った。落石はつづいた。木庭は温度計を置いたまま石に追われるように走った。石は火口丘と月夜山の肩との間の凹部にとどまったが彼は止らなかった。彼は凹部を越え、斜面をかけ登り、月夜山の肩へ取りついて、そこでしゃがみこんだ。

普通のときなら滑稽な動作だった。腹をかかえて笑っても少しもおかしくないことだったが、誰も笑わなかった。火口丘にいた五人は五人とも、逃げ腰になっていた。地震が来たときには、彼等の心は例外なく、月夜山の肩を越えて、沖に停泊している初島丸に泳ぎついていた。

地震がおさまると、てんでに自分の心を隠すように逃げ腰になった腰のあたりをたたいたり、なんとなくズボンのほこりを払ったりした。ちらっと、木庭の方へ眼をやっただけで誰もなんともいわなかった。

房野八郎に案内されて洲羽は観測点をすべて廻った。火口丘のすりばち型の稜線《りょうせん》のふちにつかまって、火口を覗いた。火口は砂の平面だった。双眼鏡で見たところでは異常は発見されなかった。そこから火口へおりていくことは不可能だった。地熱温も、地形の異常も変動もなかった。考える噴気以外には何等の異常も認められなかった。

「この硫黄の流出状況についてなにか変ったことはありませんでしたか」

洲羽は房野八郎に聞いた。

「気のせいかもしれませんが、ピチピチという音が高くなったような気がします」

房野は彼の中にしまって置いたひとつだけをそっと出した。そういう表現なら少しもおかしくはなかった。

「いつそれに気がついたのです」

「頻発地震の始まる一週間ほど前にここへ来たときです」

「ああ、さっき話がありましたね。しかし、その日は決められた観測日ではないですね、なぜ、わざわざこんなところへ来たんです」

洲羽は房野の顔に鋭い視線を投げたが、すぐピチピチと音を立てている硫黄の方へ眼を移して、

「いやな音だ」

といった。洲羽は火口丘をあとにした。すべてがいやな仕事だった。運命に追いかけられているようにいやだった。仕事そのものがいやではなく、危険な時点で調査しなければならないということがいやだった。時代おくれの非科学的な仕事だった。仕事中に

噴火を起して横死しても、専門家の癖にと人々に嗤《わら》われる仕事だった。火山の専門家が火山で傷つくことは、剣術使いが、あやまって自分の足を斬るように恥ずかしいことだった。

彼は地面を見詰めながら歩いた。同行者は非常に足が速かった。急いで歩いても追いつけそうもなかった。房野八郎が彼の傍についていてくれることが心強かった。

「さっきの話ですがね、なぜあなたは頻発地震発生一週間前にひとりでこんなところへ観測に来たんです」

「どうでもいいじゃあないですか洲羽さん。さっきいったとおり、ただ来て見たかっただけなんです」

「ただね」

洲羽はうなずいた。或いはこの房野八郎という男は鳥や、けもののような火山に対する感覚をそなえているのかも知れないと思った。現在の科学では、火山の噴火予知についての極め手はなかった。だが、動物たちは不思議に危険を未然に察知して逃げ去っている場合が多かった。

「そうだ、鳥のことを聞くのを忘れていた。鳥はどうしました」

鳥島は渡り鳥の足場であり、海鳥の基地であった。

「鳥ですか。ほとんど逃げました。三千羽もいた鳥が、地震が発生した夜は嵐のような音を立てて舞い廻っていました。第二夜もそうでした。第二夜は悲しそうな声を上げていました。そして第三夜のゆうべはその羽音がぴたりとなくなったのです。鳥はもう一羽もいません」

洲羽は足を止めた。三千羽の鳥が一度に島を去ったことは、彼が鳥島に上陸して得たどの資料よりも、率直に島の危急を感じさせた。鳥の習性は火山学と関係ないことであった。鳥が島を去ったことも、それは火山現象とは見做《みな》されなかった。したがって中央への電報には鳥のことは報告されてなかった。だが、鳥のいない鳥島に現実に立った洲羽は、鳥が一度に去ったことを非常に不吉なことに感じたのである。

月夜山の肩に出て、洲羽は観測所の屋上に眼をやった。もし、火山性微動の振幅が異常に増加したら手旗で知らせてくれと打合せがしてあった。旗手は見えなかった。

木庭がどこからかひょっこりと顔を出した。どこへ行っていたのだと聞かないうちに木庭の方から言った。

「どうも下痢がつづいてね」

洲羽は木庭を素直な男だと思った。おそらく彼の下痢は、恐怖による生理現象だろうと思った。三宅島の噴火のときにも、青い顔をして便所に行きつづけている人を彼は何人か見ていた。

「水が悪いからね」

洲羽は水のせいにした。水は天水だった。悪くもよくもなかった。不味《まず》い水のことを悪いといって、木庭をかばってやった。洲羽は、来るときはあれほどべらべらしゃべっていた木庭が、急に黙りこんでしまったのに不安を感じた。木庭の垂れ下った首はなかなか上らなかった。自分の首をもてあましたようにして歩いていたが、傾斜地の途中で、小さい地震が起ると、ものも言わずに観測所の方へかけおりていった。

洲羽は昼食に誘われても、進んで立つ気持はなかった。初島丸をおりて以来なにも食べていなかったが、腹はすいていなかった。無理に食堂へつれていこうとする房野八郎の強引さに少々腹が立った。食堂には誰もいなかった。大きな飯櫃《めしびつ》の中の飯はほとんど減ってはいなかった。おかずは各自の皿に分けてあった。罐詰《かんづめ》のさけの肉片の色がいたいたしく眼にしみた。生野菜はほんの少々皿の片隅に載っていた。彼は申訳に箸《はし》をつけただけで茶を飲んだ。

「なんとかならないでしょうか洲羽さん、所員はこの三日間というものほとんどなにも食べていません。寝てもいないのですよ」

賄《まかない》係がいった。

「なんとかしろといったって、ぼくの力で地震はおさえられない」

洲羽は、お門違いのことをいうなといった顔で、賄係をたしなめた。

「いいえ、そういう意味でいったんじゃあないんです。みんなにどうしたらいいか方向を示してやっただけでも、いくらかは落ちつくんじゃあないかと思うんです」

（それは所長の役じゃあないか）

洲羽は即座にそう考えたが口では、

「そうだ、なんとかしなければならないね」

と答えて、腰をあげた。食事をしたというよりも、異物を飲みこんだという感じだった。立上ってから彼はもういっぱい茶を飲んだ。

所長室へいくと数人の所員が所長を囲んで話し合っていた。所長の困ったような顔が洲羽の方を向いた。

「報道関係者が上陸したがっています。どう答えたらいいでしょうか」

所員のひとりが洲羽にいった。

「いまなお危険な状況にあるから、上陸するとすれば、ごく少数にして貰いたいこと。海が荒れ出すとゴムボートが出せないから、なるべく早く船へ帰って貰うこと。洲羽は調査の仕事が忙しいからインタビューをやっている時間がないこと。急を要する仕事がたくさんあるから理解して欲しいこと——」

洲羽は自分の言ったことをもう一度頭の中で反復してから、

「それでいい。そのように返事して下さい」

「迎えのボートを出すのですね」

所員がいった。

「そうです、出してやってくださいませんか」

洲羽は同意を求めるように所長を見たが、所長はひどく深刻な顔でなにか考え込んでいた。

「いいですね」

と、洲羽は念をおした。

「はあどうぞ」

はあどうぞ、が洲羽にはおかしく聞えた。重要なことを考えていたから、そういう変な相槌を打ったのかもしれないと思った。はあどうぞ、と言われたことは、どうぞあたのいいようにこの鳥島観測所のことをお願いしますと、火山と五十人の人間をそっくり引渡されたような気がした。

「それから、主だった人たちを至急呼んでいただけませんか。ちょっと話したいことがある」

洲羽は所長にそういってから、はあどうぞ、と所長に移譲された責任で、ものを言おうとしているのではないぞと、自分自身をいましめた。

主だった所員たちは、駆足で所長室に集まった。洲羽は彼等の顔つきが、上陸したときとかなり違っているのに気がついた。そのとき彼等が彼に示した憎悪の眼はなかった。彼等は一様に、恐怖の顔で立ち尽していた。

所員が集まって来ると所長は所長席を離れて、所員たちの方へ寄っていった。所長は所長としての立場ではなく、一所員として、洲羽の話を聞こうとしているようだった。洲羽には鳥島観測所員が、本庁の代表者として洲羽を見る眼が怖ろしく感じられた。所長を含めての鳥島観測所員一同と、本庁代表者の洲羽との公式対決という緊迫感の中で、現況をいかにして切り抜けるべきかの具体的手段についての要請が、突き詰めたような顔付きになって、擡頭しつつあった。

ぎりぎりの線で彼等の求めることは洲羽が本庁の名のもとに、はっきりした方向を示して欲しいということだった。

洲羽は所員の一員として立っている所長の顔を見ながら、本庁と島との精神的距離を考えた。洲羽の困惑した表情がしばらくつづくと、彼の顔は苦しげに見えて来る。彼はこの場では多くを言うまいと思った。

「間もなく報道関係者たちが上陸して来るでしょう、彼等の眼は厳しい、われわれはあくまで気象庁職員としての態度を崩してはならないと思います。……午前中の調査の結果では、まだ確定的なものは、なにも摑んではいません。午後も、調査を続けます。高倍率地震計の感部の位置変更の仕事と、島全域にわたっての調査です。午前中と同じように協力していただきたい」

「いまだに確定的なものを摑んでいないということは、この島の危険度がいまだに確定されていないことでしょうか」

園部が質問した。

「島は依然として危険な状態を続けています。だが、いますぐ噴火するといったような確定的前駆現象を摑んではいないということです」

洲羽は苦しい答弁をした。それ以上のことは言えなかった。

「午後の調査が終ると、なんらかの結論が出るのでしょうか」

なんらかの結論と園部がいったのは、観測所を閉鎖して引揚げるということを意味していることは明らかだった。

「結論は出します。出さねばならないでしょう」

洲羽はいい切った。その結論を出すことはあらゆる意味においてたいへんなことだったが、もはや、いかなることがあってもそのことから逃れることのできない洲羽自身の立場を何度か嚙みしめながら、

「結論はおそらく、今夕出せるでしょう」

所員たちの眼の多くは不服を表明していた。いますぐ結論を出してもいいではないか

という眼付きだった。

「では午後の現地調査の打合せにかかりましょう。調査班は三班として、島全域にわたって地形地物を対象としての調査をやります」

洲羽は地図を前にして、話し出した。房野八郎と新免春治が地図の上に首をさし出すと、他の所員たちも、諦めたような顔で、洲羽のまわりを取囲んで、午後の調査についての指示を待った。

三班の調査班が、所長室を出ていったあとに所長だけが取残されたように立っていた。所長は、洲羽が今夕結論を出すといったことについて考えた。おそらくその結論のあらすじは本庁からの指令によるものであろうと思った。洲羽がなんらかの内命を持って来たとすれば、やはり、それは地震課長の電報を骨子とするものでなければならなかった。洲羽の出す結論が慰撫か、それとも、一部引揚げという案であった場合、所長としていかなる方法を持って、それに対抗するかが問題だった。

「全員引揚げ……」

所長はひとりごとをいった。結論はついていた。あらゆる客観情勢から、これ以上観測を続けることは無理だった。そのことは、本庁上層部の者が、一歩この島に上陸することによって明瞭になる筈であったが、幹部をよこさず洲羽火山調査官を派遣したところに、本庁の日和見《ひよりみ》主義が窺知《きち》された。

所長は所長室をぐるぐると廻り出した。急いで歩いても、ゆっくり歩いても、せまい所長室の中では、ただ身体を動かしているというだけの反応しかなかった。

「いざというときには……」

所長は足を止めた。その時が火山の噴火より所長には怖ろしかった。本庁に対する所員の不信と不満が、具体的な形となって爆発するとすれば、それは洲羽が結論を発表するときだと思った。所長は頭をふった。後頭部の頭痛は以前よりひどくなったようだった。洲羽が来てくれたことは、所長の責任をいくぶんか肩替りして貰う結果にはなったけれど、究極においては、所長は島の人であり、洲羽は本庁の人であった。島の責任は所長が取らねばならなかった。

所長は歩くのをやめて、所長の机に向って洲羽火山調査官の動静と、その後の島の様子についての電文を起草した。電文を書くといくらか落ちつきが出た。彼は所長室の外へ眼をやって一度は洲羽のあとを追って火山調査に出かけようかと思ったがやめた。誰がなんと言おうと、所長は所長室にいることが、いまの場合、最善の方法と思われた。

所長は机上を整理して、やがて上陸してくるであろう報道関係者を待った。

報道関係者は十四時に上陸して、十五時に島を去った。彼等は上陸と同時に体験した衝きあげるような地震と、笑いの失われた所員たちの顔を見ただけで、すべてを了解した。彼等が島から去ったあとの鳥島観測所は、ほとんど沈黙していた。洲羽によって何等かの結論が出されるまでの時間を、彼等は死を待つ思いで待っていた。仕事はほとんど手につかなかった。頻発地震と火山噴火の恐怖が彼等を半ば痴呆《ちほう》化したようにさえ見せていた。

洲羽は午後の調査を終って帰って来る途中で、工事をしている一団と会った。大勢の工事員が上陸しているという話は聞いていたが、現場を通りかかったのはその時がはじめてだった。そこは庁舎の北西に当る崖《がけ》に臨んだ場所であった。

洲羽の通りかかるのを見掛けて、

「洲羽さんご苦労さんです」

と工事監督官の大野健が声を掛けて来た。大野は白い歯を見せて笑っていた。洲羽は大野の笑いにつまずきそうになった。上陸して十時間近くになるが笑顔はひとつもなかった。そんな顔がでる雰囲気ではなかった。大野の笑いはこの島ではむしろ異常であった。

洲羽は大野の背後で働いている工事員たちを見た。みんな働いているように見せかけていたが、働いてはいなかった。例外なく恐怖のとりこになっていた。

洲羽は大野をよく知っていた。気象庁の離島の建築いっさいを手掛けて来た六十三歳の老監督官だった。

「どうです洲羽さん、たいしたことはないでしょう。地震課長から、この地震は火山の噴火と関係がない、といって来ているから安心しろ、とこいつ等にいうんだが、どうもねえ、他人の言うことを信用しない奴ってものは困りものですよ」

大野は足元にある、岩石のかたまりを、ちょいちょいと地下足袋のつま先でのけながら洲羽のところへ近づいて来て、

「ひとつ、こいつらになんでもないといって貰えませんか」

こいつらと言われた工事員たちはいっせいに仕事場を離れて、洲羽の方へ歩いて来た。恐ろしい眼をしていた。憎悪でも激怒でもなく、彼等の恐怖の眼は真実を知ろうとする眼であった。嘘をいったら承知しないぞという眼付きだった。洲羽は彼等に近よって来られるのが恐ろしかった。

「あなたは東京から、今度の船でやって来た火山博士だということですが、火山のことばかりではなく、おれたちのことだってちっとは考えて貰いたいものですね。誰だって死ぬのはいやですからね」

彼等はすでに、島は火を噴くものときめこんでいるようだった。大野がいかに押えても、彼等は所員たちの動向を探り、それを敷衍《ふえん》して考えていた。彼等はむしろ直感にたよっていた。

「さあほんとうのことを言ってください、おなじ殺されるにしても、だまし討ちはいや

だ」

誰がどういう職種か洲羽には分らなかった。全部が同じ顔に見えた。

「やい、てめえたち勝手なことばかり言やあがって」

大野の怒声も届かなかった。

洲羽は観念した眼を彼等に投げた。うわっつらの抑制はしてはならないと思った。嘘は科学の冒瀆《ぼうとく》だと思ったが、地震課長の電報を嘘だとは言えなかった。

「この地震と火山の噴火とは関係がないと最初は考えられましたが、その後の調査の結果、頻発地震と火山の噴火とは関係があることが分りました」

洲羽はいった。この際、ある程度の真相を伝えて、それぞれに気持の上の準備をさせるべきだと思った。

「するとあの山が噴火するのですか、いつ噴火するのです」

「そこまではっきり分りません。噴火するかしないかと言われると、噴火しない方が八分、噴火するのが二分というところでしょうか」

洲羽はなにかすっきりしたものを感じた。夕暮れどきの微風が洲羽と工事員との間を吹き抜けていた。

「噴火するのが二分というとたいへんなことじゃあないですか。なぜ逃げないんです」

そうだなぜ逃げないのだ。工事員たちが口々にいった。洲羽はそれを自分にいいたかった。

「逃げるかどうかは調査した結果を本庁へ報告して本庁が決めることです」

「それはそっちのことです。おれたちは気象庁となんの関係もねえ、いますぐ、あの船へ移らせていただきましょう」

その男は洲羽の鼻先へ来ていった。

「あなたがたの意志を初島丸へ伝えて置きましょう、引揚げるとすれば、どっちみちあなたがたお客様は優先ということになるでしょう」

洲羽は男たちの顔の中に、いくぶんかの安堵のかげを見た。だが、その中にひとつだけ彼等とは違った顔があった。大野健は打ちひしがれた顔をしていた。怒りを発する前の顔だった。さっき笑ったときに見せた白い歯が洲羽に向って、嚙みついて来る歯に見えた。

「洲羽さん、あなたはなにか考え違いをしているのじゃあないですか、地震課では地震課長がいちばん偉いのであって、偉い人の意見をその下のあなたが勝手にひっくり返すということはどういうことなんです。それに噴火が二分で噴火しないのが八分というなら、たいしたことはないじゃあないですか、このごろの東京は自動車が多くなって、ちょっと外へ出ても、二分八分ぐらいの危険はありますよ。どうなんです洲羽さん」

大野の細い眼の底には、恐ろしいものが光っていた。洲羽は五十二名の鳥島村の中で、この大野がもっとも恐ろしい人に感じられた。

「大野さん、まだ仕事が残っていますので、失礼します。とにかく、所長室との連絡は緊密にして下さい」

洲羽は大野の前に頭をさげた。地震課長の電報を前に出して、押して来る大野の理屈は通っていた。公務員規則からいうと、たしかに大野のいうとおりだった。課長の電報と反対のことを、下っ端が課長に無断で発表することは公務員法違反であった。それは一種の叛乱《はんらん》であった。

洲羽は疲労をおぼえた。工事場から地震計室までの百メートルの距離が、長く感じられた。房野八郎が石段のところで手をかしてくれた。地震計室には電灯がついていた。高倍率地震計の前で宮地が記録を読み取っていた。拡大された地底の振動は、ことごとくそこに書き止められていた。宮地の向うで西初男が旧地震計にはりついていた。

洲羽が地震計室に入ると、ふたりは同時に、彼に声をかけた。声は低かったが鋭かった。洲羽はその声に刺された。ふたりの眼が彼を地震計に誘った。彼は、旧地震計の前にしゃがみこんで記録紙を見た。恐れていたことがそこに現われていた。火山性微動の前置減退は終っていた。ペンは上下の動きを示さず、横に一本きれいな線を引いていた。高倍率地震計の方もそうであった。火山性微動はつぶやくのをやめた。爆発前静穏期に入ったのである。三人は顔を見合せた。三人の胸の鼓動が互いに分るような気がした。

三人は地震と火山の技術者として、おそらく生涯、会うかどうか分らない、この地殻の内部における岩漿《マグマ》の沈黙を身体の熱くなるような気持で見つめていた。それは真実の前に立たされた科学者の或る種の感悦に似たものであった。がすぐ三人は、その静穏が爆発直前に起る噴火前微動となって現われることを恐れた。噴火前微動は火山性微動のうちでもっとも振幅が大きなものだった。振幅だけでなく、その躍動的といってもいいような脈動は、他の火山性微動とははっきり区別することができた。噴火前微動が現われると、間もなく火山は爆発する習性があった。

「今のうちにめしを食べておくといい」

洲羽はふたりにいった。彼も、他のふたりも、食欲はなかった。だが洲羽は、なにか腹の中に詰めこまねばならないような気がした。

「微動がなくなりましたね」

房野八郎の大きな眼が青く光っていた。彼もその危険な静寂に気づいたのである。

「海はどうです」

洲羽は房野にいった。

「波があります。だが無理すればゴムボートを出せないことはない。しかし、夜になると港からゴムボートを出すことは困難になるでしょう、明日の海のことは分りません」

明日の海にかけて、房野は明日の運命は分らないと言ったのである。

第四章

房野八郎は全員集合の意味を非常に重大なことに考えていた。洲羽火山調査官が調査の結果についての報告をするというならば全員集合をかける必要はなかった。頻発地震発生とほとんど同時に、鳥島気象観測所は主だった者が主軸となって動いていた。いままでのように、鳥島気象観測所組織規程による職階の序列を主軸として動いているのではなかった。係長も主任もそれらのすべての上に立つ所長によって統合されていた。だが、実際に観測所を動かしている者は、主だった者であった。その主だった者だけを呼ばずに、全員を集合させるということに、房野は単なる調査報告以上の問題があることを察知した。おそらく、洲羽は、火山調査の結果と関連して、鳥島観測所の閉鎖の問題に触れるに違いないと思った。

食堂にはごく少数の当直員を除いて全員が参加していた。作業員はいなかったが、大野が集合の場に顔を見せていた。

房野八郎は十五年間ほとんど年に一度はこの島に来ていたが、これほど多くの人間が、同時に、食堂に会するのを見たのは、はじめてであり、全員が例外なしに、悲痛な表情で立っているのを見たのも、また始めてであった。

たった三日間の間に、彼等は十年も年取ったような顔をしていた。疲れ果てた顔ではなく、恐怖にひしがれた顔だった。眼は落ちくぼんで赤く濁っていた。頬はこけて髯面《ひげづら》だった。私語を交わすものはなかった。その場の緊張感ではなく、すでに彼等は、笑いを失い、言葉をも失っていた。

洲羽が黒板の前に立った。

洲羽もかなりやつれた顔をしていたが、眼光はするどかった。彼はそこに集まった全員の表情をあますところなく見て取ってから、

「地震計室に、誰かひとり連絡員を置いて下さい」

そのひとことで、所員たちは、地震計室と、洲羽との間に、緊急な連絡をする必要があることを察知した。西初男も、宮地も地震計室に張りついたままだった。

洲羽の調査報告は、まず地形の調査から始まった。彼は鳥島の形を黒板に描いて、その地図の上の、彼の調査の対象となった地点に赤いチョークで×点をつけた。

「結論から申しますと、総体的には特に大きな異常は認められませんでした。ただ、ひとつだけ、火口丘の噴気が前後の事情から判断して異常であると認められただけです」

前後の事情、といったとき洲羽は房野八郎の顔を見た。房野は、考える噴気について、彼が進言したことが、火山学的に、重大なものかどうかを聞きたかったが、洲羽の話の

中断をおそれて、口をつぐんでいた。

「つぎに、地震計の記録ですが……、旧地震計の記録及び高倍率地震計の記録はよく調べて見ました。有感地震は依然として減少していませんが、火山性微動が十七時を境としてなくなりました。この現象がもし、噴火前静穏の現象だとしたら、まもなく噴火前微動が始まり、引続いて爆発が起る可能性も出て参ります。この島は私が上陸したときよりも危険な状態になって来ております。だがこの危険度も、噴火するかしないかという確率でいうならば、噴火するのが二分、噴火しないのが八分、もちろんこれは計算から出たものではなく、強いて言えばの話です。要するに噴火するかしないかと言えば、噴火しない方の確率が高いことになります。曖昧《あいまい》なことをいうようですが、いまの火山学ではそれ以上のことは言えません」

「二分八分の確率——それが計算によるものでなくあなたの経験によるものだとして、それを決定する最も有力なものは、火山性微動でしょうか。だとしたら、その火山性微動というものの性質をもう少し具体的に話していただけないでしょうか」

通信係の武林がせっぱつまったような質問を発した。武林は洲羽の講演が終るまで待てなかったのである。

「火山性微動というのは、岩漿《マグマ》が、地球外に脱出しようとして、その逃げ口を探しまわっている、いわばその手ざわりの音を拡大したようなものです」

「岩漿《マグマ》が手探りを止めたということは」

「考えているか、あきらめて引きかえすか突撃するかの沈黙時間に入ったと見ていいでしょう」

有感地震があった。庁舎は音を立てて揺れた。男たちはいっせいに、逃げ腰になった。地震は止んだが、男たちの顔はゆがんだままだった。

洲羽は噴火前静穏についての説明が、科学を脱して、具体的すぎたと思った。それはたとえ話でしかなかった。だが、それで、所員が、現在の状況を理解してくれればいいと思った。彼はときどき地震計室の方へ眼をやった。噴火前微動が始まりはしないかという不安だった。

「ほかになにか質問がありませんか」

洲羽が結論を急ごうとしているのだなと房野八郎は思った。この緊急の際に、火山学の講義の要はなかった。報告のあとに、彼は重要な発言をするだろうと思った。房野八郎は所員たちの顔を見た。どの顔も結論を待っている顔だった。

「あらゆる場合を総合して、このような状態で、われわれはどうしたらいいか、みなさんの意見をお聞かせ願いたい」

洲羽の発言はかなり抽象的だった。あらゆる点というのが問題だなと房野は思った。

「観測を止めて引揚げるかどうかということでしょうか」

園部雄助がいった。

「それは一足とびの結論でしょう。その前に考えるべきことが多くあるのだと思いますが——」

洲羽は、所長の方を向いた。所長はうなずいた。所長は、うかつに口を出すべきではないと思った。下手なことを言えば取りかえしがつかないことになる恐れがあった。所長は頻発地震発生以来もっとも重要な立場に臨んでいる彼自身をよく知っていた。所長の意見は決定的なものである。所長の発言はしめくくりでなければならない。所長は慎重に口を緘《と》じた。

「前にも後にも考えることはひとつです。この鳥島観測所を閉鎖して引揚げるかどうかということではないでしょうか。それなら、はっきり言えます。いますぐにでも初島丸へ泳いでいきたい気持です。たとえ気象庁を馘《くび》になってもいいから、ぼくはこの島を離れたいと思っています」

園部雄助はかなりきつい調子でいった。多くの所員がそれに相槌《あいづち》を打った。

「房野さんはどうお考えですか」

洲羽に名指しで意見を聞かれると房野は、答えざるを得なかった。彼は答えるまえに、彼と並んで立っている左右の男たちを見た。主だった者として発言するのではなく、房野個人の意見を言おうとしているのだと、彼は、何度か自分に言いきかせてから、

「園部君と同じです。すべての業務を停止して、全員がすみやかに引揚げるべきだと思います。観測所員が、自ら観測所を棄てることは、たとえていえば、守備隊が、守備陣地を放棄して敵に降伏するようなものかもしれません。だがぼくは降伏して生きられるなら、喜んで降伏します。しかも我々兵隊の守っているものは火薬庫なんです。火薬庫の上に縛りつけられて仕事をさせられているのです。その火薬庫に火がついた以上、逃げるのが当然ではないでしょうか」

「火薬庫に火がつけば必ず爆発します。だが、火薬庫に火がついたかどうか、まだはっきり分ってはいません」

洲羽がいった。

「さっきの二分八分の確率を持ち出そうというのですか」

「いや、そうではありません。あなたの火薬庫という表現は、この鳥島をよく表わしています。しかし、火がついたという表現はオーバーだと思います」

「オーバーかもしれませんが、ぼくにはそう感じられます。ぼくばかりでなくみんなもそう感じているでしょう」

「よく分りました。では……」

洲羽は誰かほかのひとを名指ししようとした。房野八郎には、そのやり方が、面白くなかった。全員の気持は分っている筈だと思った。いちいちここで確かめてなんになろう。いま所員が望んでいることは全員引揚げということだけだ。

「洲羽さん。あなたは、現在のこの島の中で、この島の危険度について一番よく知っている人だ。あなたは火山学者だ。あなたがもし仮に鳥島観測所長だったら、どうなさるつもりなんですか」

洲羽は房野の質問に虚を衝かれた。

洲羽は所長の顔を見た。所長が眼の前にいるのに、所長だったら、どうするかという質問は、所長に対しての一種の当てつけにも見えるし、所長に言わせたいことを、洲羽の口をかりて言わせようとする、たくらみのようにも思われた。

「所長さん……」

洲羽は所長に声をかけたが、所長はちょっと顎《あご》を引いただけだった。いいように答えて下さいとも、遠慮せずに、どうぞあなたの御意見をおっしゃって下さいとも取れた。

洲羽は、意見のはっきりしない所長のうなずき方を、体《てい》のいい逃げと見た。いやなことを、このおれに言わせるつもりなのかといってやりたかった。

「どうです洲羽さん。あなたが所長だったらこのさいどういう処置を取るつもりかと聞いているのですが」

房野の催促に対して、所長はまた顎を引いた。

(房野はうまいことをいってくれた)

所長はそう思った。おそらく洲羽は、房野の質問の鋒先《ほこさき》をそらすことができずに本音を吐くであろうと思った。長官から依託されて来た妥協案——鳥島観測所に少数の必要人員を残し、他は引揚げるという条件を言い出すに違いないと思った。

それに対して所員たちは絶対反対をとなえるに違いない。洲羽はおそらく、その所内の雰囲気を東京へ打電して再考慮をうながすだろう。

洲羽は房野の質問にしばらくは答えられないでいた。所長に対する気兼ねもあるし、彼の火山調査官としての立場もあった。洲羽は所員たちの顔を見た。所員たちは洲羽に求めていた。言ってくれほんとうの気持をいってくれ、あなた以外に、火山のことをほんとうによく知っている人はいないのだ。所員の眼はそう言っていた。

洲羽は言わざるを得ないところに来ている彼の立場を知った。一時的なごまかしが通る時ではなかった。彼等が求めているのは真実だった。

洲羽は額の汗を手で拭いた。

「ぼくが所長であったら、諸君を火薬庫にしばりつけて置きたくはない。この島は気象学的に重要な島だ、台風観測の前哨《ぜんしよう》観測点として第一等の島だ。だが、この島の観測を維持することより人命を維持することの方が大事である。噴火の危険が二分八分と口に出せる段階において、仕事をつづけるべきではない」

洲羽のことばが終ると同時に所員の中にざわめきが起った。私語ではなかった。つぶやきでもなかった。そこにいるすべての人の呼吸使《いき》いと身体の動揺が、ざわめきとなって伝わっていって、所長のまわりを取りかこんで渦を巻いた。

所長はその感動の渦の中で、妙に浮き上っていく自分を感じていた。こんな筈ではなかった。洲羽は、地震課長の長官への献策を持って来ている筈だ。所長はそう思いこんでいた。過去における経験からの推測だったが、それが洲羽火山調査官の発言によって、見事に否定されると、所長はひどく慌てた。本庁が洲羽に、鳥島観測所の運命を白紙で委任したという点に疑問を持った。が、すぐ所長は、洲羽は用意して来たかけひきの条件が適用できないほど事態が緊迫していることを認めた上で発言しているのだと思い直した。

所長は、すべてをすっきりした型にしてくれた洲羽をたのもしく眺めながら、ふと、頻発地震と火山とは関係がないといってよこした地震課長の、あの人をこばかにした電報のことをちらっと考えた。

「頻発地震発生以来、今夜で三日四晩、おそらく、あなたがたはこの三日四晩を十年にも感じられたことでしょう。われわれは決心しなければならないときが来たようです」

洲羽がいった。

その洲羽の発言は、そっくりそのまま所長がいうべきことのように思われた。

所長は、置きざりにされようとしている自分を感じた。洲羽が少々出すぎてはいないかと思った。

所長は、洲羽にちょっと、と声をかけようとした。それからのことは所長として、私が言いますからと、洲羽を制しようとして片手を上げたとき、洲羽は次のことばを吐いていた。

「私が所長の立場になって発言した以上、所員としてのみなさんの意見をぜひ聞かねばなりません」

洲羽の発言は、ことわるまでもなく明らかに所長としての発言であり、所員の感動の渦は所長ではなく洲羽をとりまいていた。全くこの島とは関係のない、いわば一日所長を所員たちはあたかも所長を仰ぐようにしているのである。

「私はひとりずつの意見を聞きたい、あとであのときはそうは思わなかった、ということがあってはならないと思います。問題をしぼりましょう、業務いっさいを中止して引揚げるべきかどうか――」

洲羽はことばを飲んだ。

大野が手を上げた。

「私は引揚げに反対です。地震課長は、地震と火山との関係はないといって来ています。私は洲羽さんのいうことよりもあなたの上司の地震課長の言葉を信じます。地震課長が、あの電報は間違いであって、洲羽火山調査官のいうことが正しいと公電を打って来ないかぎり、私はこの島に踏みとどまって工事をつづけるつもりです。この島の地震はなにも今度ばかりじゃあない、開所以来何回もあったことです。それに、危険度が二分八分というなら、危険がないということと同じようなものじゃあないですか。帰りたい人は帰りたいと、本庁にいってやるがいい、だが私は残る」

大野の発言は、それまで黙っていた所員たちの口を開かせた。彼等は大野になんとかして危険度を納得させようとした。新しいざわめきの渦は、大野のまわりで回転をはじめた。

「ひとりずつ、全員の意見を私は聞きたい」

洲羽は、やや声を大きくしていった。

ひとりずつ発言を始めた、高調した声ではなく、沈み切った声で彼等は引揚げを主張した。大野の他は誰も観測を続けるというものはなかった。

洲羽は最後に所長の方をちらっと見たが、所長の意見は聞かずに、それまでよりも、張り上げた声でいった。

「神津島の役場の吏員が、私のことを火山の医者だと言った。私は確かに火山の医者です。診断をしました。その結果をこれから中央に打電します、たとえ藪《やぶ》医者だという非難があったとしても、これ以上、あなたたちを鳥島火山の上にはりつけて置くことはできません。私は本庁あて、鳥島気象観測所の業務閉鎖について、伺いの電報を打ちます。

責任のいっさいは私が負います。ひとたびこの鳥島を撤退したとすれば、ここは廃墟《はいきょ》と化すでしょう、再開は困難になるでしょう。そして、もし噴火が実際に起らなかったら、あらゆる眼が私をせめるでしょう。それらの責任のいっさいは私が引受けます」

所員の中から嗚咽《おえつ》が起った。一人は洲羽の手を取って泣いた。一人は膝《ひざ》を床につけて泣いた。木庭がよろめくような足取りで洲羽のところに来て、力いっぱい洲羽の肩をたたいた。痛かった。感激を表わすにしてはひどすぎる打ちかただった。なんで、彼がそんなことをするのか洲羽には分らなかった。木庭の眼が異様にすわっているのを見て、洲羽は思わず一歩さがった。園部雄助が木庭を外へつれ出していった。

「洲羽さん、もう少したてば、みんなああなるところだった」

房野八郎がいった。

「すぐ引揚げにかかりましょうか、いまなら、まだなんとかボートは出せるかも知れない」

洲羽は意外なほど房野八郎が落ちついているのをたのもしく思った。

「火山が爆発して死んだのではなく、爆発しないうちにあわてて逃げ出して死んだとなったら、それこそ世界中のもの笑いになる」

洲羽は房野をたしなめて置いて、新免春治にいった。

「とにかく、B港のボートの整備状態をもう一度よく点検して下さい。引揚げるにしても、それは、本庁からの指令があってからのことだ。B港まではわれわれの領分だが、B港から先は、本庁の命令を待つより手はない」

洲羽は、本庁あての電報を書こうとして鉛筆を取った。適当なことばが、すぐ浮んではこなかった。

所長は、もはやいうべきことはひとつもなかった。洲羽がすべていってしまった。いまさら、所長が所長としていったところで、それは蛇足でしかなかった。

所長は、所長室から出ていく所員たちを見送りながら、あのことを洲羽がいったにしても、所長がいったにしても、結局は同じことだったと思った。所長は考え込んだ顔で突っ立っている洲羽にいった。

「書けないときは口で言って見るといい、口から出たことばがそのまま電文になる」

所長は洲羽にそういうと、洲羽を、所長の机のそばにつれていって、所長自ら椅子に坐って鉛筆を取上げた。

「電文を作るのだと考えないで、長官に話しかけるつもりでなにか言って見て下さい」

「長官に対して話しかける——」

洲羽は眼をつぶった。長身痩軀《そうく》、白髪端麗な容貌の長官が、眼のさめるような黄金色の絨毯《じゆうたん》が敷きつめられた絢爛《けんらん》豪華な長官室の一番奥に坐っている。その左右に並んで、鳥島から来る電報を待っている部長たちの姿が見える。

(ぼくが一切の責任を負います。長官にも部長にも決して御迷惑のかかるようなことはいたしません)

彼はそう話しかけた。淋しい気持だった。はじめっからこの責任を、洲羽ひとりに取らせるつもりで、この島へ派遣されたのだということが身にしみて痛感された。官庁機構における責任の委譲という言葉が、そのときほど非情に思われたことはなかった。洲羽火山調査官の判断によって鳥島気象観測所は閉鎖されたとすれば、それは長官、部長、課長の職責になんの影響もない。

(長官、それで私は満足です。私は火山の医者です。どっちみち、診断書は私が書かねばなりません)

洲羽火山調査官は眼を開けて話し出した。

「頻発地震及び火山性微動の状況と、鳥島はじめ諸火山における噴火の前駆現象の現われ方などから見て、今後の鳥島火山の動きには憂慮すべきものがあり、火山学的見地からしても職員の心理状態から見ても、このまま鳥島気象観測所を維持していくことは至難と判断される。従って鳥島観測所員は全員、可及的速やかに撤退させる事が適当と判断される。この際英断を以って至急この件について御指示あらんことをお願いする」

洲羽は自分の頭が、すきとおって見えるほど澄みきっているのを感じた。意外に落ちついて、言葉がすらすらとでていくのが不思議だった。彼は一気にしゃべった。一度も言い直しはしなかった。言い終ってから洲羽は、彼のいった言葉を、字に直した所長の鉛筆のあとを見た。

「最後に洲羽火山調査官と書き入れて下さい」

所長はそのとおり書いて、そのあとに鳥島気象観測所所長と書き加えた。所長が彼の職名を並記したことは、洲羽と共に責任を分担するという意思表示であった。

洲羽は、椅子から電文を持って立上った所長の顔を戸惑ったような顔で見詰めていた。


「観測を中止して全員引揚げよ」

という長官発の電報は二十二時を過ぎたころ受信された。出港できる時間は過ぎていた。暗夜にゴムボートを出せば、波に叩かれて転覆するおそれがあった。

「撤退は夜明けだ。それまでに完全引揚げの準備をしようではないか」

主だった者が所長室に集まったところで房野八郎が言った。

「完全引揚げってなんだ？」

電気係の樋口が口を出した。

「完全引揚げっていう意味は」

房野はちょっと所長の顔を見た。所長のいうべきことをおれがこれからいおうとして

いるのだが、構わないだろうかと念をおすような眼つきをした。所長は房野の眼に応えるように、

「そうだ、完全引揚げをしなければならない」

といった。樋口は所長と房野の顔を見くらべて、完全引揚げということについて、すでに房野と所長とは打合せがすんでいるのだなと思った。樋口は房野の説明を待った。

「完全引揚げっていう意味は、引揚げについて混乱の起きないようにしようということだ。まず、B港ではゴムボートの整備を完全にやる。電気係、通信係、観測係、地震係は最少人員を所内に残して、引揚げる時間が来るまで仕事をつづける。このほかに火山活動の見張り係と、船との通話係、そのほかに連絡員として若干名が所内に残る。他の所員は気象観測記録のほか、重要書類および、各自が手に持てる程度の荷物を持って、B港へおりて夜明けまで待機する。誰が最後まで残るかは、各係で至急きめればいい。船との通話連絡は園部君がやってくれ。連絡員は少なくとも五名は必要だろう。誰に残って貰うかは、おれがきめる、B港の方の責任者は新免君にやって貰おう。おれは見張り役と連絡係その他のすべての雑用をつとめる。所内に残れと言われた人は文句を言わずに残ることだ。誰だってB港に行きたい。だが、最後まで残る人がなけりゃあ、B港へ行く人も行けなくなる。鳥島気象観測所の十八年間の歴史を閉じるには、ちゃんとしたしめくくりが必要だ」

房野八郎は演説をしているつもりはなかった。相談をしているつもりもなかった。誰か言わねばならないことを言っている気持だった。それは所長のいうべきことであったが、特に所長を意識してはいなかった。彼はなにかにおされて、それをいっている自分を感じた。なにかが房野八郎を、頻発地震発生以来、いつもの房野八郎でなくしており、そのいつもの房野でない房野のいうことに誰も文句をいわないで聞いているのも、不思議な光景であった。

房野八郎の要請とも懇請とも演説ともつかない発言が終ると、主だった者ははじかれるように、所長室から出ていった。彼等の多くは、房野に与えられたことで頭がいっぱいになっていたが、少なくとも、二、三名の者は、房野八郎がなぜあのような見事な下《げ》知《ち》ができたかを疑問に思っていた。いささかの破綻《はたん》も見せずにあのような指示ができるのは、頭のいい悪いの問題ではなく、役付きの問題でも、体力の問題でもなかった。度胸がいいといったような抽象的な精神状態でもなかった。もしそういうものが、この際に人間を支配するならば、房野にかわるべき男は少なくとも十人はいなければならなかった。房野八郎は恐怖の神経を持っていないのかも知れないと、考えた者はあった。それもちらっと考えただけで、実際は房野の存在より、いまは房野の言ったとおりに従うことの方が、彼等にとって重要であった。

「所長はここにいてください。最後まで、所長は所長室以外に出ないでください」

房野は所長室を出るときにそういった。

（この出過ぎ者め）

所長は房野八郎を眼で叱った。

が、この際、きさまのような出過ぎ者は必要なのだ。

「気をつけてな……」

所長は口癖のひとことをいった。

所長はみんな出ていった後の所長室をひとりで歩き廻っていた。

所長のいうべきことは、房野という出過ぎ者が全部言ってしまった。訂正すべきことはなにひとつないほどの出過ぎぶりは讃めてやってもいいほどだった。

「所長は所長室に居て下さいか」

所長はつぶやいた。房野という男はよほどの出過ぎ者だと思った。だが、その房野が、最後にいったひとことはやはり、房野が、所長の代弁者である証拠を見せたもののように思われた。

（あの出過ぎ者が、出過ぎたことの言えるのは、彼の背後に結局は所員の言動の責任のすべてを取らねばならない所長がいることを意識しているからだろう）

所長は、それでいいのだと思った。

（こういうときは所長の命令で所員を動かすより、所員たちが自分で動こうという気に

ならねばならない。いま彼等は自分自身で動いている)

所長はいかなることがあっても、この所長室を離れてはならないと思った。所長室にあかあかと灯がともり、所長がそこにいることは観測所が生きていることだと思った。

房野八郎は所長室をいったんは外に出たが、夜風がいつになくつめたく身にこたえると、すぐ彼の宿舎に入った。別にそこに用はなかったが、B港へおりる所員たちに、なにかしてやらねばならないことがあるように考えたからである。

宿舎の中は混乱していた。ボストンバッグの中に、荷物を入れたり出したりしながら、なにかぶつぶついっている男の傍で、風呂敷包一個を小脇にかかえて行ったり来たりしている者もいた。大きな声を張り上げて観測室の方へ走っていったかと思うと、すぐ宿舎へ戻って来て、用もないのに同僚の背をやたらに叩いて廻る男もいた。

引揚げ決定以前の段階では仕事が彼等の恐怖をささえた。だが、いま引揚げと決定されたことは、恐怖が公認されたことであった。彼等の恐怖は数倍の威力を以て彼等を押えつけた。島はいますぐにも爆発するように思われた。ときどきやって来る有感地震が彼等の恐怖を煽《あお》った。彼等はいっせいにB港へ突っ走ろうとしていた。

房野八郎は提電灯を持って、B港へのおり口の岩の上に立って、所員たちに呼びかけた。

「まとまっていくんだ。ばらばらになって、おりていって怪我でもしたらどうする」

だが、彼等には房野のいうことは聞えないようだった。彼等には一秒でも早くB港へ急ぐことしか頭になかった。B港は、今の時点では、この島におけるもっとも安全な場所であった。いざという場合海上へ逃げられる一縷《いちる》の望みが、そこにはあった。彼等は生きる道をいそいだ。ふりかえって観測所を見る男はひとりもいなかった。

観測所の屋上で園部雄助がトランシーバーに向って怒鳴っている声が聞えた。

「初島丸にお願いします。いつでもわれわれのゴムボートを収容できるように用意していて下さい。それから、引揚げときまったのですから、もしもの場合を考慮して、もっと、船を島へ近づけてください。どうぞ」

園部はトランシーバーのスイッチを受信側に倒して、初島丸の返事を待った。

突然、園部のヒステリックな声が聞えた。

「なんですって、それ以上近よれないんですって、なぜ近よれないんです、気象庁の凌風丸は、いつもB港のすぐ近くまで入って来るのに、なぜ初島丸はそれよりこっちへ近よれないのです。そんな遠くにいたんじゃあ、いないも同じではないですか」

房野は園部の声を聞きつけると観測室の屋上にかけ登っていって言った。

「やめろ園部。初島丸がこの島に来たのは初めてだ、もっと近よれというほうが無理だ。下手なことをいって相手を怒らせて見ろ、それこそたいへんなことになるぞ」

「これが黙っていられるか。初島丸の臆病者め、暗礁がこわいのか、それとも噴火が怖いのか」

「おい園部、まさか、そんなことを、トランシーバーで怒鳴るつもりじゃあないだろうな、船との連絡係がそんな気違いみたようなことをいうんじゃあこの仕事をきみにまかせておけないから、やめて、B港へおりろ」

「B港へおりろだと」

「そうだ。船との連絡係は、おれのいったことをそのまま伝えるだけでいいんだ。勝手なことをいっては困る、おれのいうことが不服ならB港へいけ」

「いやだな、最後までおれはここに踏み止まる。おれは逃げたと言われたくない」

「それなら、おれのいうとおりにしろ、とにかく屋上から下へおりたらどうだ。下でも船との通話は充分できるはずだ」

園部は返事をしなかった。

房野八郎は、南北に細長い庁舎群の最北端にある地震計室の東側の八丈茅《はちじようがや》の一叢《ひとむら》を背にして月夜山と対面した。そこに連絡員として、残された五名がいた。房野はそのうち二名を、地震計室へやった。

急にあたりが静かになったような気がした。房野八郎は空を仰いだ。月のない夜空の星がこれほど美しいものだとは知らなかった。彼は気象観測者であった、天文観測者ではなかった。星のことはほとんど、知らなかった。いま彼が見上げている月夜山の頭上の星座の名前も知らなかった。星座は静かに動いていた。動いて見えるのが当り前のことなのだが、星座がそっくりそのままの形をして、ゆっくり動くことが、考えて見ると、おかしなことのように思われた。月夜山の上で流星が流れた。ひとつふたつとつづけて流れて、そしてしばらく休んで、同時に数個の流星が北に流れた。

そんなに一時に多くの流星が流れたのを、彼は見たことはなかった。彼は彼とともにいる三人の男にそのことをいった。

「変ですね、まさか、噴火が――」

若い男がいった。

「ばかなことを」

どう見ても、それは、天頂のあたりから北へ向って流れる流星であったが、その継続は常識外に見えた。

房野は、たくさんの流星が流れるのは、たくさんの人が死ぬ前兆だと話してくれた祖母のことを思い出した。

〈だから八郎も、あまり星空なんか見ない方がいい〉

と祖母はいった。美しいものの中に不吉が潜在すると祖母が教えてくれたのかも知れない。その不吉がいま眼の前に現われたのかも知れない。あまり気持のいいものではなかった。一度に多くの流星が流れて多くの人が死ぬとすれば、その運命に置かれたのはこの島だった。

「いやな流星だ。なんだってあんなに流れるのだろう」

やや大きな流星が流れて、北の空のはずれで、赤く輝いて消えると同時に、房野は、それまでの地震と噴火の恐怖よりも、さらに一段と大きな、それは、鳥島が爆発するというよりも、地球全体の終りが来るような悲劇的な恐怖を覚えた。あきらめに似ていた。どうしても死ぬときは死ぬのだというあの気持だった。

「地震計室へ行って、洲羽さんに、山に異常はないと報告すると同時に、地震計に異常はないかどうか聞いて来てくれ。帰りに所長室へよって、東京からなにか言って来たか聞いてくるのだ」

房野はそこに残された、この島でもっとも若い三人が、他の所員にくらべて比較的落ちついているのを見て力強く思った。

「独身なんだね、きみたちは」

房野はあとに残った二人の独身の男にいった。

「そうです、ぼくらは独身です」

「ぐらっと地震が来ると、おれは女房と子供のことが頭に浮ぶんだ、きみたちは恋人の顔でも浮ぶかね」

「恋人なんてありませんから、恋人の顔なんか浮びません、あっても多分浮ばないでしょうね」

「すると誰のことが頭に浮ぶのだ」

「もちろん母のことです」

もちろん、とその男は張りのある調子でいった。

「だが、いけませんね、その母の顔は泣いているんです」

「泣くさ、こんなところで死んだらみんな泣く」

するとそれまで黙っていた、もうひとりの独身の男がいった。

「ぼくは父も母もずっと前になくなりましたから、両親のことは頭に浮びません。自分のことです。大きな火山弾に頭をざくろのように割られて死んでいる自分自身の姿がはっきり見えるのです。その自分にばかだといってやっている自分がまた同時に頭に浮ぶのです」

三人の会話はそこで、いきなりぷつんと切れた。地震計室へやった伝令が帰って来た。

「地震は相変らずです。火山性微動はいま少し前に、小さいのがひとつ現われました。東京からは明日の朝の天気を言って来ています。明朝の天気は……」

房野はそのつぎに伝令がいった明日の天気予報は聞いていなかった。それよりも、一時なくなった火山性微動がまた始まったということにおびえた。噴火前微動かもしれない。小さいのの次に振幅の大きな噴火前微動が起ると爆発する。

房野八郎は八丈茅の中から立上った。そこにじっとしているのが苦しかった。

観測室の屋上の方で大きな声で叫んでいる園部の声が聞えた。園部のところから走って来る伝令の黒い影が見える。

「凌風丸が来た。凌風丸が来たぞう……」

その声で、庁舎の中に残っていた所員はいっせいに外へとび出した。所長は所長室を歩くのを止めて、ちょっと外を見たが所長室からは出なかった。地震計室も静かだった。

山の見張り役は山を見張るのをやめて海の方へ眼をやった。暗い海に灯が見えた。灯は島に向って、速い速度で近づいて来た。

凌風丸の姿を見たとき、房野八郎は助かると思った。理由はないが、助かるに違いないと思った。気象庁観測船凌風丸は老朽船だった。四日前に死者を乗せて東京へ帰ると、そのままドックに入る予定だったのを、急を聞いて、やって来てくれたのだ。強力な味方が来たということが房野の気持を開いた。凌風丸は照明灯に飾られていた。そこからは船体は見えず、照明灯の動きが船の動きとして望まれた。凌風丸は島に近づいても速度を落さなかった。沖に停泊している初島丸の存在も意に介しないように、一直線にB港へ向って進んで来た凌風丸は、島に向って何度か汽笛を鳴らした。凌風丸のサーチライトが海上を掃いていった。光芒《こうぼう》の先に島の地物が白く光って見えるほど凌風丸は島に接近しようとしていた。

「凌風丸が来た。凌風丸が来た。どうだ見たか初島丸。凌風丸の度胸のよさを見たか初島丸！」

海に向って怒鳴っている園部の声がよく聞えた。凌風丸は停止した。房野八郎は屋上にいる園部雄助のところへいって、トランシーバーから出て来る凌風丸の第一声を待った。

「鳥島観測所、鳥島観測所、こちらは凌風丸、こちらは凌風丸、どうぞ」

声は落ちついていた。

「凌風丸、凌風丸、こちらは鳥島観測所、御苦労様でした、ほんとうに、御苦労様でした、ありがとう」

園部の声はいささか上ずっていた。

「そちらの状況を知らせてください。当方は、いますぐにも内火艇をおろしてB港へ突っこむ用意があります」

園部はそれを聞くと泣き出した。トランシーバーのスイッチを送信側に倒さずにそのまま、なにかわけの分らないことを泣きしゃべっていた。泣きながらも初島丸ということばを断片的に口に出していた。凌風丸が聞いているのは初島丸の動向ではなく、島の状況だったが、園部の混乱した頭の中には、凌風丸への感謝と初島丸への憎しみがごっちゃになっていた。園部は初島丸に対する罵倒《ばとう》をやめなかった。

房野八郎はトランシーバーを奪い取って、スイッチを送信側に倒していった。

「当方は依然として危険な状態にあります。必要人員だけを所内に残し、他の所員はB港で待機中です。ゴムボートは整備されました。B港内の波はかなり高く夜間ゴムボートを出すのは危険ですから、夜明けとともに、ゴムボートに全員移乗する予定です。夜明けまでの間に緊急避難を要する事態が発生した場合はよろしくお願いします」

「了解しました。緊急事態が起きたときは、すぐ知らせて下さい、当方はいかなる犠牲を払っても所員の収容に当ります。なにかあったら知らせて下さい。本船はオールワッチいたします」

房野にはそれが肉親からかけられた激励の言葉に聞えた。凌風丸が決死的冒険をしても、所員の救助に当ろうとしている腹が連絡の言葉の端々に現われていた。房野が凌風丸との通話を終って、トランシーバーを園部に渡そうとしていると、それまで動かなかった初島丸が動き出した。初島丸は凌風丸の航跡をたどって入って来ると、凌風丸の後ろに並んで停泊した。

「ざまを見やがれ臆病者め」

園部が初島丸に毒づいた。房野八郎には、なぜ園部が初島丸にこれほどの悪感情を持つのか分らなかった。園部の怒りは、初島丸よりも海上保安庁に向けられているようであった。頻発地震の前兆のように、島へ打ちあげられた水死体の処置のときも、園部は海上保安庁に毒づいた。

　園部はトランシーバーを取るとスイッチを入れて、初島丸を連呼しだした。

「やめろ」

　房野八郎はスイッチを切っていった。

「もうきさまには船との連絡はたのまない。初島丸はちゃんと凌風丸のあとをついて接近して来たじゃあないか、この島を知らない船なら、どの船だってああするのが当然だ。凌風丸一隻より、初島丸もいてくれた方が、緊急の場合はわれわれとしても心強い。初島丸の悪口なんかいっている時ではない、きさまは疲れているんだ。B港へおりろ」

　園部の顔は見えなかったが、房野には園部がどんな顔をしているかよく分った。園部は、噴火の恐怖を初島丸に対する怒りにすりかえることによって、時間を消そうとしているのだ。

　園部は、房野に奪い取られたトランシーバーを強いて取りかえそうとはしなかった。

「B港へおりろというならおりてもいいさ。だが、B港へおりたところで、あの初島丸に対する気持がかわるものではないぞ、おれはどうしても初島丸の船長に会って言ってやりたいことがあるのだ。やいこの世界一の臆病者めとな、それまではおれは死ねない」

園部は屋上をおりていった。

房野八郎は、彼の傍に立っている、さっき地震が来ると、泣いている母の顔を見るといった独身の所員にいった。

「ここに立っていて船の連絡をつづけてくれ、言われたことをそのまま船に言ってやればいいのだ。流れ星を見ているよりこっちの方が、よほど気がはればれするだろう」

房野は廻れ右をして月夜山を見上げた。

「ゴムボートの前に並んでください。各自、自分のボートを間違わないように」

新免春治は浜に腰をおろしている所員と作業員たちに呼びかけた。集団はちょっと身を動かしただけだった。

新免春治は懐中電灯の光をそれらの人の顔に当てた。ひとりとして居ねむりをしているものはいなかった。彼等は眼を開いていたが、放心の顔だった。

「いざというときに、あわててボートを間違えると困りますから、自分のボートの前に、さっき、きめたとおりの乗船順序で並んでみて下さい」

新免春治はやや声を高くしていったが、二、三人の男が立上っただけで、全体としては、動く気配がなかった。

「並べったら、並ばないか、おれのいうことが聞えないのか」

新免が怒鳴ると男たちはやっと気がついたように立上って、ボートのところに並んだが順序はでたらめだった。

「ぼやぼやするな。幼稚園のこどもじゃああるまいし」

新免は怒鳴るような男ではなかった。もともとおとなしい性格の新免春治が怒鳴るとその声は上ずって聞えた。いくらかきいきい声だった。

「ようし、左右に別れてボートを持って、静かに海岸まで運んでいけ。下は岩だ、ゴムボートに疵《きず》をつけないように気をつけてやるのだ」

新免は怒鳴ったことはなかった。とても大勢を前にして怒鳴るようなことができるとは思っていなかった。興奮して怒鳴っているとも思わなかった。彼は自分を冷静だと思っていた。怒鳴らないとB港の責任が果せないから、怒鳴るのだという打算もなかった。新免は自分が変ったと思った。新免春治でない新免春治が怒鳴っているのならおかしくはなかった。新免が指揮しているゴムボート乗船演習は、B港へ打ちよせる波を見ていると無意味なことのようにも思われた。B港へゴムボートをおろしたところで、たちまち波をかぶるか、ひっくりかえされるかどっちかだった。だが新免は演習をやった。そうしないではいられない気持だった。ボートの運搬演習が終ると、新免は服装の点検にかかった。

「みんな立上れ、二列に向い合って、たがいに救助胴着《ライフジヤケツト》の点検をしてくれ」

数名が立上って、懐中電灯で新免春治のいうとおりにしたが、多くは動かなかった。彼等は、新免の命令を無視しているのでもなく、新免をばかにしているのでもなかった。彼等は、思考力さえも失っていた。三日四晩、寝ていなかった。食べ物もろくに食べていなかった。下痢をつづけている者もかなりいた。心の隙間に、家族の姿が繰返し浮び上って来た。それが彼等の生命の支えになっていた。点火された火薬庫の上に坐っている気持はずっと続いた。

彼等は睡りに誘われて眼を閉じることがあっても、ものの一分とたたないうちに、はっとして眼を覚ました。そして、眼を月夜山の方へ投げた。居眠りなど出る場ではなかった。彼等の消耗しきった神経のうちで聴神経だけが敏感になっていた。どこかで、なにか異様な音、たとえば、誰かが、なにかの理由で立上って、足もとの石を動かした音などを聞くと、きっとなってあたりを見廻した。有感地震が来ると、彼等はいっせいに立上って、眼を山の方へやった。新免春治の号令に鈍感な彼等が、物音に鋭敏であるというおかしなことが、ここでは当り前のこととして通用していた。

新免春治は乗船演習はそのくらいにして、六隻のボートのうち一隻だけ、空気洩れのするボートの補修に取りかかった。ほとんど目立たないような空気の洩れかただったが、気に入らないピンホールがどこかにあった。いくらポンプで空気を入れても、少しずつ空気が洩れた。早いとこ、穴を発見して、ゴム糊《のり》で修理して置かないと、いざという場合が心配だった。耳をボートにくっつけて、ボートのまわりを懐中電灯を持って這い廻った。あやしいところにはつばをつけて見た。根気のいる仕事だったが、それをしていると気がまぎれた。穴はやっと見つかった。

「さて、これでよし、あとは海が凪《な》いでくれればいい。人員点呼、乗船順序、荷物……」

新免はひとりごとをいいながら手落ちはないかどうか考えた。

「そうだ、荷物のことを忘れていたぞ。おいみんな、持って来た荷物全部を前に置いてくれ。荷物が多すぎて人間が乗れないと困るからな」

一回ではだめだった。二、三回怒鳴るとやっと聞えた。彼等は持って来た私物を前に置いた。

新免は懐中電灯を持って、ひとつひとつの荷物に当っていった。ほとんどがボストンバッグか小さな包み一つだった。なにも持たずに来ている人もかなりいた。大きなルックザックを持って来た者が三名いた。

「こんな大きなものは困る。中身を整理して、ボストンバッグひとつぐらいにしてくれないか」

新免はおとなしく言った。

「手に持てるだけの荷物という約束だったじゃあないか。この荷物は手で持てるぞ。いま春さんが持ち上げて見て分っただろう」

その男は新免に向って見事な反撃をした。

「なんだって。いったい人間の生命が大事なのか荷物が大事なのか」

新免が怒鳴り出すと、それまで、放心したような顔をして坐っていた男たちがいっせいに文句をいい出した。それまで三日四晩の間、たまりにたまっていたものを、すべて、三名の荷物に当てつけて発散しているようだった。

「そんな利己主義者の荷物はそっくり海の中へほうりこんでしまえ」

といったのは橋場良兼だった。彼はほんとうに、そうするつもりらしく、そのひとつに手を掛けた。止める人はいなかった。止めるどころか橋場に力を貸そうとする者さえあった。

新免春治は橋場の手を払いのけていった。

「この浜の責任者はおれだ。ほかの者は黙っていろ」

新免は橋場を押しのけると、三人の男にいった。

「このルックザックをいますぐ観測所まで背負いあげるんだ。そこで手に持てる程度の荷物にして引きかえして来るんだ。みんながそうしているから、そうしてもらわないとおさまりがつかない、さあ、すぐ観測所へ戻ってくれ」

新免は三名に罰を与えた。せっかく背負いおろして来た荷物を、また背負いあげることはたいへんだったが、そうしないと、この場の空気がおさまらなかった。三名は渋々立上って、重いルックザックを背負うと、七曲りの坂道を観測所へ登っていった。

（みんな頭が変になっている。おれだって確かに変だ。変でないのはあの三人だけかも知れない）

新免は、坂を登っていった三人がゆうべ食堂で威勢よく飯をかっこんでいたのを思い出した。飯を食えるのだから眠れるだろう。おそるべき男たちだと思った。手に持てるだけという意味を、手に持てる最大限のものと解釈して、ほとんど全財産を持ちおろして来た彼等三人は、或る意味では冷静な男達であったかも知れない。生きるか死ぬかの瀬戸際に物欲を出したと一途に思い込んだのは誤りのように考えられた。物欲を出したとしても、出さない他の男達よりその三人は、少なくとも、それを考える余裕があったことになる。新免春治は意地悪く彼等を追いかえしたB港責任者としての自分を反省した。新免春治は、坂を登っていく懐中電灯の光が見えなくなると、やり切れないほどの失意感に襲われた。

来そうだった。どかんと来そうだった。爆発が起るとすれば、こういうふうに、谷底に落ちこんで這《は》い上れなくなったような気持のときに来るだろうと思った。全身が慄《ふる》えた。心臓がしめつけられて痛かった。この気持がしばらく続くと死ぬだろうと思った。

むしろどかんと来てくれたほうがいいと思った。

「噴火だ！」

その声を聞いたとき、新免春治は彼の中の噴火を見た。真赤なものが眼の前にぱっとひろがった。彼は割当てられたゴムボートに走った。彼だけでなく、ゴムボートのそばにいる者は、いっせいに立上って、ボートを海に持っていこうとした。あれほどボートの人員割当てをはっきりさせて置いたのに、勝手ほうだいのボートに取りすがって、海へ逃れようとした。新免春治は六号艇《てい》に自分を割当てていたのにもかかわらず、一号艇のヘリをつかんでいた。真先に逃げ出そうとしていたのである。

彼等はボートを持ち上げたところで、山の方を見た。噴火は見えなかった。

「ちきしょうめ」

こともあろうに、こういう時に、噴火だなどと怒鳴った奴は誰だろうと、男たちの眼は声の方を見た。木庭が岩の上に立って山の方をゆびさして叫んでいた。顔は見えないが、彼の声ははっきり聞えた。

「噴火だ。見ろ、火山弾が北へ北へととんでいく」

狂った頭にも、方向だけをちゃんとつかんでいるのが哀れでもあった。木庭は流星群を噴火と誤認したのだった。

花火を打上げたように流星は流れた。流星に間違いなかったが、それほど多くの流星が流れるのを見たことのない所員たちに取って、それはあまりにも異常な現象に思われた。

「明らかに流星だが、それにしてもおかしい。一応伝令を出して見よう」

新免がいった。彼はようやく落ちつきを取戻していた。

そのころ、房野八郎は、凌風丸と、初島丸から同時に緊急呼出しを受けていた。

「火山弾の吹き上げるのが見える。ただちに救命ボートをおろして、B港へ突っ込むから、そちらの状況を知らせてくれ」

凌風丸の声は上ずっていた。

「あれは火山弾ではない。流星です。いまのところ火山には異常はありません」

房野八郎は両船の申出を感謝した。海上から見ると、流星群はちょうど鳥島の頂あたりに見えたのである。

房野は地震計室にいる洲羽火山調査官を呼んだ。

「流星ですね、間違いなく」

洲羽は天頂を見てそういった。

「おそらくシシ座の流星群でしょう。確か九十年に一度、地球に近接する日が今夜あたりになっている筈です」

洲羽は最近なにかの科学雑誌で読んでいたうろ覚えの知識を披露した。

「ああシシ座の流星群ですか」

房野はほっとした。シシ座の流星群についてのおおよその知識はたいていの人が持っていた。ただ地球に近接する日が今夜であることは、誰も知ってはいなかった。シシ座の流星群だということが船とB港に知らされた。

「流星群というものは美しいものですねえ」

房野がいった。

「美しいのかね、あれが」

洲羽は吐きだすようにいった。おかしな男だと思った。美しいなどという気持が湧《わ》くのは、よほど心に余裕があるからだ。洲羽はあきれた。むしろ、流星を美しいと感ずる房野に憎悪《ぞうお》に近いほどの嫉妬《しっと》を感じた。

「伝令をB港へとばして、海の状況を調べて来て下さい」

洲羽のひとことで房野はひょっとすると、最悪の兆候が地震計に現われたのかもしれないと思った。

「噴火前微動が始まったのですか」

「そうではない。海の様子はどうかって聞いてるだけだ」

始まってはいないというのは、厳密にいうと、事実と相違していた。高倍率地震計は、しばらく沈黙していた火山性微動をまた記録し始めたのである。等間隔を置いて、ぽつんぽつんと現われて来るその微動は、岩漿《マグマ》が、脱出口の戸をノックする音のように無気味であった。

洲羽は房野に更に危険な状態に追い込まれているのだということをひかえた。大部分の人はB港へ行っている、所内に残った者も、いつでも逃げられる準備ができている。あとは、ひとこと、逃げろという合図を発すればいい。それまでは黙っていようと思った。そのちっちゃな微動が、その振幅の背丈をおよそ倍か三倍に延ばしたとき、逃げろと言えばいいのだと思った。洲羽は地震計室に帰った。

洲羽と西初男と宮地の三名が決定的瞬間を忍耐強く待っているのは、いま噴火するか、いま爆発するかと山を見上げている房野たちの気持とよく似ていた。地震計に張りついた三人は、ペンがいま振れるかいま振れるかと待っていた。地震計のペンという対象物を間に挟《はさ》んで、彼等は恐怖と対決していた。

「お忙しいところをお邪魔してすみません」

大野がのっそり入って来て、洲羽の前にしゃがんだ。

「この地震計は、ひどく取扱いがむずかしいものでしょうか」

洲羽は、記録紙から眼を離して、大野の顔を見た。ぜんぜんその場にそぐわない質問だった。

「むずかしいことなんかありません。ただ自記紙を取りかえてやれば、あとは機械が自動的に書いてくれます」

「私にもそれができますか」

「それはできますよ、誰にだってできます」

大野の表情は光の影になっているからよく分らなかったが、ものをいうたびに白い歯が見えた。

「それならひとつ、自記紙の取りかえ方法を私に教えてくださいませんか。私はこの島に残る決心をしたんです。食糧はあるし、水はある。二年や三年は生きられる。どうせ島に残るなら、仕事があった方が張り合いがありますからね」

「自記紙の取りかえ方なんか簡単なことですが、あなたがここに残るかどうかってことは簡単にできることではありませんよ。あなたが決めることではなく、所長が決めることだと思いますがね。いや所長ではなく、すでに長官命令として全員引揚げろという電報が来ている以上、あなたがなんといっても、踏み留《とど》まるわけにはいかないでしょうね」

「そうですかねえ洲羽さん。全員引揚げるってことは、この観測所を棄てるってことですよ。苦労して、十八年間かかって、作りあげたこの観測所は、人間が住まなくなれば、まず三月と保《も》たないで、野ネズミの巣となるでしょうね、それを考えると、私はたまらないんです。ほんとはねえ洲羽さん、この島の建設がなくなると、私の仕事はなくなる。つまり、私は生きている必要がなくなるんです。この観測所は私自身みたようなものですから、この観測所が死ぬと私も死ぬんです。分りませんかねこの理屈が」

「よく分ったことがひとつあります。この島に人がいなくなると、この観測所が死ぬってことです」

洲羽はなんどか頷《うなず》いた。大野は、この恐怖の島でたったひとり笑える人であった。その例外的な存在には例外が許されてもいいように思われた。

「所長にたのんで見るのですね。大野さん」

洲羽はうまく逃げた。大野と話しているのがわずらわしかった。余計なことをしている暇はないと思いながら、実際は、彼のやることは、ただ記録紙を眺めているだけのことであった。彼の神経の針は地震計の針先が残す記録とともに動いていた。記録は直線を描いているようで、よく見ると、直線ではなく、ごく小さな雑微動を書いているから、厳密にいうと記録は絶えず変化していた。

大野は地震計室を出るとき、

「長々とお邪魔をしました」

と丁寧に挨拶して出ていった。

洲羽は、長々と、と大野の言ったことがちょっと気になった。

やった。

洲羽は彼の前に坐って、彼と同じように高倍率地震計の記録を睨んでいる宮地に眼をやった。

宮地の島に渡ってからの働きは目覚ましかった。短時間に高倍率地震計をセットして、洲羽が地形調査に出ている間は、彼にかわって観測結果を本庁に打電し、本庁からの指示電報を所長に伝えた。その彼も、いまはただ記録を眼で追うしか仕事はなかった。地震計室には、三人のほかはいなかった。伝令は出ていったままま帰っては来なかった。

伝令に出してやった二人が二人とも帰って来ないことがひどく癪《しゃく》にさわった。安全地帯に逃げたい気持は分るが、職場を放棄したふたりは許せなかった。

洲羽は地震計を西と宮地にまかしておいて外へ出ると、房野を大きな声で呼んでいった。

「B港へいったままもどらない伝令に、すぐ帰れという伝令を出してくれ。けしからんじゃあないか」

洲羽は房野に当てつけた。

所長は東京から入電した電報に眼をとおしていた。総員引揚げについての細かい指示であった。指示されなくても、すでにそのとおり実施しつつある常識的なことばかりであった。所長は電報に細かく眼をとおして、その回答を書いた。地震があるたびに発信される電文にも眼をとおして所長の認印をおした。

鳥島観測所にいかなることが起きても、東京と鳥島とが電波でつながっているかぎりは、鳥島観測所を支配する者は所長であった。

東京から電報が来て、その内容を所員に伝える必要があるときは、窓から房野を呼んで、連絡員に伝達させた。

所長室へは、時々房野がやって来たり、伝令が報告に来たり、地震電報を届けに来たり、東京から来た電報を、無線通信係の武林が持って来たりした。

仕事がなくなると所長は所員たちのことを考えた。多くはB港へおりていってこの所内にはいなかった。

(彼等はおそらく、このおれを無能の所長と思っているであろう)

なんと思われようが、彼は彼としての職責を充分に果したと思っていた。ただひとつ、よくよく考えて見ると、この際英断を以て、ご指示あらんことをと、長官に打電した電報の末尾に、洲羽火山調査官の名を先に書いて所長の名を後にしたことはまずかったと思った。火山調査官は飽くまで火山調査官の資格である。火山調査官の調査の結果に基づいて、所長の名において打電すべきであったように考えられた。

(洲羽火山調査官の調査によれば……)

という一句をあの冒頭に書いてさえおけば、あの電報は鳥島観測所長が打電したことになった。そうすべきであったように思われた。

所長は窓から月夜山の方を見た。星明りだったが、山の輪郭だけは見えた。いますぐ噴火しそうにもない山が、実は、いますぐ噴火するかも知れないと思うと、所長室にじっとしてはいられない気持だった。

(この気持を、おれは三日四晩この所長室にいて押え続けていた)

誰も、そのことは讃めてはくれない。讃められたくはないが、彼にとっては、所長室を守りとおしたことで満足していた。

冷たい夜気が所長室の中へ入って来る。島の外の空気と、所長室の内部の空気とは窓をとおして混合され、おそらくあと五十分の後には外でも中でもなくなるだろう。そのころになって、この窓はしめられる。そして、おそらく二度とこの窓が開けられることはないだろう。所長はいよいよこの観測所に最後の別れを告げなければならない時が来たと思った。

所長は窓から房野を呼んだ。

「庁舎の見廻りをしてくるから」

「見廻り?」

そうですか、と房野はいった。引揚げる間際になって、見廻りもないだろうと思った。

だが房野は別に、所長の行動に反対もしなかった。

所長室は庁舎群の北のはずれにあったから、そこから南に向って、ひとつひとつの建物を見廻っていって、南端のテニスコートまでいけば、それで終りだった。

彼はオゾン観測室、ボンベ室、観測室、無線通信機室、事務室、調理室、電源室と見て廻っていった。各部屋にはひとりずつ所員がいた。所長が入っていっても、話しかけて来るものはなかった。彼等は撤退時間があと数十分後にせまったことを、彼等の生死の別れ目の時間がせまったような気持で待っていた。

各部屋にはきちんとして置けと言ってあったが、所長が思ったほど、きちんとしてはなかった。きちんとするだけの心の余裕がないからだった。

最後に所長はテニスコートに出た。鳥島唯一の遊び場だった。天気がよくて風がない日は誰かがきっとテニスをやっていた。彼はテニスコートを提電灯をふりながら縦断した。金網に立てかけられているラケットが彼の提電灯の光に照らし出された。誰かが置き忘れたまま、放置されたものらしかった。彼はラケットを拾った。この際、ラケットなんかどうでもいいことだったが、なにか、そこにラケット一個を残して置くことが気になった。彼はそのラケットを、通りがかりの物置小屋を開けてほうり込んだ。戸口からネズミが列をなして走り出た。そのうちの何匹かは、彼の靴の上を走って通った。彼は急いで戸を閉めた。いやな気持だった。物置の中のネズミまでが、島の異常に気がついて、脱出口を探していたように思われた。所長は急ぎ足で庁舎群の東側を廻ると所長室の隣の地震計室へ入っていった。彼は人の姿を見てほっとした。

洲羽と西と宮地が地震計の針の動きを見つめていた。

「どうです」

所長は洲羽と並んで、地震計の記録を覗きこんだが、すぐ眼を腕時計にもどしていった。

「あと三十分」

あと三十分だけ、噴火せずに待ってくれたらいいがという願いのことばのようだった。あと三十分と言われたから洲羽も腕時計を見た。午前四時になるところだった。

所長は地震計から離れると、そこにいる人たち全部に聞えるように言った。

「四時から引揚げ準備にかかり、四時半、きっかりに引揚げを開始する。四時半になったら所長室へ集まって下さい」

そのいい方がいままでの所長と違った感じだったので、洲羽は地震計から眼を離して所長を見た。所長の顔はそれまでになく自信に満ちた顔をしていた。

「四時半に所長室に集まるのですね」

洲羽は念をおした。

「そうです。居残った者は全員揃ってB港へ降りるのだ」

「わかりました」

所長は所長室に戻ると、房野を呼んで、地震計室でいったと同じことをいった。

「四時半にいっさいの業務を中止するということは……」

房野はその決定的な瞬間の区切りがなんによってなされるかを所長に聞こうとした。

「四時半ジャストに電源室のエンジンを停止するように樋口君にいってくれ。灯が消えたときが、いっさいの業務をうち切ったときだ」

「わかりました」

「わかったら、急いでみんなに伝えるがいい。もう一度いうぞ、四時半直後にここに集合だ。人員を確かめて、そろってB港へくだる。船にもそう連絡してくれ」

房野は驚いて、所長を見つめた。所長がそれまでの所長ではないように思われた。あざやかな指令ぶりだった。どこにも優柔不断のところはなく、毅然《きぜん》とした態度が見えた。

房野は狼狽《ろうばい》した。こんなはずではないと思った。

「では、そのようにみんなに伝えます」

「気をつけてな……」

気をつけてなという所長の送り出しの言葉の癖もいままでどおりだった。

この変事にさいして、あの所長は所長室に閉じこもったままで、陣頭指揮を怠っていると考えていたことも或いは間違いなのかも知れないと房野は思った。大きな頭をふり立て、ふり立て、所長室に頑張っていたことが、結果的には所員の精神安定剤としての効果を発揮したのかも知れなかった。所長が眼の色をかえて、とび廻ったならば、——もしかりに、所長が房野八郎のやったと同じことをやったとしたならば、所員の恐怖はさらにつのったかもしれなかった。

(所長はあれでよかったのだ)

房野八郎は各部屋を歩いて、四時半撤退を告げると、彼の持場に帰った。

(うまいことあの所長に使いこなされたということかな)

房野は所長のことを考えるのをやめて、月夜山に眼をやった。あと三十分後に撤退だと思うと、その三十分間に、噴火が始まるのではないかと思えてならなかった。台風の夜に薄紅色の光を見て以来彼から離れなかった月夜山に、もし異常が起るとすれば、いまだと思った。初めと最後を見なければ辻つまが合わないような気がした。

もし錯覚だったら錯覚でもいいからもう一度あの薄紅色の光を見たいと思った。静かになると音が聞える。八丈茅の葉の擦れ合う音が、ときによると、火口丘の硫黄流のピチピチと鳴る音に聞えて来る。房野は三十分後にB港へおりるまでに、どうしても、しなければならないことがひとつだけあった。それをせずに、ここをおりたとしたら、永久に悔いとして残るだろうと思った。

伝令がかえって来た。

「山の見張りをたのむ。なにかあったら、大きな声で怒鳴れ、おれは所長室へ行ってすぐ戻ってくる」

房野は所長室のそばを通るとき、窓から中を覗いた。所長は依然として所長室を歩いていた。

（あの所長は無能なのか、それとも、とびぬけて有能なのか）

房野はそんな気持で所長室の前をとおり、オゾン観測室の裏を廻って露場に出た。観測室の屋上から船に向って、四時半庁舎撤退を伝えている声が聞えた。観測室には明りがついていた。誰かひとり残っているはずだった。房野は、ちらっと観測室の窓の方を見てから、露場を犬のように這い出した。あの台風の夜に嗅いだにおいを探すためだった。いま探し当てたところで、どうってことはないのだが、探し出して見たかった。錯覚に負けることは気象観測者の敗北だった。島はいますぐ火を噴くかも知れない。もしあの亜硫酸ガスのにおいが、噴火の前兆だったら、もっとはっきりした形で現われていていいはずだと思った。

彼は鼻を地面にくっつけるようにして這い廻った。這い廻りながら、ときどき月夜山を見上げた。

においはついに発見されなかった。

房野八郎は懐中電灯をつけて腕時計を見た。四時二十五分だった。

無線通信係の武林公広は電鍵《キー》をたたいていた。

「ただいま鳥島気象観測所を去るに当り、今回の異変に際して、各方面より寄せられた厚い御配慮に対し、深く御礼申上げます。鳥島より最後の報告を終り全員B港に集結いたします。鳥島観測所長」

電報用紙の所長の鉛筆のあとは黒く光っていた。武林は打電を終ると、耳にかけたレシーバーに神経を集中した。彼ははっきりとオーケーの受信信号を受けた。

「各位の元気な帰任を待つ。鳥島気象観測所よ、さようなら」

そのあとに最終信号を聞いた。武林は通信機の全部のスイッチを切った。無線通信機は機能を停止した。あとは部屋の電灯を消せばいいのだが、それはまもなく電気係がやるだろう。彼は懐中電灯をつけて消灯を待った。

電気係の樋口は燃料支台の前に立って時計を眺めていた。一秒一秒と四時半に近づいていく時計の針を見つめていると、四時半が彼の死ぬ時刻のように思われた。発動発電機は好調だった。十八年間に、発動発電機の種類は二度ほど変更されたが、一度も停止したことのないその音を、彼の手によって消すことに、彼は若干こだわっていた。だがそれよりも、彼は、時計の針が怖《おそ》ろしかった、四時半にエンジンを停止すると、同時に島は爆発する——それは既成の事実のように思われた。

午前四時二十九分。彼は懐中電灯をつけた。四時二十九分五十秒、彼は燃料ハンドルを握った。四時三十分。彼は燃料ハンドルを徐々に停止の位置へおろしはじめた。エンジンの回転数が落ちていくのにつれて電源室の電灯が光力を少しずつ減退していった。引きこまれるようにスウーッと消えていく電灯を見ていると人の死を見詰めるように暗い気持になった。燃料ハンドルが停止の位置におりた。

樋口は真暗になった電源室に懐中電灯をあてた。鳥島気象観測所は死んでいた。エンジンボディの黒い形骸《なきがら》が、懐中電灯の光の下に横たわっていた。樋口は電源室を出ると、所長室へ走った。そこが集合所であった。

房野八郎は庁舎がすべて光をおとすと、彼の見張り場所を離れて、宿舎へ、彼のボストンバッグを取りにいった。

おびただしいゴキブリが懐中電灯の光の下を這い廻っていた。これほど多くのゴキブリがいたとは思わなかった。灯が消えたと同時に、観測所は死に、宿舎はゴキブリの住家になっていた。房野は足元のゴキブリをやたらに踏みつぶして歩いた。やりようのない怒りが彼を襲った。四時三十八分、所長室には居残っていたもの全員が集まった。

「揃ったようだね」

所長がいった。そして所長を先頭に、所員たちはB港へおりていった。

山の方は明るくなっていたが、まだ海は暗かった。うしろをふりむく者はいなかった。

いまは一刻も早く安全地帯へ急ぐことだった。

先頭がＢ港へのおり口に一歩踏みこんだとき強烈な地震が地下から衝き上げて来た。

男たちはいっせいに山を見た。

それからはめいめいが急いだ。Ｂ港につくと夜は明けかけていた。

「監督さんがいないぞ」

ブリキ屋が叫んだ。工事関係者がいっせいに騒ぎだした。

「大野さんは、さっきの地震のときまでは一緒だった」

樋口が言った。

「やはり大野さんは居残るつもりなのだろうか」

武林がいった。

「そう言えば、さっき大野さんが地震計室へ来たとき、長々とお邪魔しましたといった。変な挨拶だった」

洲羽が低い声でいった。

「所長が迎えにいくしかないだろうね。それ以外の誰が行っても、動く人じゃあない」

房野八郎がいった。

所長と房野はしばらく顔を見合せていたが無言でうなずき合うと、おりた坂道をまた観測所へ向って登っていった。

観測所まで来ると、もう明るくなっていた。大野は、ブタとニワトリに餌《えさ》をやっていた。

「大野さん、こんなところに残ったって、いいことはないですよ。さあみんなと一緒にかえりましょう」

房野はおだやかに言った。へたなことを言って大野を怒らせたら、どうにも始末がつかなくなると思った。大野は返事をしなかった。

「大野君、Ｂ港へおりるんだ」

所長がいった。すると大野はその所長のことばを待ち受けていたかのように、所長の方へ向きをかえて、

「鳥島観測所が閉鎖されたからには、あなたはもう所長ではないでしょう。したがって、私に命令することはできない筈です」

吐き棄てるようないい方だった。

「しかしねえ、大野さん、長官が全員撤退せよといっているんですよ」

房野がいった。それまで静かだった大野の顔が突然、ふくれあがったように見えた。

「ニワトリとブタを見て下さいよ、いい度胸じゃあないですか、地震がこわいの、火山がこわいのなんて、ひとことも言やあしませんからね。噴火が二分、噴火しないのが八分と火山の医者がちゃんといってるのに、いますぐにでも爆発しそうに、騒ぎまわって

なんかいやあしませんよ。長官から全員撤退せよと言って来ても、ブタとニワトリは残る。つまり、これからはこのブタとニワトリが観測所員ということになる……」

大野は倉庫から食糧の箱を二つ持ち出して来ていた。ソーメンの箱のふたをはねると、一束ずつ、ほいよ、ほいよと六頭のブタに投げてやりながら、そのなかで一番大きなブタの頭を撫でながら言った。

「今日からおめえが鳥島観測所の所長だ、しっかりやってくれ」

そしてこんどは別の箱のなかからひとつかみのとうもろこしの実を取り出すとニワトリめがけてパラパラと投げた。

大野は眼をまぶしそうに細めていた。日はまだ昇っていないのに、彼がそういう眼をしているのは、彼が溢《あふ》れて来るなにかを、懸命に堪《こら》えているかのようであった。

房野は、大野をそこに置いて歩き出した。大野が、ひとりで島に留まる意志のないことは明瞭だった。それでも気になるから、しばらく行ったところで、ふりかえると、大野は、急に年取ったように、肩を落して、所長の後を蹤《つ》いて来ていた。

薄い朝靄《あさもや》が海上をおおっていた。それはないといってもいいほど薄い靄だったが、よく見ると、その薄い靄は二段の層になっていった。眼の高さに停滞する靄の層は、靄といってもさしつかえないほどの実体を持っていたが、その上にある靄の層は、あるといえばあるなと感じられる程度の靄の層であった。だが全体的に見れば、やはり薄靄は二段の層として観測された。

薄靄は海上から島にかかったところで、いくらか段階状をなしていた。靄は海上からB港へそのひろがりを延ばして来て、サソリ岬にふわりとかぶさりかかったあたりで終っていた。薄靄におおわれた海は静かだったが、いわゆる朝凪《あさなぎ》の静けさではなかった。南海の孤島には、日本内地で見られるような朝凪、夕凪の気象現象が顕著に見られることはなかった。大海の中の孤島は、海の支配下にあって、その島の固有気象の存在する余地すらないようにも思われたが、いま、B港の前に展開する朝靄におおわれた静かな海は誰が見ても、それは朝凪の海であった。が、その朝凪は、内地の朝凪のように、夜から朝に移りかわるときにおとずれる、局地的周期風の一時的休止ではなくて、おそらく別な大きな気象現象のなかに現われた特異現象と見るべきであった。

その朝の静けさは鳥島においては異常であった。夜半すぎまでかなりの高波を浜に打ちあげていた海が、夜明けとともにだまりこくってしまったのは、そのうちに、なにか、ものすごい自然現象が起る前兆のようで無気味であった。

B港の浜からは凌風丸も初島丸も島のかげで見えなかったが、B港のすぐ入口まで来ていることはみんなよく知っていた。夜明けと同時に内火艇をおろすという凌風丸からの最後の連絡を持って観測所からおりて来た所員たちは、やがて姿を見せるだろう凌風丸の内火艇を待った。

薄靄の中に、内火艇の姿が見えた。内火艇はB港の入口で大きく左に向きをかえた。内火艇が曳《ひ》っぱっている伝馬船《てんません》の黒い姿が見えた。男たちはいっせいにそっちへ眼を向けたが、男たちの中から声は上らなかった。彼等は一様に喰いつくような眼を内火艇に向けているだけだった。まだ、おれたちは安全ではないという気がしていた。内火艇に牽引されている伝馬船に乗り込むまでは安心できないのだ。いや凌風丸に収容されるまでは生きたということにはならないのだと彼等は思っていた。

迎えに来てくれる内火艇に、ありあまるほどの感謝の念はあったが、それは表情には現われなかった。彼等は、はやく乗り込むことしか考えていなかった。爆発と共に起る山津波の危険から一秒でも早く逃れたい。それだけだった。

頻発地震発生以来四日間生き延びた。それなのに最後の一瞬に生命を落したくはないと考えていた。

彼等は内火艇にもっと早く来い、と声をかけたい気持だった。内火艇と伝馬船が縦に並んでB港に向って来た。内火艇に乗っている船員が手を上げるのが見えた。

ゴムボートが海上におろされた。

きめられた乗船順序にしたがって、男たちはひとりずつゴムボートに乗り移っていった。

　一号のゴムボートと二号のゴムボートが出ていって所員たちは海上で伝馬船に乗り移った。内火艇は伝馬船を引っぱって港外に去った。つづいて三号ゴムボートと四号ゴムボートが海上に出て、間もなく引きかえして来た伝馬船に所員たちは乗り移って去った。房野八郎は一番最後に六号ゴムボートに乗った。たいへん大きな忘れ物をしたような気がしたが、その忘れ物がなんであるか分らなかった。とにかく、たいへん大事な、どうしても忘れてはならないものを観測所のなかへ置き忘れたのだが、それがなんであるか思い出せなかった。

　彼はゴムボートから伝馬船に乗り移るときも忘れ物のことを考えていた。気がつくと、からのゴムボートがロープに引っ張られて伝馬船に曳かれていた。

　彼は声を上げようとした。ゴムボートは島に残して置かねばならない。そうしないと、もしかの場合、島の人たちは海へ逃れでることができない。彼はそう言おうとして、口をつぐんだ。島には人はいないのである。ゴムボートは不要だった。

　房野八郎はまた忘れ物のことを考えた。もうだめだ、今から船をかえせというわけにはいかないけれど、忘れものがなんであるかは依然として気になった。彼は伝馬船に乗っている男たちに眼をやった。すべての眼が放心の眼であった。放心の眼でありながら、いまだに彼等は鳥島から眼を放そうとはしていなかった。依然として恐怖に追われている眼をしていた。房野は自分自身も彼等と同じ眼付きをしているに違いないと思った。台風の夜に、薄紅色の怪光と亜硫酸ガスのにおいを嗅いで以来、恐怖の虜になってしまっていたのだ。

房野はB港に眼をやった。鳥島に不吉なものを持って来た漁船の残骸はそのままそこに残っていた。

（明治年間の鳥島爆発の直前に、水死体がこの島へあがった。そして、それと同じようにいまから十日前に、あの若い男の死骸があそこにあがったのだ）

房野は死臭を嗅いだような気がした。そして突然、眉間《みけん》に錐《きり》をもまれるような痛みを感じた。そこはクレゾールで焼傷《やけど》をしたあとだった。

（鳥島は爆発する）

彼はそう思った。それは地球が自転を止めることがないほど確定的のことのように思われた。眉間の痛みは、彼の心臓のあたりまでさがって来た。

房野八郎は眉間をおさえたまま鳥島の頂を見上げた。爆発は怖ろしいが爆発の瞬間は見たかった。

船に激動を受けた。海中にいる巨大な魚が伝馬船の船底に衝突したような大きなショックを感ずると同時に、伝馬船は大きく揺れた。

鳥島が傾いて見えた。鳥島を形成する頂上全体に白い煙が上った。岩石の崩壊する音が聞えた。

「噴火だ」

　という声を聞きながら房野は、その噴火の煙がそれ以上立ち昇らないのを不審に思った。煙が消えていった。煙のあがったあたりに、岩の崩れたあとが見えた。

「大きな地震だった」

　誰かがいった。男たちが、噴火ではなく地震だったと分ってからの発言であったが、房野には、それによって、彼の、すべての恐怖に終止符が打たれたように感じられた。

　房野の眉間の痛みは消えていた。忘れものはなにもなかったのだと思った。

　洲羽はひどく喉《のど》が乾いた。神津島を出発して以来、一度も水を飲んでいないように喉が乾いた。海水を手にすくって飲みたいほどのかわきを覚えた。

　初島丸の内火艇が近づいて来て、洲羽に乗船をすすめた。初島丸に乗船している報道関係者が洲羽にインタビューを求めているから、ぜひ初島丸に乗船して下さいと言った。

　洲羽は首をふった。

「用があったら凌風丸の方へ来るように言って下さい」

　洲羽は親元の凌風丸に帰りたかった。凌風丸がもっとも安心して、身を落ちつけることのできるところのように思われた。

「やい初島丸、邪魔だからそばへ寄るな」

伝馬船に立上って園部が怒鳴った。真青な顔をしていた。眼を吊《つ》りあげて、にぎりしめたこぶしをぶるぶるふるわせながら、初島丸の内火艇に向って怒鳴っている園部の顔は薄靄の層を越えていた。靄はほとんど消えそうだった。

園部は初島丸の内火艇が遠ざかると、それで彼の仕事のいっさいが終ったように、がっくりと首を垂れた。

「それでいいんだ園部君」

彼の背をたたいて新免春治がいった。なにがそれでいいのか新免にも分らなかったが、それでいいような気がしたから、そういったのであった。それでいいというのは、新免自身の自認のようでもあった。

新免は危険地帯から遠のいて行く自分を見つめていたが、まだ助かったという結論的なものは得ていなかった。ひどく気が立っているのに、外面的には落ちついたような顔をしている自分が、自分ながらおかしかった。助かった、助かったと、いくら口の中でいっても、助かったような気持にはなれなかった。新免春治は反応のない、虚《むな》しさで、救命胴着の胸をたたきながら、ふと、夢を見ているのではないかと思った、彼は自分を確かめようと周囲を見廻した。多くの人はまだ山を見ていた。

伝馬船が凌風丸の横腹に着くと、上からモッコがおりて来た。疲労しきった所員を無事に収容するには、それがもっともいい方法だった。モッコはひとかたまりにして人間をデッキに吊り上げていった。

デッキには凌風丸の船長が待っていた。顔見知りの船員のことごとくが出迎えて、口々に、ご苦労様でしたといった。

男たちは、船員たちになにを言われても、放心した顔で、デッキにぺたんと坐りこんでいた。

「もう大丈夫ですよ、あなたがたは助かったんですよ、さあ船室まで送っていきましょう」

と船員たちにいわれても、彼等は固い表情は崩さずに、よろめくような足取りで船員たちの後を蹤いて船室へ入っていった。

デッキには所長と洲羽のふたりだけが残った。

所長は鳥島観測所の建物のひとつひとつに眼をやっていた。赤い屋根がよく見えた。庁舎群の中央にある観測室の白壁もよく見えた。高層気象観測室から、月夜山の肩まで延びているケーブルも、そこにある、高層観測用のドームもはっきり見えていた。彼は所長としてこの島へ来るようになってから五年目だった。五年の間にいろいろの問題があった。所員からの不愉快な要求もあった。所員間のトラブルもあった。所長が仲裁に入ってもおさまらないほど、両方とも、はげしくいきり立ったこともあった。

(しかし島のことはすべて東京へ帰れば忘れられてしまう。島の病気は島でしか通用し

ない）

所長はそんなことを思い出しながら、はっとした。いま彼が頭の中で考えていることは交替船に乗って東京へ帰るときの感懐であった。いまは違うんだ。いまは鳥島観測所を閉鎖して引揚げるのだと心にいいきかせても、観測所を閉鎖して引揚げるという感慨は湧いて来なかった。そこにはちゃんと観測所はあった。人は見えないが人がいるように思われた。閉鎖して帰るということが納得できなかった。恐怖にさらされた四日間のことと、観測所閉鎖とは別のことに思われた。誰かが、彼のすぐあとから、B港からの白い道を登っていって観測をやってくれるように思われた、立退くという気はしなかった。

所長は双眼鏡で観測所を見たかった。洲羽に借りた双眼鏡で眺めた鳥島観測所も、肉眼で見た観測所もあまり変ってはいなかった。彼は庁舎群のまわりに眼を向けた。どこを見ても、観測所から全員が立退いたことを証明するものは見当らなかった。

凌風丸の出帆を知らせる汽笛が長い尾を引いて流れた。凌風丸は動き出した。

所長は反射的に双眼鏡を、観測室の屋上にやった。交替船の汽笛が鳴ると、所員は全員、この屋上に集まって、手を振って、船を送るのが、慣例になっていた。

屋上には人の姿は見えなかった。見える筈がなかった。所長は、双眼鏡を眼から離した。鳥島気象観測所が、閉鎖されたことが実感となって所長の胸を搏《う》った。そこにある庁舎群のすべては、鳥島観測所の墓標に見えた。

（おれがあの鳥島観測所を殺したのだ）

所長はそう思った。

ひとたび撤退した以上、鳥島観測所が二度と復活することはないと思われた。このま、もし噴火しなかったとしても、この島から噴火の危険が去ったのではない。噴火の危険はこの島の存在するかぎり続くに違いない。噴火があれば、噴火前に撤退した賢明な所長としての名が残るだろう。しかし、噴火しなかった場合は、噴火におびえて島を逃げ出したという誹《そし》りはまぬがれないだろう。鳥島観測所を閉鎖した所長としての責任は永久に追及されるだろう。

噴火が二分、噴火しない方が八分、といった洲羽のことばが思い出された。やはり確率どおり、島は爆発しないのかもしれない。

所長は、東京へ帰った場合に会わねばならない幾人かの顔を思い出した。誰も口ではご苦労様といいながら、かげでは舌を出すだろう。

（少しぐらい所員が騒いだからって、あっさりと引揚げる奴がいるか、所員を押えるのが所長の役ではないか）

鳥島の実情を知らない人はそういうに違いない。いくら説明しても分ってくれる人はいない。結局この変異に際しての所長の立場は自分以外には誰にも分らないだろう。所長は頭を激しく振った。どっちにしてもいいことはないと思った。彼は東京における冷たい歓迎を予想した。おそらく、東京へ帰ると、鳥島以上に条件の悪いところの所長の席が待っているだろうと思った。

鳥島気象観測所に頻発地震が発生したのは昭和四十年十一月十三日午前二時十三分五十五秒であった。気象庁は観測所員の人命保護のため、凌風丸を派遣して、同月十六日早朝、全員の撤退に成功した。その後、昭和四十一年三月と六月の二度、調査班が上陸したが、自記記録型地震計には依然として地震が記録されていた。昭和四十一年六月の調査によると観測所はその後の台風や暴風雨によって、いたるところが破壊され、内部施設は盗賊（海賊）によって徹底的に荒されていた。撤退当時放ってやったブタとニワトリは、野生化し、その半数は健在であった。鳥島気象観測所は昭和五十一年五月においても再開される予定はない。観測所は完全に廃墟と化している。

毛髪湿度計

空気のしめり気を測る器械に毛髪湿度計《ヘアーハイグロメーター》がある。人間の頭髪《かみ》が空気中の水蒸気の変化に応じて延び縮みする性質を利用したものである。主として北欧婦人の頭髪がこの目的に利用されている。湿度を測る器械としては最も一般的であり、現在日本における年産約一万個の毛髪湿度計の毛髪は原則として、洋毛に依存している。

1

喜村正道という男は、彼の大きな頭のことを除けば、特徴のないということが、特徴になる、いわば平凡な人間だが、強いて彼のあらさがしをするならば、研究者として少々スローモーだった。

他の研究員の平均された能力を一と仮定すれば、彼の能力はおそらく〇・八ぐらいに当るだろうが、時折、彼はその〇・二のマイナスに〇・七のプラスをすることがある。つまり特別のなにかにつき当ってそれが彼の気に入った研究ならば、一・五の力を出すことがある。この評価はこの研究室員に対してだけであるから、〇・八の能力を一般的だと見るわけにはいかない。

喜村は人並はずれの大きなキンチャク頭の持主だから、おそらく子供の時からの習慣が大人になってまで残ったのか、歩く時と、なにかに熱中した時に頭を左右に振る。姿、格好の上からの特徴はこれだけではっきりしている。

喜村正道が毛髪湿度計の研究試作の命令を受けた初期において、誰が見ても、義務的な態度を取っているとしか見えなかった理由の一つは、その研究テーマが社長の水屋浅太郎から天下り式に出されたものであり、どうせその背後にあるものが軍服技術者の思いつきであることに殆ど間違いなかったからであろう。

だからと言って、喜村正道がその研究を怠けていたかというとそうではない。彼は日本婦人の毛髪を用いた毛髪湿度計の研究——と言うテーマに対して、悠々とした研究態度を取っていた。毛髪湿度計に東洋人の毛髪が適しないことはずっと前から分っていたから、戦争の始まる前に多量の湿度計用毛髪は欧州から輸入されていた。当分この材料に心配はないということが、彼の研究意欲を減殺させるものでもあった。

喜村は研究室で事務の方を担当している、野田宮子の頭髪の五十本を貰って、文献によるとおりの脱脂、くせ直しのプロセスを経過して、かさかさした暗灰色の毛髪を作った。それによってデータを取っていた。

予期した通り宮子の頭髪で作った毛髪湿度計は湿度計としては役に立たなかったが、異常の湿度の増加があった日には、反応を示して、仕掛けたペンを僅かながらプラスの方向に動かした。まるで、宮子その人が若い助手にからかわれて、はにかむ時の、ひかえ目な羞恥《しゅうち》にも似た動作であった。

喜村はその研究をそれ以上進める意欲は大してなかったが、一応宮子の頭髪で作った毛髪湿度計のサンプルを組立てて研究試作の成果の一つとしてガラス鐘《しょう》の中に防湿剤と共に入れておいた。

社長の水屋浅太郎が先に立って、偉い人をこの研究所に引張って来ることは珍しいことではなかった。喜村は社長が来て、なんだかんだと、吹きまくる研究室の業績の一つにさせられることを見越して、そういうことは彼の決して好んですることではなかったけれども、社長の天下り試作命令の結論らしきものを展見することによって、会社員としての恭順を示した。

その日の偉い人は中佐であった。その後にぞろぞろ軍服技術者が従《つ》いて来た。通常、参観人を案内する時の社長は研究室に入るとすぐ彼一流の演説を始める。半分は嘘で、半分は本当、総てが、わが社は……であり、わが社以外に、日本もアメリカも忘れたような宣伝につとめる。が、この日の水屋浅太郎はなにかの意図を持っていた。

彼はその意図のイントロダクションとして極めて厳粛な顔でこう言った。

「御存じのとおり、航空兵器として必要度の高い毛髪湿度計の材料たる毛髪は、金髪、それも北欧婦人の、処女の頭髪でなければなりませんが、わが社はこの毛髪を日本娘より採取し、独自の方法によって処理することにより――」

彼はそういいながら、喜村にガラス鐘を取って、宮子の頭髪で作った毛髪湿度計の見本を偉い人の前に閲覧することを要求した。

ガラス鐘を除去されると、宮子の毛髪湿度計は外気を感じて、或る変位量を指した。ガラス鐘の中に吸湿剤と同居していた毛髪であるから、外気、しかも、充分に湿気の高い夏の空気に触れたら、それが毛髪でなくて、紙でも、より糸であっても、およそ吸湿性の物質ならば動くことに間違いない、当り前のことであったが、動いたという事実だけを尊重する中佐もその取り巻きも、指針の振れを見て、なるほどといった顔をした。

この見学の結果がどういうふうに報告されたのか、喜村には知るべくもないが、日本婦人毛髪湿度計の研究が、単なる見せ物でなく、生産を意図する方向にむけられていることを研究主任の乙見恭平から言い渡された喜村は甚だしく迷惑そうな顔をした。

この研究を完成させて、注文を一手に引き受けようとする社長の商魂が見えすいていた。大和撫子《やまとなでしこ》の頭髪か、なるほど、これだけで軍人をころりと参らせる素因は充分だ。喜村は曖昧《あいまい》な返事をした。

彼が、悠々とした研究態度の中に、やや結論に急ぐ傾向になったのは、文献によって調べたところによって、まず日本人の毛髪は湿度計にならないだろうという見透《みとお》しらしいものが浮んでいたことと、研究主任の乙見恭平もほぼ彼と同意見であることによった。

彼は否定的の結論を出すために、野田宮子以外の女子従業員の三人の頭髪を貰って、実験した。

どの頭髪も野田宮子と同じように、湿度に対しては鈍感であるだろうと予測した。

しかし、実際に彼の前に示したデータは湿度に対して鈍感であることに於《お》いては、予測したとおりであったけれども、宮子を含めて、四人が四人とも、応湿特性が全然異なっていた。喜村はこの結果に対して少なからず驚いた。念のために、それぞれの頭髪を顕微鏡で見ても、太さ、形状、色、すべてが違っていた。丁度、個々の人間の顔かたちが違うように、その相違は明瞭であった。

喜村が頭髪そのものの不思議な構造と、湿度に対して表わす変化に異常な興味を感じたのはこの時からであった。

対象を広く求めさえすれば、日本人の頭髪の中にも、洋毛以上に応湿特性の勝《すぐ》れたものが発見されるかも知れない、そんな気がした。くるっと喜村の頭の中で、なにかが転倒した。

彼は、親指と人差指で、四人の頭髪をつまんでこすっていた。それぞれの髪が、それぞれの音を立てた。ぞりぞりという音、さらさらと滑る音、彼はその音を聞きながら、妙に奥から衝き上げるものを感じた。頭髪の奥深い秘密が彼を誘発する音のようだった。

2

研究主任の乙見恭平は喜村正道が間もなく、日本人の頭髪は毛髪湿度計に向かないという結果を持ってくるだろうと思っていた。

乙見恭平は、喜村が作ったデータを社長の水屋浅太郎につきつけて、水屋にその不敵な野望をあきらめさせることに痛快な期待をかけていた。それに乙見はこの研究のテーマそのものが、なんとなく嫌いだった。女の髪ということが、妙に彼の頭の中で、もじゃもじゃして、不快感が先に立った。くだらない研究だ、と思った。乙見は室長の席から喜村の研究を横にらみしながら、報告を待ちわびていた。

だから喜村が、野田宮子を含めて四人の女子従業員の頭髪の特性を調べ上げて、彼に報告に来た時は、明らかに不快な顔をした。

喜村は乙見恭平の前で、女の頭髪の供試品を広く集めて、その性能について分類して見たいと申し出た。

「……見掛けによる分類、主として色、頭髪の縮れ方、それから感触……」

感触と聞いて乙見恭平は顔をしかめた。喜村正道が毛髪湿度計の研究にとらわれかけたのは、彼が独身男であること、対象が女の髪ということかも知れない、そういう風に想像する自分だって、女の髪にある意味では執着している証拠とも考えられて乙見は、喜村の妙に大きな頭の、もじゃもじゃとうすよごれた頭髪に向って、

「女の頭髪だけにこだわらず、君自身の髪を実験してみたらどうかね」

笑ったつもりだったが、笑いにならず、乙見の顔はゆがんだまま、男の髪か女の髪が一すじか二すじ、彼の皮膚にこびりついてこすっても取れない、いやらしさの思い出を、

自分の体験か、聞いた話か、読んだことなのか思い浮べながら、とにかく俺は人間の髪の研究は性別に拘《かかわ》らず御免蒙《こうむ》りたいんだと心の中でつぶやいていた。

連日のむし暑さのために乙見は疲れて神経が昂《たか》ぶっていた。出勤して、ワイシャツを取り、チヂミのシャツ一枚の上に白衣を着て実験室に入っていくと、喜村が、恒温恒湿《こうおんこうしつ》槽《そう》の中へ頭を突込んでなにかやっていた。

（いつになく熱心だな）

乙見が、ひょいと覗《のぞ》くと、恒湿槽の中に、ずらりと一列に毛髪の供試品が並んでいた。

「どうしたんだね、こんなに」

乙見の声にいささかとげがあったので、喜村は槽の中に突込んでいた、キンチャク頭をいそいで引いた。扉のゴムパッキングに当って、ぽこんと音がした。

「女子従業員の頭髪を五十人貰ったんです」

「五十人……」

恒湿槽の中を照明するスイッチを入れた。なるほど、同じ長さに切った毛髪を、それぞれ取枠《とりわく》につけて並べてあった。脱脂が終った後らしく、どれも暗灰色をしていたが、中には切取ったばかりのように黒光りをしているものもあった。長さ二十センチ、本数五十本、その毛髪を提供する人にとってはなんでもないことであろうが、ずらりと並べられると、異形な小動物の死骸を並べたように気味が悪かった。

乙見はあきれて、ものが言えなかった。これを一つずつ湿度計に　仕組んで実験することは、大変な労力だ。それを喜村がやるつもりだとすれば、少々頭のないやり方だ。

「こんなことをしないで、一つだけについて徹底的に調べてみるんだな」

短い注意の中に、乙見は研究室の主任らしく、日本人の毛髪の特性を発見するためにはどれか一つの髪を、色々の点から究明するべきだといったのだが、いつも主任の言うことを聞く喜村が、この時に限って返事をしなかった。返事をしないかわりに、彼は、曲線やデータの書き込んだ分厚いファイルを持って来て黙って乙見の前へ置いた。日本人の毛髪の特性についての資料と表紙に書いてあった。

乙見が注意を与えたような実験は殆どすんでいた。日本人の毛髪ばかりでなく、馬の尾と男の頭髪との、吸湿性に対する比較の曲線まであった。

その曲線の下に、鉛筆の走り書きで、

（日本人の男の髪は、応湿特性に関する限りは馬のしっぽと同一である、――）

と書いてあった。しっぽに点をうってあるのが滑稽だったが、乙見はその曲線をみながら、喜村の無言の嘲笑《ちょうしょう》を感じた。

（主任さん、あなたの言うことぐらいはちゃんと、やっていますよ、そういうことはすべて知っての上の分類研究なんですよ、お分りになりましたか）

喜村がそういっているようだった。

これだけのことを、此処《ここ》一カ月かそこそこでやった喜村の努力を賞める前に乙見は、この調子で喜村がこの研究に没頭したら、おそらく何かを摑《つか》むには違いないだろうが、何時《いつ》もスローモーな喜村が、この研究にかぎって、何故こうも異常な関心を持つようになったのか、その根拠に対して、漠然とした不安を感じた。

乙見は席を立って、なんとなく窓の外を眺めた。白い空があった。前線では激しい航空戦が繰返されて、つい一カ月前、山本五十六の戦死を聞いたばかりだったが、東京の空は静かだった。

乙見は水ばかり飲んだ。汗でびっしょりぬれて不愉快きわまるむし風呂の中のような暑さでは、ろくな着想も研究も出来っこないと、ぶつぶついいながらも、頭の中だけはひどくせわしく動き廻った。後頭部が痛んだ。研究員の誰かが説明する報告書のカーヴが幾重にも見えたりした。乙見が、思考力を失って、熱っぽい眼を一生懸命開けようとしながら相手を見ると、大ていの場合、研究員も同じように暑さに苦悶《くもん》した顔で、乙見に救われるのを待っていた。

「大体この風通しの悪い部屋を研究室に当てるのが間違っているんだ、それに扇風機の使用を許さないとは無茶な話だ」

乙見はこの問題で社長と交渉して見たが、研究室だけが、特別待遇は許されないというのが社長の言い分である。

「今にみんな気が変になるぞ」

乙見はそう言いながら、喜村のキンチャク頭を眼で探した。

その時、喜村はその広い額の汗を拭こうともせず、ビーカーのエーテルの中に毛髪を入れて、ガスのトロ火に掛けていた。エーテル内に対流が起ると毛髪はビーカーの中で揺れだした。意志を持って、躍動する下等動物のように、ビーカーを通してゆがんで拡大された毛髪のおどりは、乙見の背筋を寒くした。

その脱脂行程を俺の目の前ではやめてくれと、喜村に言いたかったが、あきらめて、水道の生ぬるい水を求めに背をかがめて実験室の中央を横切っていった。

3

酒森園子の毛髪が五十種の毛髪の中で抜群の成績を示した。

洋毛にはとても及ばないけれども、この毛髪ならば、処理の仕方によっては、実用の可能性があることを、やけに頭を振りながら、説明する喜村正道の言を待たないでも、乙見恭平には、カーヴを見ただけでよく分った。

乙見は酒森園子という女はどうでもよかった。彼は主任であり、自分自身が試験管を持ったり、電流を測ったり、温度を観測したりという直接的実験操作をすることより、主として部下の持って来る試験成果について、検討してやる立場にあったから、喜村の持って来た分厚い報告書の中に、ずばぬけて変化量の大きい曲線を発見した時は、一応それがデータの記入の間違いかと見直した。

彼はその曲線を報告書の中から抜き取ってテーブルの上に置いた。

——酒森園子、十九歳、出身地東京——

という記入があった。乙見は酒が好きでなかったが、酒がつく苗字《みようじ》として印象に残したまま数日を経て、なにかの折、社長にこの話をした。

「酒……酒がつくと、酒森園子だろう、それ、その娘は僕の姪《めい》だよ」

社長の水屋浅太郎は庶務課長に言いつけて酒森園子をそこへ呼び入れた。娘は目にごみでも入っているように、しょっちゅう目をぱちぱちさせていた。小柄なきかん気の娘らしく、水屋が、お前の頭髪は国宝的だぞなどと飛んでもない賞め方をしても、ふん、そうですか、といった顔をして、

「もう帰ってもいいんですか、社長さん」

と、水屋に言った。伯父さんとは言わせないことにしているようだったが、矢張り姪としての気ままさが顔に現われていた。

「帰ってもいいが、明日からお前は研究室で助手をやるんだ」

「あの白衣を着て……」

「そうさ」

「なあんだつまらない……」

「こら園子、ここは社長室だぞ」

酒森園子は、小さい唇を、ちょっと突出すような格好をしてから、とって付けたような挨拶をして、社長室を出ていった。

「しようがない娘だよ、なんならあの娘の頭の毛をそっくり実験に使ったってかまわない」

水屋は、なにが愉快なのか、ひどく御機嫌な顔で笑った。

園子は研究室に現われた翌日から、大きな存在となった。彼女は二日目の朝、一時間前に出勤すると、大掃除を始めたのである。テーブルは整理され、雑巾が掛けられ、幾日も掃いたことのない床も清掃されたが、働きすぎて、喜村の実験中のフラスコにはたいきが引掛って落ちて、薬品が床にこぼれた。彼女はこわれた物は一切、ごみと一緒に捨てた。

園子の出現と共に、野田宮子は宙に浮いた。彼女は今までのように、眠いような眼をして、言いつけられたことだけをやっては居られなかった。宮子は大儀そうに、園子の後をついて廻った。野田宮子の方が二つ上であったが、てんから園子には太刀打ちならなかった。やがて、宮子はあきらめて、もとのように、頰杖をして仕事を待つ女になった。

　園子はなんにでも興味を持って、それをやって見ないと気がすまないという女だった。積極的で、常にせわしく、動いていた。

　乙見恭平のテーブルの上に扇風機を置いたのは彼女である。どうせ研究室の備品だから使ったらいいでしょう、主任さんの頭を冷やして能率を上げるにも充分役立つでしょうといった具合であった。

「えらい女が来たね」

　園子が居ない時は研究員がそんなことを言ったが、彼女が来ない前よりも、来てからの方が一種の活気が満ちていることは事実であった。紺のズボンはよく穿《は》きかえていたし、いくらか派手と思われるブラウスを着ていたが、時節柄、口紅はつけていなかった。

　園子の頭髪がすばらしい応湿特性を示す一つの理由は、彼女が一度もパーマネントをかけた経験がないからだった。パーマネントは既に禁止になっていても、過去にパーマネントをかけたことのある頭髪は例外なく応湿作用は鈍感であった。火傷《やけど》を受けた毛髪は、変形され、空気を呼吸する毛細管の穴はつぶれていた。

　園子の頭髪は黒光りのするような、日本的ないい髪ではなく、そうかと言って縮れ毛でもなく、どちらかと言えば、黒色度のやや薄い、太さから言うと、平均よりも細い部類に属してはいたが、見掛け上特別にどうという特徴のある頭髪ではなかった。

園子はそれを無造作に編んで延ばしていた。単なる雑用を好まない園子に乙見は計算をさせることにした。計算器の使い方ののみ込み方も早かったし、計算も間違えなかった。暑いのに、ガラガラ計算器を廻して、与えられた計算は予定以内の期間でさっと片づけた。野田宮子は与えられた仕事がすむと、黙って次の仕事を待っていたが、園子の方は、彼女から進んで次の仕事を要求した。仕事と仕事の間が出来ると、研究室の誰かが彼女の相手にさせられた。彼女は誰かを摑まえて、その研究の内容の説明を求めた。分らなくても、知りたがった。学問の基礎のない彼女に研究の内容を理解させることは無理だから、大ていの場合、いい加減にごまかそうとすると、彼女は、ばかにされたといって怒った。

乙見はこの厄介なお嬢さんに、間断なく仕事を与えることにした。彼女の机には、一つの計算が終らないうちに次の仕事が待つようになった。ところが問題が起きた。園子が半月がかりでやった相関係数の計算が全部間違っていることが、後で発見された。個々の計算の間違いではなく、計算の過程を誤ったのである。これは、計算を依頼する方にも責任があった。その前に同じような問題をあたえたから、同様な計算方法で、やってくれと言っただけで、最初の方をよく見てやって置かなかったのが悪かった。

「酒森さん、この計算ちょっとおかしいよ」

計算を依頼した柿山朝吉は、そう言いながら園子の傍に立って、その計算がちょっとどころでなく、全部違っていることを、長いことかかって低い声で、くどくど説明を始めた。柿山は男としては普通の体格をしていたが、言葉つきから、物腰態度がすべて女性的で、ねちねちしていた。柿山が園子に対して、やさしく、丁寧に教えてやろうとする態度が見えすいてくると、園子の方はかえってそれに反発して、

「結局どうすればいいのよ」

と大きな声を上げて、残暑にうだって、少々能率の沈滞しかけている研究室中をはっとさせた。柿山は園子を押えつけるように更に声を落した。突然園子が計算用紙を引きさいて、机に突伏して泣き出した。その泣き方がまたひどく仰山で、無理に大声を上げて泣いているとしか思えないような声だった。隣の席の宮子がなにか言うと、あなたなんか関係のないことよ、とけんつくを食わせた。どう思ったのか喜村が彼女の肩をゆすぶって一言二言言いかけると、園子はぱっと立上って、喜村の頰に平手打ちを食わせた。巨大なキンチャク頭が、一揺れするほど激しいものだった。

結局彼女の泣き止むまで一時間、彼女から遠くに離れているより方法がなかった。翌日、園子は、けろりとした顔をしていた。喜村にも謝罪しなかった。

4

重い鉄のドアーを閉鎖するあたりに、書き損じのグラフ用紙が落ちていた。喜村正道

はそれを拾って、最近会社側から、うるさく言われている物資節約の主旨を尊重するために、そのグラフ用紙の鉛筆の跡を消して、再使用出来るかどうかを考えた。ばからしくなった。紙片を丸めて捨てるべき紙屑籠《かみくずかご》をさがすと、酒森園子と野田宮子の机の間にあった。西日が斜めにさし込んで、二人の女の背を照らしていた。宮子のつやつやと漆黒な重い髪と、園子の幾分赤みを帯びた羽根のように軽い髪の対照が、二人の女の性格をそのままに、むき出しているようだった。

頭髪は三層からなっている。

全体を掩《おお》っている上皮と、真皮と、中心の髄である。湿気を吸収する作用をなすのは、真皮にあった。真皮の細胞は脂肪層に覆われているが、内部に空間があった。脂肪層を通して、外気に通じ、湿気を吸収するのは、この空間細胞の呼吸作用であった。だから、毛髪湿度計として役に立つようにするには、上皮と真皮を覆う脂肪層を先ず取り除くことにあった。

喜村は文献によって、或る程度の実験には成功していた。つまり、毛髪の脱脂のため、エチルエーテル、ベンジン、稀薄《きはく》な苛性《かせい》ソーダ等によって洗滌《せんじょう》することによって、脂肪の除去には成功していたが、重要な問題が一つ残った。日本人の髪の色素の問題であった。単なる薬品処理だけでは、多量に含まれているメラニン色素を簡単に追い出すわけにはいかなかった。空間細胞を外気と通じさせるためには脂肪と共に、メラニンを排除して、呼吸の窓を開けねばならない。

喜村は顕微鏡をのぞいていた。そこには一本の木炭が横たわっていた。霧吹きで水分を与えると、木炭は僅かながら身をよじった。動いたということは分ったが、変化は微量だった。

喜村は顕微鏡のデッキグラスを取替えた。見えたのは灰色の棒だった。不規則の縞が見えていた。湿気を与えると、その縞の白さが増して、突然生きもののように動いてくの字になった。動かない方が、宮子の頭髪、動く方が園子の頭髪であった。

喜村は一息ついた。毛髪の応湿性の謎《なぞ》は、色素や形状の問題ではなく、もっと深いところにあるような気がした。

日本人毛髪湿度計を至急に製作して、実際の飛揚試験をして、その結果を報告しろという命令が出たのは昭和十九年になってすぐだった。その命令が直接軍から出たものか、社長の水屋の創作か、喜村には分らない。期限を切られた研究だから、うまくいかないことは分っていても、なお、そうしなければならないほど、本来の研究からははなれて、研究室は単なる試験場と化そうとしていた。喜村は、空腹をかかえて、このテストに備えて時間割を組んだ。

何回となく、酒森園子の頭からは毛髪が切り取られていたけれども、見かけ上、彼女の頭髪はいささかも減ってはいなかった。一回の供試材料として採取される五十本の頭髪は丸めると鉛筆の芯の太さにも当らない量であるから、一人分の頭髪はまず実験材料としては、莫大な量であった。

毛髪湿度計がゴム気球に連繋《れんけい》されて放球された日は、冬にしては珍しく南風の吹く日だった。上空に昇っていく途中の湿度の変化を自動記録させる装置がついていた。主として、低温と低湿に対する特性を調べるためである。水素をつめた気球が上昇するにしたがって膨脹して、やがて限界に達して破裂すると、器械はパラシュートで運ばれて、地上に着陸する。発見された場合の注意諸項が書いてあった。

気球が群馬県の北部で発見されたという通知を受けたのは二日後だった。

乙見恭平と、喜村正道が出掛けていった時には、器械は小学校に収容されていた。最初の発見者はその小学校の女教員で、彼女が学校からの帰途、村はずれの松に引懸っているのを発見したのであるが、パラシュートの下にぶら下っている異様な箱を敵の爆弾と見たのか、村人は容易に近づかなかった。器械が学校に収容されるまでの二日、風に打たれていた。それでも実験の目的は達せられた。

酒森園子の毛髪で作った湿度計は上空の湿度測定に最適のものとは言えないが、或る程度の実用の目安ははっきりしていた。

乙見が、酒森園子死亡の電報を受け取ったのは、その夜であった。彼は驚きの声を上げたが、すぐには園子の死が実感となって来なかった。園子が風邪を引いて研究所を休んで五日にしかなっていない。乙見の泊めて貰った農家の奥座敷の床の間には、彼女の毛髪で作った湿度計が、今も尚、その部屋の湿度を自記し続けている。乙見は黙って電報を喜村に渡した。

外は雪に変っていた。乙見は炬燵《こたつ》に当ったまま長いこと喜村を待った。喜村が何故電報を持ったまま外に出たか、よく分らなかった。園子が喜村の頬をたたいた時から、二人の間になにか親密な交渉があったかも知れない。園子が喜村の助手をつとめるために居残りをしたことなどが思い出されたが、およそ喜村は女に好かれそうな男にも見えなかったし、美しい園子と不細工な喜村との取合せなど、想像する者は誰もいなかった。

乙見は帰って来ない喜村に少々腹を立てていた。喜村の出た後の雨戸の隙間から、雪が廊下に吹き込んでいた。乙見は雨戸を開けて庭を見た。喜村が雪の中に突立っていた。頭を下げて祈っているような後姿であった。

「これから直ぐ東京へ帰ります」

喜村が言った。

「この雪の中を歩いてか……」

バスはない。歩けば駅まで三里の道。途中で道を迷うことも考えられる。彼一人を出してやるわけにはいかない。

「……どうしても帰らねばならない理由でもあるのかね」

乙見は炬燵かけの唐草《からくさ》模様を見詰めながら言った。

「園子さんの頭髪を貰い受けたいんです、こうなったら、そうするより方法がないんだ……」

喜村は自分に言い聞かせるように言った。

「死んだ人の頭髪まで取るのか」

乙見はきっとなって言った。

「僕はそうしたい、あの人の頭髪を灰にすることは、あの人を失ったことより悲しいことになる」

喜村は大きな頭を左右にゆすぶりながら、そう言った意味のことを繰返した。

「ばかな、それこそ科学の邪道というものだ、そういうことは許されるべきものではない。戦争だからと言って、そういう方法によってまで、この研究を完成させようと考えること自体が、負けだよ、君の負けというものだ」

乙見は喜村をそう言って、たしなめながら、毛髪湿度計にまつわる、一つの古典的論争を思い出した。

ド・ソシュールの学説——

（毛髪湿度計は生きた女の頭髪、それは娘の頭髪であり、縮れていない金髪でなければ

ならない）

という、ひどくロマンチックな学説を転覆するために、或る学者が、ミイラの頭髪を湿度計に使用して、或る程度の成功を収めて、

（ド・ソシュールの学説は実験的根拠が稀薄である。彼は単なるロマンチストであって、科学者ではない）

と嘲笑した。事実現在では、毛髪湿度計に役に立つ毛髪は、頭髪による人種分類法に拠る波状毛人種、（主としてヨーロッパ人）であって、青年期、壮年期の女性ならば役に立ち得ることが知られている。

「風邪だって言っていたのに、どうして急に亡くなったのだろうね」

乙見は喜村を落着かせるために、酒森園子の追憶によってこの場をまぎらそうと試みた。

「乙見さん、どうしても帰ってはいけませんか……」

喜村は炬燵にも入らないで、膝を揃《そろ》えていた。

「帰ってもいいさ、だが死人の頭髪を奪うなんていう鬼のようなことは絶対に許さないぞ」

乙見は念を押しすぎたかなと、喜村の顔を見た。喜村は非常に激しく首を振った。

「あなたには分らないんです」

それから、喜村は乙見がなにを話しかけても、答えようとしなかった。

5

電車が止って、人の出入りがあった。

喜村の前に同じ工場に勤めているらしい数人の男女がかたまっていたが、電車の動揺に従って、かたまりは自然にほぐれて、彼の前に若い女が背を向けて立った。窓外の景色は遮断《しやだん》されて、自然に喜村は彼の鼻先の女の髪を見詰める位置になった。

電車が大きくカーヴして、人が動いた。車窓からさし込んで来た夕陽が、彼の肩を越して女の頭髪《かみ》に当った。おやというような目で喜村は女の頭髪を見た。酒森園子の頭髪とよく似た髪をしていた。多少の赤みをたくわえていて、それが気にならない程度に、つやがあって、全体が大きく波を打っていた。残念なことに首のところで切ってあったが、ほつれ髪の一すじ一すじを観察しても、見掛けによる太さは、園子のものとほぼ同じぐらいと思われる。

喜村はその発見に胸が動悸《どうき》した。園子に再会したような気持だった。その髪にちょっと手を掛けて、指でつまんで見たかった。ほんのちょっと、二本の指の間でこすって見ただけで、その頭髪が園子のものと同じ切断面《カット》を持っているかどうかは分るのだ。

喜村は目をそらして、この誘惑をしりぞけようとしたが、視角の一部には前の頭髪が見えていた。彼は目をつむった。酒森園子が、彼女の豊かな頭髪を背に負ったまま、じっとして、彼に頭髪の採取を自由に許していた。そうした場合、喜村が、たとえ少量であったといえ、彼女の頭髪の根本から切り取ろうと、先から取ろうと彼女は何も言わなかった。勿論《もちろん》、そうするために彼女の頭髪の中に手を突込むことになっても、頭髪の束をあっち、こっちと動かしても、指でつまんでも文句は言わなかった。そればかりか、喜村が彼女の頭髪を切り取って、彼女から離れると、

「それだけでいいの……」

と言って、ちょっと恥ずかしそうな笑い方をした。

電車が揺れた。喜村は前へよろめいて、顔が女の肩に接近した。酒森園子の頭髪のにおいがした。無意識に喜村の右手が延びて、前の女の髪を二本の指の間に挟《はさ》んでこすった。そりそりと、軽いやわらかい感覚は園子のそれと同じであった。喜村の頭に、顕微鏡下の園子の頭髪の卵形の切断面《カット》が見えた。彼はその発見に昂奮《こうふん》のあまり、頭を振った。彼の隣にいた女が、前の女に合図した。女が振返る鼻先に、二本指で彼女の頭髪をつまんでいる喜村のぶこつな手が出た。

「なにするのよ……」

女が声を立てた。その女達と一緒に乗り込んでいた男達が騒ぎ出した。次の駅で喜村は男達に引きずり降ろされて、殴られて、蹴《け》とばされた。人が集まって来た。

喜村は満員の省線電車の中で女にいたずらをした痴漢として警察に引張られた。彼はそこでも殴られた。弁解は聞かれなかった。

「こいつの頭にゃ水でも入っているのか」

刑事はそう言いながら、喜村の頭をなぐった。倒れると靴で頭を蹴とばした。この非常時にとか、非国民とか、白昼女に手を出す奴とか、断片的に聞えていたが、鼻血が出て、眼の前が暗くなると、もう声は聞えなかった。留置場に抛《ほう》り込まれて、一晩中彼はうめき声を上げていた。

翌朝、社長の水屋と乙見が彼を引取りに来ても、彼はまだ痴漢として遇されていた。痴漢としての疑いがようやく晴れて、社長と乙見に助けられて署長室に連れていかれた喜村の顔ははれ上っていた。頭はこぶだらけになっていた。

水屋がどう説明したのか、喜村に対して署長は一応部下の早まった処置をわびてはいたが、そんなことより、署長も刑事もひどく毛髪の研究ということに興味を感じて、根掘り葉掘り見当はずれの質問を水屋と乙見に浴びせていた。

「女の毛ならどこの毛でも、その湿度計とやらになるんですかね」

一人の刑事がそういって、下司《げす》っぽい笑い方をしながら、喜村の方を見た。喜村は泪《なみだ》をためて、その屈辱に堪えていた。

喜村は女の頭髪に眼をやることを極度に恐れた。電車や、街頭でふと女の髪が眼につくと、彼はそれをさけるために、いろいろの努力をしたが、女の頭髪はどこにも、かしこにも、うようよしていた。よんどころなく喜村はポケットに手を突込んで、下ばかり見て歩いた。大きい頭を垂れて歩くと、バランスが取れなくなって、しばしば前によろめいた。それでも彼は毛髪湿度計の研究を放棄するとは言い出さなかった。前より増して、無口になって、一人で研究室に残る夜が多くなった。

6

手紙には、試験飛揚の湿度計を発見した小学校教員七倉安子と、自己紹介がしてあったが、乙見にはどうしてもその顔が思い出せなかった。確かにその村の小学校には幾人かの女教員がいたから、そのころの一人には違いない。七倉安子は東京に出て来て、乙見の研究所で働きたいというのである。理由は田舎の代用教員が厭《いや》になったし、いろいろの事情もあると書いてあった。事情については述べてないが、文章もうまいし、字もしっかりしていた。東京から地方へ疎開しつつある矢先に、地方から出て来ようというのは、なにかいわくがありそうだった。

乙見は間もなく、この工場も疎開する予定だから、上京は見合せた方がよいという漠然とした手紙を出して置いた。

七倉安子は古井戸のような眼をしていた。

乙見が出勤した朝、彼女は彼の机の傍に坐って、入っていく彼に黒い眼を真直ぐに向けていた。静かな眼だったが、奥の方でなにか妖気《ようき》のようなものが輝いている眼であった。

「思い切って出て来ましたわ」

七倉安子はそう言った。モンペ姿は、田舎の代用教員らしくまとまって清潔な感じを与えた。髪はきちんと編んでいた。

安子は、肺炎で急逝《きゅうせい》した酒森園子の席を与えられた。やたらに人を採用したがる軍需会社の習慣はこの会社にも通用した。その日から一部が疎開して空いた女子寮に安子は落着いた。

野田宮子は新しく来た同僚にたいして関心を示さなかった。親切でもなかったし、意地悪でもなかった。栄養不足のせいか青白い平べったい顔はいつ見ても睡眠不足の顔だった。時折、細い眼で研究室内を見廻したが、園子のように自ら掃除する気もないらしく、めったに机からは立たなかった。

安子は一月もすると、園子のやっていた仕事をほぼ引継いだような形になった。園子ほど、敏捷《びんしょう》ではなかったが、宮子よりはずっと積極的だった。研究室内では彼女の存在は動かないものになった。

喜村正道は彼女の頭髪に関心を示したが、直接にそれを所望しようとしなかった。安子が乙見を通して、彼の要求を聞いて、彼の前で編んだ頭髪を解きかけた時も、喜村はしかめっ面をして、そっぽを向いていた。

「私の頭髪が研究に役立つなら、いくらでもどうぞ」

安子は、喜村の研究に材料を提供することを誇りに感じたのか、一度解いた頭髪は二度と編もうとしなかった。

偶然のように安子の頭髪の応湿特性は園子のに酷似していた。

喜村は安子の頭髪の切断面《カット》が卵形楕円形《だえんけい》であって、やや赤みを帯びた適当の太さの髪ということろに園子の頭髪との類似性を発見した。そういう髪を得ることは難かしいことではなさそうだったが、問題は毛髪の細胞を痛めずに、どうやって、メラニン色素を追い出すかにかかっていた。それが出来れば、ほぼこの研究は完成の見とおしがつきそうだった。

突然、毛髪湿度計の研究中止の命令があった。社長の命令が豹変《ひょうへん》することは、戦局の推移と関係あるとは知っていたが、あれほど大和撫子の毛髪湿度計を連呼していたにも拘らず、もう用はないから止めろ式の言い方は変だった。しかし乙見は内心この研究と縁の切れるのを喜んでいた。乙見がその命令を確かめに社長室に行くと、

「毛髪湿度計どころではないんだよ君……」

社長は声をひそめていった。

「すべて特攻兵器なんだ、これからは、落着いて一年も二年もかかって研究していたら戦争は負けてしまうぞ、研究者だって、もっと大局に眼を向けなければ……」

社長の身体は着ている国民服をぴりっと破りそうに肥満していた。カーキ色の豚のように醜怪だった。

研究室には次から次と、玩具《おもちゃ》のようなちゃちな器械の試作が命ぜられた。その一つが圧力計だった。乙見はそれが圧力によって、なにかを爆破させるスイッチだと見当をつけたが、その器械がなにに使われるものかよく分らなかった。

この試作は一カ月という途方もない短期間だった。彼はその研究のメンバーの一人に喜村を予定した。しかし、喜村はその研究には殆ど協力しなかった。彼の頭には毛髪湿度計以外のものはなにものもないようだった。彼は安子の髪を切り取っては、こつこつ研究を続けていた。

乙見は喜村のその非協力な態度に対して、他の研究員の手前、たしなめるべきだと考えて、誰かが言い出す機会をねらっていた。不思議なことに他の研究員は喜村に対して、いささかも不満の色を見せないばかりか、むしろ同情的でさえあった。

「よそ見するなよ、喜村、玩具みたような試作なんかより、本格的なその研究をしっかりやれ」

そんな声さえふと聞えることがあった。日本人の毛髪を用いた毛髪湿度計が本格的研究かどうかは別にして、喜村のやっていることは、とにかく研究らしい研究であることは事実であった。毛髪湿度計を製作するまでの過程で、次々と彼は派生的な新しい現象にぶっつかって、それを解決していた。例えば彼が研究した吸湿物質のリストに名をつらねた動物、植物の数でさえも大変なものであったし、吸湿機構の物理学的な研究にしても立派なものであった。

戦争とは無関係に、そういった基礎的な研究を誰かがやっているというだけで、この研究室のメンバーは満足していた。

乙見はこの研究室内で、学者の良心がまだまだ失われていないことに共感を示したが、さりとて、喜村を激励してやる気にもなれなかった。そればかりか、乙見は喜村を嫌い出している自分に気がついて、はっとした。乙見は喜村に研究室をやめさせて、現場の方へやろうかと、本気になって考えた。研究室の若手に赤紙が来た。喜村正道が応召してもこの研究室では痛痒《つうよう》を感じないぞ、乙見はそんな気にもなった。

乙見の喜村に対する態度は他の研究員を通じて反響があった。乙見が喜村になにか文句をつけた日にかぎって、彼等は乙見に口を利きたがらなかった。乙見は戦況の推移と共に、いらだってくる研究員の気持と、なんでもかんでも期日までにでっち上げろ式の社長の突貫精神の間に挟まって苦悶《くもん》した。

乙見は急に白髪が殖えて、それがすすけて、汚ならしい色になったが、坊主頭にも成り切れずに、眼だけを、ぎょろつかせながら、何月何日、何々仕上げ納入という予定表を見詰めていた。

アメリカ軍がマーシャル諸島に上陸した。戦局は容易ならぬ段階に入っていった。

7

七倉安子の目には、喜村正道でさえも妙にたじたじとなることがあった。その粘っこい目は、飴《あめ》が糸を引くように、とらえた相手を引張った。意味ありげな目であった。喜村は安子の目を危険な目だと感じながらも、たまにはその目に引張られて思わず、瞬間を失って、はっと我に返ることがある。確かに彼女の黒曜石の眼の奥には、男の中にあるなにかを掘り起す力があった。

研究室員は例外なくこの危険なレーダーの目に狙われて、不用意に赤くなったりする者もあった。

七倉安子がこういう危険な流し目を故意にする女とは思われなかった。そういう素姓の女だという証拠は何一つないし、特にそういうことをする必要もなかった。その危険な目つきは彼女の生れつきであって、感ずる男の方がどうかしていると言えば、それまでだ。

誰も彼女の目のことについては話さなかったが、彼女の目のレーダーに照射されることを嫌悪《けんお》している者もいなかった。

安子の目には、もう一つすばらしい特徴があった。彼女は相手の目をそのレーダーに摑み取ると、極く稀《まれ》ではあるが、ゆっくりした周期で、続けて二度ほど、目たたきをすることがある。長い睫毛《まつげ》が、重くかさなって、彼女の窓を閉じると、その瞬間だけ、効果は倍加した。彼女が相手をじっと見詰めて、この取っておきの引金を引けば、恐らく彼女が事務的以上の何等かの意思表示をしたと解さないわけにはいかなかった。

それほど安子の目は、危険な目だった。

柿山朝吉が安子と妙だという噂《うわさ》は自然に立った。柿山と安子が研究室に居残る機会が、やや頻繁《ひんぱん》だったことから、半分は嫉妬《しっと》も手伝っていたろうが、柿山が安子に関心を持っていることは明白であった。柿山は彼の実験の手伝いを、といっても、計算器を廻すことや、カーヴをプロットすることであったが、殆ど彼女にやらせて、彼女を独占しようとした。その行為があまりに露骨であるから、乙見に一、二度注意を受けたことさえあった。

妙なのは柿山の方で、安子の方は柿山よりも、むしろ喜村に好意を示しているようだった。園子もそうであったが、安子も彼女の頭髪が、喜村によって別生命を与えられることに興味を感じ、積極的に応援する気持に変りはなかった。多くの女の中から、彼女の頭髪が応湿性においてだけ、異常であることを、安子は女性として傑出していると考えていた。安子が、その危険の目を向ける率から言えば、喜村に対して最も多かった。彼けれども喜村は、彼女から毛髪を採取する時以外は、何等の関心を示さなかった。彼は毛髪湿度計の研究が表向きは禁止となっても、平然として研究を続け、研究過程の途中で派生した現象があれば、それが枝道であると分っていても、その枝の葉の先まで見極めては、本幹に帰るというふうな、悠々とした研究をしていた。

昭和二十年一月の夜、喜村は火の気一つない、暗い研究室の中で、アメリカ軍がルソン島に上陸したニュースを聞きながら、恒湿槽に頭を突込んでいた。そのニュースが戦局に取ってきわめて重大であったにも拘らず、彼は顔色を変えないし、手も休ませなかった。彼はやりかけた実験のために居残りとなって、ひどく腹をすかせていた。時々腹が鳴ると、ちょっと手を休めて、唾を飲みこんだ。遮光幕が張りめぐらされた研究室内は、一個のスタンドしかついていなかった。壁に彼の巨大な影法師を作っていた。

風のように入って来た女があった。

「やっぱり、あなただったわね」

七倉安子は、そう言いながら、懐中から、大豆の入った布の袋を取り出し、電熱器の上に鉄板を置いて、ドライバーを火箸《ひばし》がわりに使って、それを炒《い》った。

「喜村さん、お夕食がわりよ」

喜村は大豆の香ばしい匂いに負けて、器械を離れた。

喜村は食べるのが当然のような顔で、ぼりぼり豆を食い、がぶがぶ水を飲んだが、有難うとも、御苦労様とも、どこからこの大豆を手に入れたのかとも言わなかった。食べるだけ食べると胃のあたりをぽんぽんたたいて、初めてそこに安子のいたのを発見したように、

「どうしたんだね、きみ」

と言った。黒の勝ったモンペ姿は彼女を年齢よりはふけて見せていた。いつも束ねている頭髪を背に流していた。

「今、何時だと思うの、十二時よ、これからどうするお積り」

「ここへ寝るさ、眠くなったらね」

喜村はすり切れた外套《がいとう》をたたいて見せた。とても寒くて寝られるものではなかったが、これから帰る積りもなかった。

「この部屋から、あかりでも洩れてますか」

完全に遮光幕を引いたつもりだったが、光がどこからか洩れているのを女子寮から、安子が見たのかとも思った。

「いいえ、あなたが居残っていることが分っているから来たんだわ」

「大豆を持って慰問に来たのか」

「或いは慰問されに来たのかも知れないことよ」

安子はかみ殺すような笑い方をした。

「変だね……」

「変だわ、私は生れつき変な女かも知れないわ、どういう風に変だか、あなたは聞いて下さるだけの勇気があるかしら」

安子はちょっと腰を浮かし加減にして、椅子を前進させた。ねえ、と低い声でいった。彼女の黒曜石の眼が異様な光を帯びて、喜村の眼をとらえかけた。

「話を聞くだけに勇気がいるの」

「そう……責任を持つことになるかも知れないわ」

「それなら聞かないことにしよう」

喜村は彼女の視線をはずして、彼女が膝《ひざ》の上でもてあそんでいる大豆の袋を見た。袋は彼女の手の平の間で丸められていた。

「父がいよいよ上京することになるの」

「結構じゃあないか」

家のことだな、と喜村は考えた。彼女は上京する父と共に住む家のことを彼に依頼したいのだな、そういう責任を分担してくれとでもいうのか、迷惑のことだ。聞くまでもないこと、そういうことは自分には向かないことだ。

「喜村さん、わたし、近いうち死ぬかも知れないわ」

「同じだよ、僕だって、いつ爆撃でやられるかも知れない」

「そうじゃあないの、そういう死に方ではないのよ」

「じゃあ、誰かと心中でもしようっていうのか」

ぎくっとしたように安子は眼を見開いたが、驚きを笑いでごまかすために、無理に作った表情に陰気な翳《かげ》が動いた。

「寒い、わたし帰るわ」

安子は喜村に背を向けて研究室を出るとき首をふった。静まり返っている研究室に彼女の髪が無気味な音を立てた。

「私の髪で作った器械だけは残るわね」

なんのために、そんなことを安子が言うのか、喜村には分らなかった。彼は、安子も御多分に洩れず、戦争恐怖症の一人だと考えた。

二時を過ぎると、さすがに眠くなった。喜村は、寝支度にかかった。衣裳箱《いしようばこ》を開けて、吊手にかけてある実験用の白衣を取り出した。それを洋服の上に三枚も重ねて着ると、いくらか着ぶくれた感じになる。残りの白衣は椅子の上に、ふとんがわりに重ねて、その上にオーヴァーを着て眠る積りだった。

急造のベッドの上に坐って眼を閉じると、彼の首筋をちくちく刺すものがあった。それが気になった。首すじに手を廻すと、毛髪がふれた。彼はそれをつまみ取って、習慣的に人指ゆびと親ゆびでこすって見た。スタンドは消してあったが、感触でそれが安子の頭髪であることが分った。安子は園子と違って白衣をあまり着たがらなかった。喜村はスタンドをつけて、着ていた白衣を一枚ずつ脱いだ。三枚重ねて着たうち、一番下の白衣の衿《えり》に柿山と記されてある、その白衣に安子の頭髪が二本発見された。喜村は顔をしかめて、その白衣を抛り出した。チクチク刺した衿の感触がいつまでも残った。

喜村は寝るのをやめて、彼自身の机に近づいていった。園子の髪で作った毛髪湿度計が、その時の部屋の湿度三十五パーセントを示していた。

「随分乾燥していますね」

喜村は器械に向って、そんな言葉をかけながら、自記時計のネジを巻き、ペンにインクを補給し、機構部の要所要所に油をくれてやった。それ以上することはなかった。園子の髪は、生きていたころのものとは何のかかわりもないように、灰色になって張られていた。一年前の夜のことが思い出された。園子の死亡の電報を受け取って、庭へ一人で出ていった夜は、ひどく寒い夜であった。園子と安子を比較した。園子が生きていてほしかった。園子から受けた頰の平手打ちを思い出した。

喜村はぼろぼろの雑巾を取ると、水道の蛇口《じやぐち》で、ていねいに洗って、しぼると、引返して園子の毛髪湿度計の収容筐《ばこ》をふいてやった。ふき終って、電灯を湿度計に当てると、園子の髪は彼がもたらした水分に感じて、ペンを上げていた。

「あなたはなんて鈍感、あなたは苦痛の感覚を失っているように、感情もない。まして女の気持なんか絶対に分る人ではないわ」

彼女の死ぬ一カ月ばかり前に言ったことばが頭に浮んだ。風の吹く夜、彼女を駅まで送っていった時、園子が言ったことだったが、その時喜村は、彼女の髪が風に吹かれてさらさら鳴る音を聞いていた。

園子の地上に残したものは、この数十条の毛髪湿度計である。ものは言わないが、義務的に湿度だけを感ずる従順な器械である。

喜村は身ぶるいをした。朝の寒さが、彼の頭の芯にまでしみ込んで来た。

8

乙見恭平は黙っていて、時々相槌《あいづち》を打つだけで用は足りた。

安子の父七倉玄市という男は、鼠のように、きょときょとしている男だった。話をしながらも落着きがなく、たえず周囲を見廻したり、顔をしかめて見せたり、舌なめずりをしたりする男だった。時節柄、ゲートルはしていたが、服装は意外によかった。親一人、娘一人だから、安子と一緒に住みたいこと、その家を探して貰いたい、ついでに仕事を見つけてくれという、虫のいい頼みだったが、七倉は自分のしゃべったことに乙見の共感を強いて求めようとするのではなく、なんとなく、しゃべっているという風な話しっぷりだった。

いい加減に帰って貰いたいなと、乙見はしきりにそのきっかけを待っていた。うまい具合に電話が掛って来た。電話に出てから席に帰るまで、いいわけを考えた。

「どうも長いことお邪魔をしました」

七倉玄市の方が帰る支度をしていた。彼は持って来たルックザックを引寄せると、手早く口を開けて、一見して穀物の入っていると思われる木綿の袋を出すと、乙見の机の上に置いた。一升はあると見えた。

「大豆です、安子がお世話になっているほんのお礼ですが」

小声でいって、にやっと笑った。乙見は周囲を見廻した。研究室と研究主任の机の間に一つだけ衝立《ついたて》があった。幸い彼の机の見える側には一人も居なかった。乙見は大豆の袋を机上から取って引出しの中へ入れた。妻の喜ぶ顔がうかんだ。

「これはどうも……」

乙見の顔に卑屈な喜びの色が浮んだ。この貰い物を独占することが、少々気になったが、安子を研究所に世話して入れたのだからと、理屈をつけると、やや安心した。

「こんな物ならいつだって手に入りますから御遠慮なく」

しょっ中、妻に食物の苦情を聞かされているし、乙見自身、すき腹をかかえている日頃だから、彼は七倉にそういう貴重の物の出どころを聞いたり、若《も》し買えるのだったら、などと言い掛けたが、七倉はそれには答えず、

「わたしをあなたの会社の食堂の方へ使ってもらえませんかね、つまり食糧買出し掛りですな」

はっきり言って、乙見に回答を求めた。

それから、七倉玄市は一、二度ルックザックを背負って東京に出て来て、安子のところへ泊って帰っていった。闇屋であることは間違いなかったが、乙見はこの男の来ることを待つ身になっていた。

この親娘《おやこ》の住む家を本気で探す気持になったのは、乙見より、彼の妻の方だった。家が見付かった御礼だといって乙見は白米三升を贈られた。当然の報酬として彼はこれを受領した。

乙見は決してこの男が好きではなかったが、七倉から遠ざかることによって、食糧の密ルートを失う方がおそろしかった。

工場全体が疎開をするという計画があるにも拘らず、七倉玄市は食堂の事務員として採用された。こういう才能を持った男は、技術者以上に重宝がられていた。

帰る時間になると七倉は研究室に安子を迎えに来て、乙見の前で、駄弁を弄《ろう》していた。その話の中にきっと安子の話が出たが、それをいう時だけは、声をひそめたり、乙見の

顔を下から覗き上げるように見詰めたりした。親娘二人ともなると、こんなものかと、乙見は別に詮索がましいことは言わなかったが、研究室に勤めている独身者の名前をたずねられて、喜村、柿山と名前をあげながら、ひどく真剣な七倉玄市の眼に会って、はっとしたことがあった。なにかの秘密を訊《き》き出そうとする眼であった。安子の婿を探しているといちおう一応は解釈したが、それにしては妙に気になる眼であった。

三月に硫黄島《いおうじま》が玉砕し、四月に沖縄にアメリカ軍が上陸した。研究室の若手に続けて二人応召があった。軍需工場の重要技術者という理由で研究室員には応召免除の手続がしてあったが、それでも乙見は赤紙の恐怖からのがれるわけにはいかなかった。研究所の庭の桜は咲いたが、一夜の風雨に流されて、すぐ後に弱々しい葉が出ていた。

研究所は磁石の研究に全能力を傾倒していた。構造は簡単であったが、仕様がやかましかった。中に水が入らないところにこの磁石の重点が置かれていた。仕様書にうたってある水圧を水の高さに換算するとほぼ三十メートルになった。全体の構造から見ると、どうやらこの兵器は、水の中で人が腕にはめて使うものであるらしいことが推察された。研究員は黙っていたが、敵の本土策戦に具《そな》えての、特攻兵器であることは疑わなかった。

乙見はこの器械の研究試作の進むにつれて非常な恐怖におそわれ始めた。彼はこの磁石を腕にはめた兵隊が、鉛の錘《おもり》をつけた靴を穿《は》き、背に爆薬を背負って、海の底を敵艦を求めて彷徨《ほうこう》する姿を想像した。恐るべき運命が近づいて来ることは確かであった。敵機の爆撃が、熾烈《しれつ》化するのに逆比例して、これを迎える日本機の姿は減っていった。

乙見は会社から郊外の我が家へ帰りつくと、一日無事だったことの喜びより、明日の恐怖におびえた。会社が一日も早く疎開することが唯一つの生きる希望だった。

会社の食堂の豆カス入りのどろどろした雑炊のドンブリに箸が立つか立たないかがよく問題になった。乙見はその雑炊を食うために、胸のポケットに箸を入れて列に加わった。七倉玄市が乙見を訪れる時は、なにかきっと食物をかくしていた。そういうことに敏感な人の目をくらまして、乙見に渡すことも上手だった。乙見は七倉の好意に対して、見掛け上の最大の敬意を払っていた。

「主任さん、ねえ主任さん……」

七倉はこういう呼び掛け方をよくした。

「安子をそろそろかたづけなけりゃあならないと思うんですが」

この混乱の中に結婚式でもあるまいがと、思いながらも、世話をしたらまたなにかと、すぐいやしい気持が起きかけるのを押えて、

「さあ、独身者なら幾人もいますが……」

と体よくそらして、研究室の方を見た。柿山が、席に坐っている安子の肩越しになにか言っていた。安子がこっちを見て、柿山に合図した。柿山が振返って、乙見と視線を交わした。柿山の顔が蒼白《そうはく》だった。

「どうせ結婚させるなら、好きな男とさせたいと思うんですが、実は主任さん……」

七倉は乗り出して来て、安子と柿山が相当深く交際している様子だがとカマを掛けて来た。

「さあ、そこまでは……」

と軽くかわそうとすると、七倉はペロッと舌なめずりをして、

「主任さん、はっきりして下さい。あの二人はもうできてますね」

と念を押すような言い方をした。

「まあ、いろいろ噂はあるようだが、結婚させる潮時かも知れませんね」

「やっぱりそうか、あのアマ……」

それから、七倉玄市はひどくきたない、まるでよた者が商売女に浴びせかけるような下劣きわまる言葉を吐いた。淫奔《いんぽん》女めという意味に解せたが、とても父親が娘に言えることばではなかった。

七倉玄市は憤然として、研究室に入ると、席に坐っている安子の腕を取って、安子帰るんだ、といった。大きな声だったので、研究室は一瞬停電したように静かになった。安子は震えながら、援助の眼を真先に乙見に向けたが、彼が、俺の知ったことではないと言うような顔をすると、突然玄市の手を振り切って逃げようとした。袖が千切れて、そのはずみに安子の身体は数歩逃げた。そこに喜村が恒湿槽の中に頭を突込んでいた。

「喜村さん助けて」

喜村は何事が起きたかという風な顔をして、玄市と安子を見た。

玄市はちょっと矛先《ほこさき》を制せられた形でいたが、喜村がそれ以上なにもしないと見てとったのか、

「どうもはや、お恥ずかしいことで、安子はヒステリーでしてね」

と、馬鹿丁寧に頭を下げておいて、すばやく喜村の白衣にかくれている安子に手を延ばして利き腕をつかんだ。

「どうしようっていうんです」

喜村が冷たく言った。

「どうしようが、勝手でしょう、安子は私の娘だ」

「……だが、この人は貴方から逃げようとしている――」

「いらぬお世話だ」

「おい、おい、喜村君……」

乙見が喜村をたしなめた。親娘のことにはそれ以上、口出しをすべきでないという顔だった。それを合図に玄市は安子を引立てて部屋を出ようとした。出口でもう一度二人は争った。安子はそこで、柿山の名を呼んだ。柿山は蒼白な顔でふるえているだけで、彼女を助けてやろうとはしなかった。

安子は喜村の名を連呼した。彼だけを頼っているような声だった。喜村は安子が殺されるかも知れないと言ったことを思い出した。彼は足許に落ちていた安子の片袖を拾って、あわてて外に出ようとした。

「喜村君、やめないか」

乙見の意外に強硬な顔が前にあった。安子を助けに出るには乙見をまず、つきのけねばならなかった。

「だいたい君は余計のことをしすぎるぞ」

乙見は続けて喜村をたしなめた。喜村はその余計なことということばのなかに、いろいろの意味が含まれているのを感じた。明らかに彼の研究態度に対する侮辱と解された。

「余計なことにしか見えないのは、あなた自身が、余計のことで頭が一杯だからなんでしょう」

乙見は喜村の反撃の言葉の針に刺された。七倉玄市を通じての闇、疎開、疎開と主張する本意は命が惜しいのか、そんな抗議が含まれているように感じた。乙見は、安子の千切れた片袖を持って傲然《ごうぜん》と突立っている喜村との間に、もうどうにもならなくなった大きなへだたりを感じた。

「とにかく、余計のことは、余計なことなんだ」

乙見は喜村の手から片袖をひったくると、親娘の後をおった。

翌朝、乙見のところに、七倉玄市から、研究室を騒がせた詫《わ》びの電話があった。安子を連れて、一週間程、故郷へ帰るから宜しく頼むと、つけ加えた。

乙見が刑事の訪問を受けて、安子が殺されたのを知ったのは、それから十日もたってからだった。加害者は義父七倉玄市で、彼の行方は不明だった。玄市と安子が醜関係にあったことも、その時わかった。

柿山が警察に引張られた。安子は彼との間にも関係を持っていた。研究室で騒動があった夜、玄市は彼女を責めて、どこにどうかくしてあったか、日記を発見されたことが、彼女の死を早めたもののようであった。

ドイツ軍の組織的抗戦が終末に近づきつつあった。

9

研究室は疎開準備のために仕事は停止していた。工場の疎開先に合流したところで、ろくな仕事は出来ないことは分っていたが、眼の前の爆撃の恐怖から逃れるためには、もってこいの口実であった。

行きたい奴は行け、俺は残る。喜村正道は毛髪湿度計を組立てながらそんな顔をしていた。安子の毛髪を材料にしたものだった。

乙見恭平は喜村に大して文句を言えなかった。安子の死後、乙見と七倉玄市との関係、それは主として闇物資の問題であったが、それが明るみに出ると、彼は研究室主任としての威厳を自ら失墜した。彼は部下に遠慮勝ちになり、特に喜村に対しては、ひけ目を感じた。安子が、最後の救助を喜村に求めた時、それを制して、自ら悪魔に安子を引渡す結果になったことも乙見の立場を悪くしていた。喜村が、東京に居残りを申し出ていることはこの上もない幸いだった。乙見は喜村と彼にからまる毛髪湿度計の問題とは一切おさらばにしたかった。

疎開を希望しない者は他にもあった。家が比較的会社に近い山の手にある者だった。その中に野田宮子が居た。彼女は疎開荷物の手伝いを進んでしようともせず、相変らず眠そうな眼をして、机に向って坐っていた。

研究室は文字通り二つに割れた。乙見は大部分の部下と共に、疎開先へ行った。研究室には喜村正道の他三名が、山のような研究題目を前にして、材料も文献も、工作機械も無い無いづくしの条件で、なんとなく朝になれば寄り集まって、夕方になれば帰っていった。既に研究室の機能は停止していた。

喜村は相変らず一人で、こつこつやっていた。七倉安子の毛髪で本格的な毛髪湿度計を作り上げた時、珍しく野田宮子が傍に寄って来た。

「これ、どういう意味なの」

と、Y型毛髪湿度計と浮き出させた銘板のYを指して聞いた。

「安子型毛髪湿度計、つまり安子さんの頭髪と同系統に属するものの代表という意味のつもりなんだ」

彼は銘板を指先でこすっていった。疎開騒ぎの最中に、銘板を作るだけの余裕がどこにあったか、喜村の凝り方は戦争など無視して徹底していた。

「園子型毛髪湿度計、安子型毛髪湿度計、次は宮子型湿度計とでもなりそうだわね」

宮子は笑いもしないで言った。

「あなたの頭髪《かみ》はだめだ」

宮子はちょっと悲しそうな顔をしたが、喜村が相手にならないのを見て席に戻って、頬杖をついた。

野田宮子の家は大森にあって、喜村の下宿からはそう遠くないところだった。

彼女はその朝、不思議に爽快《そうかい》な気分で家を出た。五月の節句の鯉のぼりは、一つも見えなかったが、さわやかな緑の風が吹いていた。なにかいい事が、自分を待っているような気がした。彼女はそれまでも、そういった気持が時折浮ぶのを別に変だとは思っていなかった。安らかな、寝ころんだまま青空を見上げることの出来る日が近いように感ずることが、戦争の終ることを、ひそかに望んでいるのだと、強いてこじつけて考えても見なかった。とにかく、いつもだるい足がその日に限って軽かったし、誰かに話しかけたいような気持だった。

矢口《やぐち》の渡《わたし》から工場へ向って歩き出した時に彼女は爆撃音をきいた。彼女はすぐそばの防空壕《ごう》に身をかくした。大地を揺がす地響きが続いた。彼女は本能的に、掘りかけて途中で止めたようなその無蓋《むがい》防空壕が危険であることを感じた。それに一人きりのことも不安だった。彼女が防空壕から頭を出そうとした時、やや遠くに炸裂音《さくれつおん》を聞いた。無意識に地に伏せてから、そっと頭を上げてみた。爆撃で吹き上げられた赤いパラソルが開きかけたままで、落ちていった。それが青空に咲いた花のようだった。彼女は瞬間それに見とれて、次の爆撃に対する用意を怠っていた。

爆風が彼女を防空壕にたたきつけ、ひどいショックを頭に受けた時、赤いパラソルは彼女の脳裏で見事に全開した。

埋没された彼女の死体は綺麗《きれい》であった。後頭部に受けたショックで失神し、ついで埋没されて窒息死したものと推定された。彼女の胸に縫いつけてある住所によって、彼女の遺体は家へ運ばれていった。

野田宮子の顔には白布がかけられていた。その下で彼女は、研究室で居眠りでもしているような顔をして永久に覚めない夢を見ていた。

喜村正道は彼女の冥福《めいふく》を祈るために、誰もするように、両手を合わせた。涙も出なかった。彼と百メートルと離れていない防空壕で彼女だけが死ななければならなかった運命を呪《のろ》う気持にもなれなかった。彼も研究室居残りの同僚も、死ということに恐怖しながらも馴れすぎていた。

宮子の頭髪が白布のそとに出ていた。漆黒に輝く美髪だったが、一部がひどくよごれて、切れていた。喜村は宮子が生前、彼女の頭髪を毛髪湿度計に作られることを望んでいたことを想い出した。

彼は彼女の家人から、わけを話して頭髪を貰い受けた。知り切っている感触だった。二本指でこすると、ぞりぞりっと音がした。切断面が変形楕円型である証拠だし、その黒色の勝ち過ぎた頭髪の応湿特性は、男性頭髪のそれに近かった。器械としたら能のないものだが、ちゃんとセットして置いてやりたいという気には変りがなかった。そうすることが、宮子に対する礼儀のように考えられた。

喜村は研究室にいって早速、宮子の頭髪の処理にかかった。その経過で彼は異常な現象を発見した。同一人の頭髪が、全然別個な特性を表わし始めたのである。彼は自らの実験のミスかどうかをあらため、念のために顕微鏡で調べてみた。宮子の頭髪の一部は押しつぶされていた。多分彼女が防空壕で災難にあった時、石かなにかが、彼女の頭髪の一部を圧しつぶしたものと思われた。

圧しつぶされた方の頭髪は脱脂も容易だったし、驚くべき吸湿性を示した。彼はこの偶然の発見に昂奮《こうふん》の余り、キンチャク頭を振り立てて、ロールだ、ロールだと叫びながら研究室の中を行ったり来たりした。頭髪を圧延機にかけるという新しい処理法が発見されたのだった。

出来上った宮子の毛髪湿度計は、あらゆる点で、園子、安子のものを凌駕《りようが》していた。ドライアイスも氷もないから、低温の特性は比較すべくもなかったが、常温では北欧婦人の毛髪よりすぐれた特性を示していた。彼はこの器械にM型毛髪湿度計と銘板を打った。

六月に入ると、アメリカ軍の四十日期間《フォーティイズピリオッド》策戦が始まった。重爆撃機が連日飛来して、まるで地上に描きだせる地獄図を楽しむように、人を殺し家を焼いた。

その夜喜村は研究室におそくまで残っていた。宮子の死によって偶然発見された処理法によれば、あらゆる人種の頭髪が毛髪湿度計として使用できはしないか、そんな夢があった。複雑な毛髪構造組織も圧延することによって、応湿特性に関する優劣の差をなくして、後は脱色さえすればよい、それも圧延されて、髄までもさらけ出した毛髪から取り去ることは、そう困難だとは考えられない。

彼は研究の仕上げを急いだ。自分がいつもと違って研究をなぜ急がねばならないかを考えても見なかったが、じっとしていられない焦躁《しようそう》が彼を夜おそくまで研究室に居残りをさせた。

喜村が爆撃音を聞いて、外に出て見た時、炎は、彼を囲んで四方から立上っていた。やられそうだ、と彼は感じた。研究のデータと、三つの毛髪湿度計は焼きたくなかった。

彼は机や本棚のデータ類の中から持ち出すおもなものを選択しようとした。どれも重要なものであった。持って逃げるなら、そっくりそのまま全部持ち出さなければ意味がないような気がした。リヤカー一杯分は充分あった。彼はデータの入った大封筒や、ファイルなどを、机の上に積み上げたまま、外を見た。窓に炎の色が赤く映っていた。

喜村は毛髪湿度計の箱を二個左手にかかえ、一個は右手にさげて、研究室を出た。炎は雲の底まで達していた。雲まで燃えているようだった。どこも危険だったが、逃げるとすれば、多摩川の方向を選ぶより道がなかった。彼の決心をうながすように、付近の工場が大音響を立てて倒れた。それに混って、なにかが爆発する音が続いた。炎が渦をまいていた。眼の前に大きな工場が二つ並んで燃え上っていた。二つの工場から吹き出す炎が長い手をのばして握手しようとしていた。その間に数本の木があって、いまにも爆発しそうに熱した煙が吹きこめられていた。

喜村はその中へはしり込んだ。そこを駈け抜ければ、助かるように思われた。煙にむせた。眼が見えなくなった。左手でかかえている二個の器械は落したが、右手にもう一つ器械を提げていることが彼を勇気づけた。

煙を突破すると、狭い空地があった。彼はそこで一息ついた。服に火は付いていなかったが、焼かれているように熱かった。空地の前は隙間なく火の海だった。前進がだめだと気付いて、振返って見ると、彼が通り抜けて来た通路は既に火になっていた。

喜村は逃げるべき道を失った。

空地の中に防空壕があった。ずっと前に掘ったものらしく、盛り土の上に生えた草が、高熱のために震えていた。喜村はその防空壕の中へ這《は》い込んだ。底に水がたまっていた。間もなく炎は喜村の後を追って来た。炎の舌の先の一なめで、防空壕の盛り土の上の草が、センコ花火のようにチリチリと燃えた。炎は空地を渦巻いていた。

防空壕の中の温度は異常の高温に達した。底にたまっている湿気は一度に蒸発した。炎の舌は犠牲を求めて、防空壕の中まで入って来た。

喜村は彼の持って来た毛髪湿度計をしっかりだきかかえて、暑さに耐えていた。炎の先が長く延びて、彼の背に手をかけた。彼は身悶《みもだ》えした。炎の光で、毛髪湿度計がはっきり見えた。湿度計の針は、その異常な高温と高湿度に怒って、ペンを振り上げていた。

喜村はこの毛髪湿度計が、園子のものか、安子のものか、宮子のものかを確かめようとして、銘板に顔を近づけた。三人の女の顔が眼の前で、ぐるぐる廻り出した。それを乙見が冷酷な眼で眺めていた。

呼吸が苦しくなった。

工場が一度に空地に焼け崩れ落ちて、防空壕の中の喜村正道の肉体を含めたあらゆる物体の水分は高熱のために、焼かれて蒸発した。

戦時中、毛髪湿度計はラジオゾンデ（高層気象観測器械）に多量に使用された。軍は洋毛のストックがあったから終戦まで不自由しなかったが、私が勤務していた気象台では、洋毛が手に入らないので、止むを得ず、日本人の若い女性の頭髪を使用した。洋毛に比較して動きはにぶかったが、けっこう良いデータが得られた。

ガラスと水銀

海中の温度を正確（百分の一度の正確さ）に測定する寒暖計として、転倒寒暖計がある。この寒暖計自体の機構原理は明白であるが、作るのがきわめてむずかしい。これは経験とカンの累積による芸術品とも言うべき一種の品位を具《そな》えた器械である。水銀の重量をがっしり蓄えこんだ、長さ三十センチ、太さ二センチの素通しの美しいガラス管の中には、多様の屈曲と微細なガラス仕組が光って見える。

1

大広間の宴席の順列には苦心したあとが見えていた。菅浦計器株式会社と関係を持つ官庁の役人が、その役人の階級順に中央に顔をならべ、それに続いて、会社と取引関係の多い商社の代表者の席が両側に分れていた。同業者の席はずっと末席になっていた。一通りの固い挨拶が済んだ後、宴会は急にくだけて、活気に満ちた笑い声が起きた。主催者の菅浦計器株式会社の社長、菅浦房吉は、中央の偉い人を振り出しに酒をついで廻っていた。彼のモーニングの胸に勲章が一個下っていた。蛍光灯のせいか、黄色に見える筈の勲章は黄土色に近く見えていた。何年も胸に飾って年期がたった勲章に見えた。会は菅浦房吉の黄綬褒章《おうじゆほうしよう》受章祝賀会である。房吉はこの宴席の順番を決めるのに数日をかけた。それほど慎重を重ねて決定した席であるから、席の上下の不平のために後日、会社が不利益になるようなことはないと確信していた。彼は客の一人一人に正対して、胸につった勲章が畳につくほど頭をさげた。

「今回図らずも、菅浦房吉は……黄綬褒章を拝受致しました……」

と、やり出した。それは会の始まるに当って一席ぶった挨拶の筋書であった。会社の事務を担当している国漢の先生上りの老人が起草したものである。老人は最初の挨拶だけを起草し、後で宴席を廻る社長のための言葉は用意しなかった。房吉はこの文句を丸暗記するのに十日かかった。時代がかった文章だが彼の気に入った。何時《いつ》もの房吉なら、モーニングも着ずに、こんな四角張った挨拶も抜きで、さあどうぞ、と簡単に盃をつき出すのであるが、今日は違っていた。彼の胸には、彼自身がきわめて尊い、価値の高いものと考えたものが下っていた。そのものをつけているかぎり房吉は職人上りの房吉ではなかった。六十人の招待客の中には偉い役人もいたが、彼は優越を感じ、彼等の中にこれと同じ勲章を持ったものが一人も居ないと思うだけで、それだけ緊張していた。彼は四角張った挨拶を、同じような格好で、同じ時間だけかけて、順序よく次々としていった。

「菅浦さん、おめでとう、そう固くならずに一杯……」

房吉が席を移して、かしこまる前に、こういって先に盃《さかずき》を出す者もあった。そういう時は、盃をおし頂いてから、飲まずに傍に置いて、例の口上を述べた。何時もと違う房吉に相手は二の句がつげなかった。房吉はかしこまったが、決して上ってはいなかった。

挨拶しながら、一つ二つとカボチャでも数えるように人の頭をかんじょうしていた。中央の一番偉い役人から順列は左右交互になっている。だから房吉は挨拶が一人すむごとに席を立たねばならなかった。列が左右向い合いに分れると、両者の間隔は三、四間はある、そこをあっちへいったり、こっちへ来たりすることは容易のことではなかったが、彼はそれをやった。几帳面《きちょうめん》な奴だ、馬鹿正直の奴だ、と批評されることを念頭に入れて、頭数を数えながら下座へ移動して行った。

房吉は小肥りした男である。六十歳の年齢より若く見えるのは、頭髪が黒いからであろう。モーニングが窮屈に見えた。そのせいか彼は、一人の客の前で役目を果して立上る時に、腹を突き出して、そり返り気味になって、一息ついてから、身をかがめて前の客を目ざして畳をすべっていった。一息入れる時に全座が漠然と彼の眼に映った。大声を上げているのは誰か、どの客が便所へ立っているか、誰が女中に酒を飲まそうとしているか、誰と誰が議論を始めたか、誰と誰が商談をやっているか、そういった全体の雰《ふん》囲気《いき》の中に一つだけ気にかかるものがあった。末席に並んで坐っている、四十年前の兄《あに》弟子《でし》国坂安春と神尾倉造の姿である。二人は並んでいながら互いに酒をすすめようとはしなかった。女中が廻って来れば酌を受け、去れば独酌で飲んでいた。ぐいっ、ぐいっと苦い薬でも飲むような盃の運び方である。盃を乾《ほ》すと、身体を傾けて、房吉を横眼でにらんだ。奇妙に二人の動作が似ていたが、二人が申し合せているのでないことは、二人が一言も言葉を交わさないことで分る。

下座へ下れば下るほど二人に近くなる。そうなることが房吉にはあまりいい気持ではなかった。同業者の会で二人とはちょいちょい顔を合わせているが、今夜のような態度は初めてである。なにか言いたい顔である。

（ふん、席が低いとむくれているんだな、馬鹿者め、いい年をしてからに、……だからいつまでたってもうだつが上らないのだ……）

そう思ってはみても、房吉は二人を無視するようなことはしなかった。胸に勲章をさげた本会場一の紳士として面目を保つには、一つの例外もあってはならないと考えた。

房吉は国坂安春の前に出た。安春の顔には嘲笑《ちょうしょう》が待っていた。安春はふんと鼻でせせら笑ってから、

「房吉、さっきから見ていりゃあな、てめえの胸の勲章に、銹《さび》が出ているぞ、銹がな、水銀《みずがね》でも塗ったらどうだ……ぴかぴか光ってよく似合うぞ」

安春は咽喉《のど》の奥まで見せるような大きな口を開けて笑った。笑うと入歯ががくがくした。房吉は安春の挑戦は取合わなかった。そう来るだろうと予定し、なにを言っても相手にするのではないと心に決めていた。一生一代の晴れ場に菅浦房吉の男をみせるつもりでいた。彼は安春が笑っている前で、一口も間違わずに立派に口上を述べると、一礼して膝《ひざ》を隣の倉造の前へずらした。

「……おっと、ととと、俺はてめえから妙な文句は聞きたくねえ……」

神尾倉造はそれまでに房吉の動作をよく観察していた。房吉が口上を言い出す前に、房吉の胸の勲章目掛けて、盃を突き出した。受けなければ、そのまま盃が上って、勲章を酒びたしにでもしそうな勢いだった。房吉はあわてて盃を受けて直ぐ前に置いた。眼の前には倉造の銚子《ちょうし》が延びていた。銚子の口がやはり勲章をねらっていた。

「房吉、兄弟子の盃だ、受けろ……」

房吉が受けなかったら、そのまま銚子の中の酒が勲章に向って飛び出しそうな勢いであった。

「や、や、これはどうも……」

房吉は盃を受けた。一杯受けただけで、口上はやらずに逃げるのが勝ちだと頭の中で割り切っていた。

「けえさねえかよ、盃を」

倉造は返盃を催促した。房吉は盃を裏返して露を切ってから、倉造に渡して、酌をした。

「房吉、今夜はドンジリに御招待を受けて有難き次第でごぜえますだ……」

矢張り席順にこだわっているのだなと房吉は思った。商売一点張りの席の配列だったから、同業者は後になり、同業者の中でも今はほとんど交際をしていない安春と倉造は末席にされた。それが不平でからんで来るのだなと房吉は思った。招《よ》ばねば招ばなかったで後がうるさい。招べば席が低いと言ってこれだ。房吉はこの扱いにくい二人の兄弟子を前においていて、誰かが助けに来てくれることを期待したが、宴会は酒が廻り切ったところで、もはや菅浦房吉の存在なぞ問題ではなくなっていた。歌と拍手がつづいた。

「おい、待ちねえ、房吉……」

倉造は逃げようとする房吉の手を摑《つか》んでいった。鋼《はがね》のバンドをかけられたように痛かった。

「てめえの手はもう職人の手じゃあねえ、ズブの素人《しろうと》の手だな、水銀《みずがね》をいじる手じゃあねえ、こりゃあ金を儲《もう》ける手だ。戦争になりゃあ軍人相手に儲ける、戦争が終りゃあ、安物作りで儲ける、勲章ほしけりゃあいくらだって運動資金を惜しまねえ手だ……だがよ、房吉、この手はもう二度と水銀はいじれねえ手だ、安物の水銀寒暖計だってこの手じゃあ作れめえ……」

倉造は房吉の手をぐっと手元に引いてからぱっと突放した。そのはずみで、房吉の手が胸の勲章に当った。勲章だけの金属の大きさが房吉の胸を押した。自らの勲章で自らが痛めつけられた感じだった。

「ちょっと言葉がすぎたようだな……」

菅浦房吉は怒りをこらえながら言った。相手はお客様だ、そう思うことによって、憤怒をかみしめ、きちんと膝を揃《そろ》えていた。紳士の体面はくずすまいと思ったが、今更倉造に、たとえ切口上であっても礼を言うつもりはなかった。房吉は倉造の眼をはねかえして座をずらした。

「くやしいか、腹が立つならまだ望みはある」

倉造は立とうとする房吉に追打ちをかけた。

「別に腹を立てることもあるまい、しばらく仕事には手は出していないが、出せば両君に今だって負けやあしない」

房吉はそう言って胸をそらせた。喧嘩《けんか》にせずに上手にそらして、自分の威厳は失ってはいないと考えた。両君と房吉が言った時から相手は複数になった。

「ハヤ房のことだ、ザラの寒暖計ならひと月もやれば作れるだろう、だがな、房吉、転倒寒暖計だけは貴様が死ぬまでかかっても出来ないぞ……」

国坂安春は房吉の小僧時代のアダ名をわざと呼んだ。四十年前、水銀師《みずがねし》泉万兵衛のところで水銀寒暖計作りをたたき込まれた時、何によらず仕事が早いところからハヤ房といわれたのである、そのハヤ房まで持ち出されての揶揄《やゆ》は房吉の心の底に響いた。房吉は安春の後味の悪い笑いを残して席を立って行った。

(ふん、あの老いぼれ共に負けてたまるか……)

菅浦房吉が二人の兄弟子を老いぼれだと思うことは違ってはいない。二人共に房吉より二つ上の六十二だが、白髪頭で総入歯、額の皺《しわ》は陰惨に見えるほど深くきざみ込まれていた。

2

菅浦房吉はバスを降りたとたんにジャズを聞いた。町工場の屋根を数軒越えて向うの房吉の会社の二階の窓に赤や青の灯が見えた。音は開け放された窓から四方へ散っていた。

房吉は渋い顔をした。ダンスの好きな一人息子の保之が父の黄綬褒章受章祝賀パーティーとでも銘打って始めたことに違いない、と思った。社長の自分がバスで通っているのに、ダンスなどで光熱費まで無駄にする保之のやり方が気に食わなかった。

(保之の奴め、俺の許しも受けずに……)

房吉は会社の門をくぐった。二階建てが一棟、後は平屋だったが、五棟あった。町工場地帯としては図抜けて広い面積を持っていた。工場とは別に広い庭と、五十坪の平屋の社長住宅があった。全部終戦後に建てたものである。房吉は自分の部屋に入って電灯をつけると、大急ぎでモーニングを脱いで着換えに取りかかった。彼は寝る時以外は自宅に居なかったし、たまに家に居る時でも、夏ならズボンにシャツ一枚、冬ならズボンに毛糸のシャツと言った軽装をしていた。何時でも工場へ出掛けられる用意であった。

それに仕事熱心の彼には、本来じゃらじゃらした着物は似合わなかった。二十年前に妻と死別して以来の習慣だった。

その房吉が珍しく幾月も着たことのないドテラに手を出した。久しぶりに着るドテラは、全身をおさえつけるように重かった。帯を探したがない。女中を呼ぶ程のこともないから、ズボンのバンドを取って腰に廻した。

萱《かや》が折れて風に鳴っている。吹きさらしの野原が頭に浮び上った。雪が来る直前の高原の光景である。房吉が長いこと忘れていた幼少の頃の一つの反応——母が彼に着がえをさせる時に限って現われる幻像が、数十年の時間を飛び越えて、眼の前に浮んだことに彼はびっくりした。それははっきり幾つの頃か覚えてはいないが、小学校へ行く前の頃、冷たい着物が彼の皮膚に接触した時に、ひどく淋しい、立っていれば、そのまま連れていってしまわれそうな、荒野を頭に描いたものである。それが死の世界だと、彼は漠然と解釈して、死ぬのは厭《いや》だと泣いた。彼の気持のわからないままに、初めはやさしく理由を聞き糺《ただ》した母も、泣き止まない彼の尻を打った。それで彼は現実に引き戻された。

泣きこそしなかったが、そういうことは、その後も何回かあった。必ず着物を着かえている瞬間に脳裏をかすめる通り魔のようなものであった。

荒野は、五十年前と同じように音のない風が吹いていた。房吉はそこに釘《くぎ》づけにされたまま呼吸を止めて、折れかかった萱が一本一本立ち直って、灰色の視界から消え去っていくのを辛抱強く待ってから、急いでドテラを脱ぎ捨てた。

「俺はどうかしているぞ」

彼は異常である自分を率直に認めた。ついぞ感じたことのない孤独感がその後を襲う。疲れている筈なのに、眠る気がしなかった。彼は電灯を消すと庭下駄を穿《は》いて、残業を監督する時のような足どりで工場の方へ歩いていった。

房吉は二階へ登っていって、赤や青の豆ランプの飾りつけの下で踊っている男女に眼を向けた。

「あら、社長さんよ」

そういう女の声がしたが、すぐバンドの騒音に消されてしまった。誰も房吉のところへは来なかった。彼は廊下を通り抜けた。ダンスをやっている事務室の隣の部屋は設計室である。誰も居ないのに電灯がついていた。設計板が六、七枚並んでいた。中央の設計机が保之のものである。書きかけの時計装置の図がそのままになっていた。

「まだこれにかかっているのか」

房吉は設計は出来なかったが、書いているものが、なんであるかぐらいは読めた。或る化学会社が注文して来た気温の記録装置であった。図の上に、ガラス棒が一本置いてあった。なんとなく持って来て、なんとなくそこへ置き忘れたというような置き方であった。

房吉はガラス棒を手に取って電灯ですかして見た。中心に毛細管が一本通っている寒暖計用ガラス棒であった。

「五十度穴だな……」

房吉は言った。ぴたりと毛細管の太さを言い当てたつもりでいた。

「ここに居たんですか、お父さん」

そう言ってから保之は、彼と並んで立っている賀島マキに微笑を投げた。

(親父に挨拶した方がいいよ)

そんなふうに言ってる眼だ。マキは保之の微笑を幾倍かにして、

「社長さん、こんばんは」

と房吉に挨拶してから、なにがおかしいのか急に笑い出した。笑い出すとなかなか止らなかった。全身が波を打って笑っているようだった。彼女は保之の手にすがってやっと笑いを止めた。

「今日はお目でとうございました」

今度はきちんと挨拶した。花模様のワンピース、赤いベルト、上気した顔だった。保之と並ぶと同じぐらいの背の高さに見える。房吉はマキに丁寧に挨拶を返した。よくいらっしゃいました、と言った。取引先の銀行の専務の娘であるからだ。挨拶を交わして

から、房吉はずっと楽な気持で、彼の息子が狙っている、賀島マキと言う女に、父と言う立場から詮索《せんさく》の眼を投げた。

（よくもまあ、こう似た女があったものだ）

房吉は、マキに初めて会った時、自分の師匠の泉万兵衛の一人娘のおまつに似ているなと思った。しかし、近いところでまともに見ると、似ていると言うよりも、四十年前のおまつにワンピースを着せたように見えた。大きな口、笑くぼが出て、眉毛が太い。

「社長さんダンスなさらないの……」

おまつに洋装させたようなマキが言った。

「と、とんでもない……」

房吉はあわてて両手を振った。右手に持っていたガラス棒が蛍光灯の下で数十本に分れて動いた。

二人の出て行った後、房吉はまだガラス棒を持ったまま立っていた。

〈房吉、このガラス管は五十度穴に間違いねえな……〉

師匠の泉万兵衛の声が耳元で鳴った。

3

翌朝いつもより早く起されて食堂に出て来た保之は、お早うも言わずに父の前にすわった。

「保之、このガラス管は五十度穴だと思うがどうだ」

保之が茶碗を持つ前に房吉が言った。だが保之は、眠そうな眼をちらっとガラス管へ投げただけで、それには答えず、女中に味噌汁を催促した。

「どうだ、保之お前に分るか」

房吉はちょっと頭からかぶせるような言い方をした。

「五十度穴だの、百度穴だの、そんな原始的な呼名には全然僕は興味がありませんね、内径何ミリではなぜいけないんです……」

保之は、新聞を脇に置いて見ながら飯を食べ出した。大学教育を受けた保之にそういう職人言葉を使ったところで分る筈はなかった。

房吉はガラス管を持って会社へ出勤した。誰もまだ来ていない。彼は社長室の窓を開けて、工員の出勤するのを待っていた。女工員が通る。少年工員が出勤する。女、子供じゃあだめだ。十年勤めている工員が出勤する。

（あいつでもあぶない）

二十年近くも寒暖計を扱っている職長の沼田が来た。房吉は階段を降りていって、沼田の鼻先にガラス管を突き出して言った。

「何度穴かね、このクダは」

沼田はガラス管を手に取って太陽の方にちらりとかざしただけで、

「五十度穴ですよ、社長さん」

ガラス管を房吉の手に返した。

「そうだろう、俺の眼はまだ狂っては居ないぞ……」

房吉は社長室に引き返して、ベルを押すと、すぐ両手をテーブルの上に置いて、入ってくる保之を待った。

「俺は転倒寒暖計をやることにきめたぞ」

房吉は父としての房吉ではなく、菅浦計器株式会社の社長が専務の菅浦保之にものを言う態度で言った。

「転倒寒暖計をやるって、お父さんがですか」

保之は父の顔を上から見下ろして言った。

「会社として製造を始めるのだ」

そういってから房吉は、五十度穴の毛細管入りガラス管を、保之の前につきつけて言った。

「これはやっぱり五十度穴のガラス管だったぞ」

寒暖計用ガラス管の毛細管の太さを言い表わすのにそのガラス管を用いて寒暖計を造ったとすれば、何度目盛りの寒暖計が出来るだろうかという目安によって、何度穴と呼称する。明治の初年以来、寒暖計作りの職人が用いている言葉であった。ガラス屋が作って来た管を見て、一目で、何度穴と当てるには相当の年期を要した。

転倒寒暖計の製造を開始することとガラス管の毛細管の太さを当てることとは何等の関連もなかったが、保之にはそれで充分であった。父が社長であると共に、今なお職人として誇りを失ってはいないことを見せたいのだと思った。

「転倒寒暖計の製造なら、国坂さんと神尾さんに任せて置けばいいじゃあないですか、ああいう特殊のものは、そう数多くは売れないし……」

「数は出ないが、俺はやることに決めたのだ」

国坂安春と神尾倉造が、白髪頭をかかえ込んでいる姿が見えた。

(貴様等に負けてたまるか、俺の会社でやり出したら、必ず作り上げるぞ)

房吉は保之に向って、顎《あご》をしゃくった。準備にかかれと言う素振りだった。

一度社長室を出た保之はすぐ書類を持って引返して来て房吉のテーブルの上に置いた。

「いいですかお父さん、転倒寒暖計の製造については、ちゃんと原価計算をやってあります。材料費が百三十八円、検査料金が千円、一日の工賃を千円と踏んで二日で仕上げるとすれば工賃が二千円、光熱費と諸雑費で二百円、しめて経費は三千三百三十八円、一本のおろし原価が二万円だから一本につき一万六千円以上の純益が出ることになります。寒暖計としては最高の利潤だが、この製作を始めて成功した人は国坂さんと神尾さんだけしかいない、しかも二十年かかったと言うじゃありませんか、大変なことですよ、これは。うちの会社でやるとしても、特定の人に支払う二十年間の人件費は容易の額ではありません。成功したところで年間需要量は知れたものです。結局こういったものは、会社として手をつけるものではなく、家庭工業的製品と見做《みな》すべきものですね。どうしてもうちの会社でやらねばならないとしたら、名人芸的な工作内容から脱して、型さえあれば誰にでも作れるといったものを作らねばならないでしょう。これには安く見積っても百万円の研究設備費はかかります……」

保之は言葉を切って父の顔を見た。父が会社の経営者としての立場から見れば、これだけ言えばこの計画は中止するだろうと思った。

「なるほど、……だが百万円の研究設備費というのは大きすぎるな……」

房吉は眉間《みけん》に皺を寄せた。予算の立て方が杜撰《ずさん》に過ぎはしないかという顔である。

「たった百万円ですよ、お父さん。この寒暖計を作るには、圧力試験器と、熱処理用の特殊の電気炉が必要です。百万円ではむしろ少なすぎるくらいですよ……」

保之は一度言葉を切ってから、今度は前よりもずっと激しい口調で話し出した。

「僕はね、お父さん、大体一人の職人がカンとコツだけで作る器械そのもののあり方に疑問を持っているんですよ。転倒寒暖計を作るという点ではドイツのリヒター、日本の国坂安春と神尾倉造の三人は国宝的人間、いや、或る意味では世界宝的人物でしょう。

三人が同時に死んだら、地球上の海水温の調査に支障を起しますからね、……だが別の眼から見れば、日本の工業にはこういう個人的作品しか誇るものがないとすれば、それは日本工業の敗北を意味するものだと思うな。これは工業ではない、芸ですよ。工業のあり方って、カン、コツだけに頼るべきものではない。だから僕はこういう時代錯誤的のものをうちの会社で作ることには反対ですね」

保之はそこまで言ってから、父親の様子が変なのに気がついた。

房吉はガラス管を両手にしぼるように握りしめて必死になって、なにか体内の苦痛を我慢しながら、得体の知れない恐ろしいものが通過するのを見送るような眼で虚空をにらんでいた。血の気の引いた顔であった。

4

菅浦房吉が、物置を改造した試作場で転倒寒暖計の製造を始めたことについては、幾様にも解釈された。房吉が国坂安春と神尾倉造の二人だけの独占事業である転倒寒暖計の将来について有利の情報を得たが、研究設備費を出すのを惜しんで、自ら始めたのだろうという見方、黄綬褒章祝賀会の席上での安春と倉造の挑戦を受けて立ったのだという考え方、もう一つは、単なる外部に対するジェスチュア、今もなお研究熱心であるという見せかけに過ぎないという考え方であった。いずれも当っていたが、この他に房吉だけの心の中の問題があった。

祝賀会の夜、帰宅してすぐ房吉はモーニングを脱いでドテラに着かえようとした。その瞬間房吉の心の中にずっと昔に消えた筈の火が再燃した。

その時見た荒野の幻想はその後しばしば彼の脳裏に浮び上った。寝床から起き上った時、会社で判こを握った時、顧客の前で頭を下げた瞬間、それは予告なしに房吉の眼の前に現われた。その度に彼の顔から血の色が失せた。

彼はこの通り魔をのがれる処置を知っていた。幼時の頃は泣き叫んで母に尻をたたかれればよかった。小学校の頃は、高い所から飛びおりるか、もっと有効なのは、友達と喧嘩をすることだった。誰でもかまわず相手に向って、むしゃぶりついていけば通り魔は消えた。泉万兵衛のところに弟子入りしてからは、仕事があった。冷たいガラスの管を手に持っているかぎり、この通り魔は彼をよけて通った。水銀《みずがね》の純徹な輝きの前には荒野の折れた萱は、死の誘いをささやきかけることはできなかった。房吉は何年ぶりかで、ガラスと水銀を持つことを決して苦にしては居なかった。安春と倉造に軽蔑《けいべつ》されたのも、古い心の持病が突然起ったのも、ぴかぴか光る社長の机の前に坐っている時間が多すぎるためだというふうに考えた。職人上りだと言うことを忘れた時には自分が亡びるのだと思った。

房吉が社務から遠ざかって、試作場に現われたのに対して、社内では、房吉がそろそろ若い保之に会社を任せる下準備に掛ったのだと見た。

房吉が、午前中の三時間だけであっても、試作場にこもって転倒寒暖計の製作に取りかかったということは同業者に取って大きなニュースであった。彼等は、国坂安春と、神尾倉造に、菅浦房吉が転倒寒暖計の製作を始めたことをもっともらしく伝えてやった。万が一、菅浦計器で生産が出来るようになったら、この特殊寒暖計だけに頼っている二人の生活は断たれるだろうと、余計なことを言う者もいた。しかし二人は笑って取り合わなかった。

(房吉が死ぬまでかかっても出来るものか)

この点、二人の言い方は共通していた。二人は房吉がこの仕事に乗り出したことを、むしろ喜んでいるふうにさえ見えた。苦しむのを見て笑ってやれ、そういう残酷さが、二人の顔のどこかに動いていた。間違っても出来っこはない。二人はそう言い張っていた。

房吉は、この仕事を、てんから呑んでかかるというふうな愚者《おろかもの》ではないが、安春と倉造が二十年かかったという伝説も彼なりに計算して、実際にかかったものはせいぜい五年、それも他の仕事のかたわらだから、専門にかかれば二年と見た。それに房吉は技倆《ぎりょう》の点で二人より勝《すぐ》れているという自信があったから、それを考えに入れれば、まず一年で完成すると見込んだ。

社長の椅子に坐っているより、木の丸椅子に腰かけて、ガス火でガラス管を自由に延ばしたり曲げたりする方がずっと面白かった。久しぶりにやることだったが、手はよく動いた。試作場に居るかぎり、彼をおびやかすものはなにもなかった。

彼はまず、安春と倉造の作った転倒寒暖計を同業者から手を廻して買い込んだ。二本四万円の支払伝票に印をおす時、二度と再び、こんな馬鹿げた支出はしないぞと、心に言い聞かせた。二本の寒暖計はあらゆる点を比較された。安春の方がエナガラスの二六、倉造がエナガラスの五九を使っている以外の構造寸法は同じであった。あまりに似すぎている点が不思議だったが、どちらが、どちらを真似たというのではなく、自然にそうなっていったというふうに解釈した房吉はまずガラス管から入っていった。

房吉はエナガラスの工場へ行って、見本と同じ太さの寒暖計用ガラス管を引き出すことを依頼して、自らガラス管工場の監督にでもなったような立場で、ネコツボの中で煮え立つタネを見つめていた。頃合を見計らって長さ五尺の鉄パイプのふでが親方によってネコツボの中へ入れられ、ふでの先にタネがつけられる。ふでの根本を口で吹いて空気を入れる。空気が入ったタネの両端を親方と小僧がヤットコで挟《はさ》んで、小僧が筵《むしろ》の上を後ろ向きに走る。ガラスは延びる。二十間も走ると、ガラス管はたるんで筵の上につく。親方の合図で小僧は停止する。こういった毛細管入りのガラス管製造方法は四十年以前から少しも進歩してはいなかった。

房吉はガラス職人の引き出したガラス管の中から最もひずみの少ないものを選んで切り取った。彼が泉万兵衛の弟子だった時代に、寒暖計を作るには、まずガラス管の見立てからやれと仕込まれたとおりにやったのである。ガラス管の見立てがすむと、後は仕事場だけの問題である。

転倒寒暖計は水銀球部を下にして海中へ吊《つ》り下げられ、任意の深さの測定点において、下端の綱を引き上げることにより、水銀球部を上部にする、見掛け上の逆立ちを海中においてするのである。転倒寒暖計という名称が出たのはこの動作を言ったのである。

水銀球部が上になる瞬間、つまり海中において、ひっくり返る瞬間に、この寒暖計の内部において、一つの裁断がおこなわれる。即ち水銀球部の水銀と、その瞬間まで海水温度を示していた水銀糸とが分離されるのである。転倒することにより、その時の海水温度を示す水銀糸をそのまま海面上まで持ち上げて、読み取ることのできる仕組である。この転倒寒暖計の製造上の困難点をいささか誇張した表現で言えば、秘密は水銀球部の水銀と、水銀糸との分離の仕掛けにある。水銀球から僅か先端の方へ寄った毛細管に死管と称する微細な管枝《かんし》をつけておき、この死管中に僅かの空気を残存し、その空気の圧力によって、水銀の通る管、即ち活管を閉じるのである。原理は分明していたが、死管、活管、毛細管の太さ、水銀の量等が関連を持ちすぎていた。

房吉は朝のうち三時間は試作場に坐って、ガラス細工をしながら、せっせと試作品を作っていた。安春や倉造が、捨身になってこれを完成した時と条件を異にしていた。房吉がこれをやっていたからと言って、今すぐ、菅浦計器株式会社がどうにかなるという問題もなかった。房吉は楽な気持で出発した。

一年目に試作第一号を作る。一年半たったら検査合格品が出る。二年目には、この技術を会社の主だった数名の者に教える。会社内部においては秘密は持たない。三年目には量産となるだろう。転倒寒暖計が量産化し、安価に買えるようになれば、高いがために手が出せずに、安物の溜点式寒暖計を使用して、海水温度測定をしていた漁船がこれに飛びつく、需要量は飛躍する。房吉は描いた構想を他人には言わなかった。自分の胸にしまって一歩一歩それに近づくことを楽しんでいた。

試作第一号を一年目に作るという房吉の計画は予定より早く進歩して、その年の十二月には早くも六本の試作品が出来上った。見掛け上は安春や倉造の作ったものとあまり違いはなかった。

彼はそれを持って、検定所の門をくぐった。一本千円の検定料を六本分、六千円の受取りを貰った。係官は馴れた手つきで六本のうち四本を検定槽に入れながら、

「早く出来ましたね」

と言った。別に深い意味はなかった。その係官はかねて、業者達から房吉が転倒寒暖計製造に乗り出したことを聞いていたから、その試作品の到来が、思ったより早かった

と正直につぶやいたまでであった。温度が調整され、やがて圧力がかけられた。海水十メートルの水の圧力は約一当気圧に相当する。百気圧が最初にかけられた。海の深さにして、千メートルのところに、この転倒寒暖計を吊り下げたと同じ条件にしたのである。加圧操作が終り、検定槽内の鉄の円筒のふたが開けられた。係官が叫び声を上げた。水水銀球部が四本とも揃《そろ》って破裂していた。圧力に耐えられなかったのである。

「どうしたんでしょう……」

房吉はそう言って槽の内部を覗《のぞ》き込んだ。何か係官が検定槽の操作方法を間違えて寒暖計を破壊したのではないかと問い糺すような言い方だった。しかし係官はそれを房吉の単なる質問と取って、

「球部が薄すぎるか、熱処理が悪いのじゃあないですか」

と、ごく一般的な意見を述べた。

「そんなことは分っていますよ、そっちの方は大丈夫なんですか、そっちは」

房吉が検定槽の方へ顎をしゃくった。係官は意外だという顔をしただけで別に怒る様子はなかった。温厚な若い公務員であった。彼は器械の異常のないことを説明しながら、房吉の持って来た、残りの二本と、安春、倉造の作ったもの一本ずつ、合計四本を槽に入れた。圧力は四〇〇気圧、四千メートルの深海の圧力であった。安春と倉造の作ったものは圧力に耐えたが、房吉のものは二本とも、水銀球部が破壊されていた。

テストの後始末をしながら、係官は背後に物音を聞いた。振返ると、房吉が球部のない彼の寒暖計を一本一本ポキン、ポキンと折っては、屑籠に投げ込んでいた。

5

菅浦房吉は彼の試作品の転倒寒暖計が一度で検定をパスしようなどとは最初から考えていなかった。それなのに、水銀球部破壊と言う思いもかけない事故が起り、しかも眼の前で安春と倉造の製品と比較されたことは、彼の気持をすっかり変えさせた。二人のものがこわれないで、しゃんとしているのに自分のものだけがこわれたということは房吉の職人としての良心に鋭い刃を当てた。その日から、房吉は前の房吉ではなくなっていた。

試作品の球部破壊のことを聞いて、保之が、ガラスの熱処理法として、電気炉を使うことをすすめ、会社内に圧力試験槽を一台購入することをすすめた。こうすることによって、安春や倉造に追いつくことは容易であろうと力説した。しかし、房吉はこれを聞かなかった。菅浦房吉が菅浦計器株式会社を戦後十年間に一流の計器会社に仕上げたのは、すべて旧《ふる》い町工場的生産から多量生産への切りかえを断行し、成功したからである。その彼が、自らの実験に、自ら主張して来た会社の方針を曲げた時から、房吉はこの会社の経営者ではなく、同一条件で技倆を競い合おうとする一介の職人となっていた。

「電気を使わなくても、熱処理ぐらいは出来る」

房吉は、ガラス管を塩湯の中で五日間煮つめてから、五十度の湯の中に一昼夜おいた。湯の温度を一定にし、温度分布を平均化するために、徹夜で湯を攪拌《かくはん》した。結果からみれば、電気炉の中にガラス管をおき、小扇風機で空気を攪拌するのと同じであった。器械を用いずに、房吉はずっと昔のしきたり通りにやったのである。

熱処理と、球部の製造に一応自信を持った彼の作品が、間もなく検査所に運び込まれた。前が六本だから今度も六本であった。圧力試験は通った。彼の作った寒暖計の球部は四〇〇〇気圧、水深にして四千メートルの深さの水圧に耐えることが出来た。しかし転倒寒暖計の役にはたたなかった。転倒しても、水銀糸と、水銀球部とが分離されなかった。死管の製法が悪いのである。水銀は逆流した。

「菅浦さん、寒暖計を折らないで下さいよ、水銀がこぼれると厄介ですから……」

その時の係官は、いつも冗談を言う男であった。彼は房吉に笑いながら言った。房吉は、前の房吉——相手が役人でさえあれば平身低頭する房吉ではなかった。彼は係官の顔をぐっと見据えて、六本の寒暖計をわしづかみにすると、検定所からそう遠くない、皇居の濠《ほり》に向って、隙間なく通る自動車の洪水の中を横断していった。寒暖計は濠の中へ重く沈んだ。

房吉は保之と殆ど口をきかなくなった。安春や倉造と技倆を競っている意識は、以前ほど強く彼を左右しなくなった。荒野の幻想は寒暖計を折った時から全く姿を見せなかった。彼の頭を占有し、彼を指図するものは転倒寒暖計だけになっていた。水銀球を上にすると同時に、水銀糸はきらきら光りながら毛細管を走って降りて来た。死管の作用が完全ではないのだ。そのままぴたりと水銀糸を止めたいのだが、ショックを与えると水銀は流れた。

彼は終日、試作場の木の丸椅子に坐って、ガスの火に向っていた。彼の左足の下にはフイゴ、左手にガラス管、右手の人指ゆびと親ゆびにピンセット、右手の掌中には送風用のスポイトのゴムボールが小ゆびで支えられていた。

彼は死管の作用がうまくいかない理由の一つとして、水銀中に含まれた微量の空気を考えた。通常この空気を追い出すには、水銀球部をあぶることによった。気泡は追い出されたが、同時に極めて危険な水銀蒸気が発生した。水銀中毒になる原因はこの作業過程にあった。彼はこの作業さえも大しておそれる様子がなかった。水銀球部を加熱している時、球部の破裂することがあった。水銀は微細な球となって床に飛び散り、そこからも蒸発した。彼の荒れた手からも、爪の間からも、水銀は、肉体に吸収されていった。

息子の保之がこの危険な操作はやめて、真空法によって水銀を球部に入れることをすすめたが、房吉は聞き入れなかった。俺は俺の思うとおりにやるんだ。房吉の言い分はきまっていた。房吉は明治の房吉にかえっていた。

保之と賀島マキの関係はずっと進行していた。結婚の約束は二人の間で取りかわされていた。マキが初めて房吉の試作場に入って来たのはツツジの咲く頃であった。黄綬褒章を貰って以来一カ年はたっていた。

「まあ社長さんたら、こんなきたないところで……」

マキは入って来るなりそう言って顔をしかめながら窓を開けた。房吉はその声と顔を見ると、急いで丸椅子を離れた。会社の取引銀行の専務の娘の入来に対する敬意でも、やがて自分の息子の嫁になる女に対する考慮でもなかった。房吉は咄嗟《とっさ》に親方の泉万兵衛の一人娘おまつのことを思い出したのであった。その頃、おまつもそう言って仕事場によく現われたものである。おまつは仕事場に入ると四季を問わず、直ぐ窓を開けた。水銀蒸気を追い出すためであった。

〈水銀《みずがね》がおっかなくて仕事が出来るか〉

親方はこう言ってよく弟子を叱った。しかしその娘のおまつは、

〈水銀の中毒になったら、どうするのよ〉

そう言って、そこに親方が居ようが居まいが、戸を開けて外の空気を入れ、畳の上に水銀のつぶがちょっとでも光っていると、鉛の霰弾《さんだん》をばらまいて、掃除をした。水銀は鉛についてよく取れた。親方はそうする娘に別に文句は言わなかった。

〈房吉、水銀の中毒になってはだめよ、水銀中毒になった人なんかに私はお嫁に行かな

いから……〉

これはおまつが房吉の耳に秘《ひそ》かに囁《ささや》いた言葉であった。おまつは房吉より一つ年上であった。賀島マキは保之に教えられたとおりのことをした。

「ね、社長さん、水銀中毒になったらいけないから、こぼれた水銀は鉛のくずで吸い取らないといけないわ」

賀島マキは房吉の肩に手をかけた。彼はものうく立上って、まだ結婚もしないうちから菅浦家の人のように立ちまわるお嬢さんの言うとおりになった。世話を焼かれる時だけ、この大きな口のおまつとそっくりの顔付をした娘を通して、昔の位置に立っていた。

6

菅浦房吉に水銀中毒の徴候が見え始めたのは真夏の頃であった。症状はまず口臭となって現われた。房吉が一言二言しゃべっただけで、口臭は部屋中にばらまかれた。堪えられない悪臭であった。しかし保之はこの父の口臭が水銀中毒の初期症状であることに気がつかなかった。秋の終りに、食後の梨を口にした時、房吉の歯ぐきから多量の出血をした。出血はなかなか止らず、医師を呼んだ。中毒症状はかなり進行していた。房吉が転倒寒暖計の試作を開始してから一年半はたっていた。房吉の手がふるえ出したのは歯ぐきの出血とほとんど同時であった。

彼は寒暖計作りをやめなかった。オシャカ（不良品）にした寒暖計が試作場の隅に堆《うずたか》く積まれていた。こぼれた水銀や、飛散した水銀の微粒子は床の間隙《かんげき》に食い込んで、自然蒸発をしていた。房吉の下着を洗濯していた女中が、水中へこぼれ落ちる水銀の粒を発見して、保之に報告した。房吉は水銀球部を熱している最中に、破裂した水銀を頭から浴びていたのである。親戚《しんせき》を呼んで意見をさせる、医師に忠告させる、房吉の友人に彼の危険きわまる悲願をあきらめさせようとする……これらのあらゆる手段は効果がなかった。

（俺は死んだっていいんだ）

房吉はきっとこれを言った。最後に一つだけ残された道は、精神病患者として強制的に入院させるしかなかった。保之もこれだけは決心がつかなかった。誰の言うことも聞かない房吉が、賀島マキの言うことだけは聞いた。彼女が来て、おやめなさいと言うと、その時だけは叱られた猫のように、すごすごと自宅へ帰った。しかし彼女が居なくなると、すぐ試作場に現われた。

保之の指図で水銀の壺を彼の試作場から持ち出したことがあった。これはかえって房吉を激昂《げっこう》させた。彼はゆるんだ歯ぐきをがくがくさせながら、会社中をどなり歩いた末、保之にあずけてある社長印を半ば脅迫して取り上げてしまった。勝負はそれでついた。保之は社長印と引きかえに、父の行為に一さいの干渉をしないことを約束させられた。

房吉を年齢より若く見せていた黒い頭髪は光沢を失った。顔は蒼白《そうはく》となり、額に深い溝《みぞ》がきざまれ、落ちくぼんだ眼窩《がんか》の奥で眼だけが光っていた。

保之が妙な聞き込みをして来たのは、年末のごたごたしている時であった。或る貿易商が、製作番号の後にL《エル》と銘が打ってある転倒寒暖計を探しているという話であった。二月になってこの話の内容はずっと明らかになって来た。はじめ貿易商は或る国の要求どおり、安春と倉造にL型を注文して送ったところが、間もなく、この品物ではない、過去において、日本から輸入したL型は一万メートルの深海においてその圧力に耐え、しかも、百分の一度の精度を有し、かつ、経年変化が殆ど認められないものであった。それと同じものが欲しいのだと注記して品物は返送されて来た。

安春と倉造の他にLという第三者がいて、その者に安春と倉造が秘かに下請けをさせていたのではないかという噂が流布された。物好きな業者が二人にさぐりを入れた。その時の二人の強硬な否定ぶりが、狼狽《ろうばい》と伝えられ、第三者のLの存在は殆ど確実と見なされた。検査所の記録では過去においてLと銘を打ったものは、あるにはあったが、ごく少数であり、しかもこの三年間は全然検査所に検査依頼は持ち込まれてなかった。

三月になって、この問題は明らかにされた。L型と銘打った実物が、横浜に寄港した外国の海洋観測船から検査所に再検査を依頼された。製作番号の次のLはアルファベットのLではなくて、平仮名のしであった。これは泉万兵衛の一番弟子向井紫郎《しろう》の作であった。戦後全く姿を見せなくなった名人向井紫郎が三年前まで、弟子筋にあたる安春と倉造の下請けを秘かにやっていたということはどう考えても分らなかった。

「向井紫郎が生きていたのか……」

房吉は手に持ったガラス管を下において、その話を持って来た保之の顔を見た。久しぶりに見る房吉の人間らしい表情だった。向井紫郎がどういう男であるかは、房吉から聞いて保之はよく知っていた。

「お父さん、転倒寒暖計の製造の急所は向井紫郎さんが知っているんですよ、きっとそうですよ……」

房吉の眼の玉がぎろりと動いた。水銀中毒で手はたえずふるえ続けていても、頭はまだしっかりしていた。保之に言われるまでもなく房吉はすぐそれに気がついていた。

(名人の紫郎のことだ、転倒寒暖計の製造法を発明したかも知れない。しかしなぜ安春と倉造の下請けをしなければならなかったろうか)

房吉はそう考えた。紫郎を探し出さないかぎり分ることではなかった。保之が向井紫郎を探して見たいから、紫郎の特徴となるところを教えてくれるように房吉に頼んだ。房吉は反対しなかった。彼はふるえる手で古い写真を出して言った。

「生きていても顔かたちが違っているに相違ない……唯一つ変らないのは、左手の甲の上に毛の生えたホクロがあることだ……」

房吉は紫郎に転倒寒暖計の製法を教えて貰うつもりは露ほどもなかった。それにもかかわらず紫郎に会わねばならないと言う気がした。泉万兵衛の紫郎が一番弟子、二つ年下の安春と倉造がその次、房吉は更にその下になる。この四人の弟子が泉万兵衛の流れを汲んで出た、日本における寒暖計作りの正統であると心得ている房吉は、四人がそれぞれ離れて独立してはいても、

〈てめえ等、腕の争いはいくらしてもいいが、卑怯《ひきょう》なことはするでねえぞ〉

と師匠から教えられたとおり、暗闇で兄弟の足を引張るようなことをしたためしはなかった。ところが今度の紫郎が転倒寒暖計に打った手書き銘文字のしから考えられることは、紫郎、安春、倉造の間になにかよくないことがかくされているという想像であった。転倒寒暖計以外になにごとも考えなくなっていた房吉の頭に、このことがちょっぴり引っかかったが、間もなく消えた。要するに作ればいいのだ、とそう思うと、紫郎や安春や倉造はどうでもよくなった。彼は以前どおりガスの青い火に向ってガラス管をひねくっていた。

桜の花が散って、一斉に若葉が出たころ、賀島マキは三人の女友達と上野公園を歩いていた。絵を見た帰りであった。彼女等はよくしゃべって、よく笑った。上野広小路の方に向って、道がいくらか下りにかかった時、道路の脇に洗面器を置いて、その中に銭

亀を入れて売っている老人が居た。あら、ちっちゃな亀よ、と、この滑稽なほど小さい亀を一人が認めた。三人は顔を並べて洗面器を覗き込んだ。初めから買うつもりはない。老人の方もこういう客種には見むきもしなかった。白髪頭が、たえずぶるぶるふるえていた。洗面器の中の銭亀が、重なり合って、亀の梯子《はしご》を作って、すべすべした洗面器の城壁から一匹が脱出した。老人は左手を差出して、この不心得者をつかまえようとした。その手もひどくふるえていた。痙攣《けいれん》しているというふうであった。容易につかまえられなかった。老人は右手に杖を持って、上体をささえながら、左手をぐっと前に出した。

「あっ――」

賀島マキが声を放った。彼女は老人の左手に毛の生えた大きなホクロを見たのである。保之から聞いた向井紫郎の左手に行き会ったと思った。マキの叫び声で老人は亀を追う手をそのままにして振り仰いだ。眼が合った。老人の口からはよだれが流れて糸を引いていた。眼には生気がなく、顔全体はふるえ続けていた。全体的にしまりのない、痴呆の顔であった。マキを見詰めていた老人の眼がつづけて瞬きをした。と、それまで魂の抜けていた老人の眼に青い光がさした。ふるえが大きな振幅になると同時に、流涎《りゆうせん》の口元がゆがめられ、そこに力が加わった。身体全体が賀島マキの方に向って、いくらか傾斜し、すぐ逆の方にそり返った。身体中が顫《ふる》え出した。それは、賀島マキの現われるまでのこの中風ともなんとも分らぬ老人の持つ固有のものではなく、明らかに彼の意志によるものであった、老人の口から異様のうめき声が洩れた。恐怖のために思わず発せられたもののようだった。老人は右手で自分の顔を賀島マキからかくしながら、筵の上をいざって後ろへ逃げようとした。

7

賀島マキは話も、しぐさも上手だった。彼女は房吉の試作場でスカートが床に触れるのもかまわずかがみ込んで、白い手を長く伸ばして、左手の甲にホクロのある老人が銭亀を追う様子を実演してみせた。マキの背後に保之が突立っていた。房吉は椅子に腰をかけて、彼女の動作に見入っていた。

「そしてね、社長さん……私が声を上げたの……だってそのホクロに生えている毛って、とても気味が悪いんですもの」

そう言ってマキは立上ると、今度はその気味の悪いホクロのことを話すつもりで、左手の甲を房吉の方へ差出した。

「それで紫郎どんはどうした」

ずっと黙って聞いていた房吉が突然そう言った。それまでのマキの話で、その老人は向井紫郎に違いないと決めてかかっているようでもあるし、偶然に紫郎の名が口から出たようでもあった。いずれにしても、房吉の頭の中に紫郎が大きく浮び上って来ていることは間違いなかった。

「それで、その人は……」

マキは話の先を続けようとしたが、房吉の手が妙な動き方をしたので、言葉を切った。血の気のないかさかさに荒れた手だった。彼女はその手と、銭亀売りの老人の手との相似にぎくりとした。それは人間の手ではなく、手の形をした道具に見えた。彼女は一歩下って、保之の身体に支えられながら話を続けた。

「その人は私の顔を見て逃げようとするのよ、こわいものでも見るような顔をして……」

「あなたの顔を見て逃げる……紫郎どんがなぜ逃げるのだ……」

房吉は紫郎どんと再度言った。房吉はマキの話を聞いているうちに、その老人のふるえは、中風病みの顫えではなく、水銀中毒性のものであり、流涎も、歯ぐきのがたつくのも、汞毒《こうどく》の末期症状だと思って聞いていた。房吉は、数十年来、幾人となく、こうした症状になり、その殆ど全部が肺結核となって死んでいくのを見ていた。

房吉は左手にホクロのある水銀中毒患者が向井紫郎であることに間違いはないと思った。その紫郎がなぜマキの顔を見て逃げようとしたのだろうか。彼はマキの顔に眼を据えた。その顔になにかの秘密でもかくれて居そうだった。

「いやだわ、社長さん、そんなこわい顔をして……」

マキは続けて何回も瞬きをした。房吉の視線がまぶしくてやり切れないとでもいったようなふうであった。長い睫毛《まつげ》が合ったり離れたりした。泉万兵衛の一人娘のおまつの癖とそっくりだった。ひょっとすれば紫郎がマキとおまつを見違えたのではないかとも思って見た。ありそうなことだが、いくら水銀中毒でも四十年前と今をごっちゃにしているとは考えられない。たとえ見違えたっていい、なにも逃げることはあるまい。

おまつの青白い死顔が思い出された。房吉は実際におまつの死顔を見たのではないが、おまつが死んだと聞いた時、想像した顔が、そのまま彼の脳裏に焼きついていた。おまつは、泉万兵衛と房吉が大阪に出張中に水銀を多量に飲んで死んだ。書置きも遺言もなかった。彼女は細引きを膝に幾重にも巻いて、水銀を飲んでいた。原因不明の発作的の自殺であった。

房吉の頭の中におまつの死顔と、大阪から帰って来た親方の万兵衛の前で、留守をあずかっている私の不注意でしたと謝る向井紫郎の顔が交互に出たり入ったりした。その時は、留守番の三人の弟子のうち最年長者の紫郎が謝るのは当然だと考えていた。しかし、今思い出すと、その時の紫郎の顔にはなにか、そらぞらしいものがあった。

「保之、大至急自動車を呼んでくれ、上野へ行くのだ……」

房吉はそういって保之の方へよろめいていった。保之とマキが房吉の身体をささえて試作場を出た。

銭亀売りの老人はまだそこに坐っていた。保之が房吉をささえ、マキは銭亀売りの老人めがけて真直ぐに歩いていって声をかけた。

「向井紫郎さん」

老人は顔を上げた。再度の驚きは老人を逃げることさえあきらめさせた。老人はマキに向って両手を合わせた。

「紫郎どん……」

老人の頭の上から房吉が声をかけた。

「房吉ですよ、紫郎どん」

向井紫郎は前に並んでいる三人の顔を順ぐりに見た。

「これは俺のせがれで、この人はせがれの嫁になる女《ひと》だ」

房吉は紫郎に紹介してから、保之とマキに先に帰るように言った。

向井紫郎は十数年前に会った時の彼ではなくなっていた。賀島マキの話から想像したよりも、中毒症状はずっとひどかった。紫郎は口をきこうとしたが、舌がもつれて言えなかった。顎《あご》ががくがく鳴って、よだれがたれるだけである。房吉に会ったことがいろいろの意味で紫郎に衝撃を与えたようだった。こんなざまを房吉に見せたくなかったという気持、古い兄弟分に会えたという気持、それ等は紫郎の動けるだけの身体の部分を動かして一つの表情を作った。房吉にはそれが漠然とではあったが、狼狽と見えた。

「紫郎どん、四十年前に死んだおまつさんに……いや、おまつさんに似た女になぜ手を合わせにゃあならんのだ」

房吉はぐっと身体をのり出して言った。紫郎の口がきけなくても聞くことだけは出来る不幸な耳元でそう言った。

向井紫郎はその一言で叩きつけられた。彼は筵の上に這いつくばって、苦しそうに息をついた。房吉は紫郎の肩に手をかけて引起すと、もう一度同じことを言った。紫郎は房吉に向って合掌した。許せというつもりらしかった。

「俺と親方が大阪へ行っている留守に、おまつさんが死ななきゃあならないようなことをお前がやったのだな」

房吉はそう言って紫郎の肩をゆすぶった。紫郎は、ぶるぶる身体を顫わせながらも、何度か頭を上下に振って、それを肯定した。

「安春と倉造も同類か」

房吉は食いつくような声を出して聞いた。紫郎は首を横に振った。手も振った。

「しかし、二人は知ってたんだな」

房吉はつぶやいた。

紫郎がおまつを暴力で犯し、おまつが、それに死を以て抗議した秘密の全部は安春と倉造が胸の中にしまい込んだのだと想像した。その時から紫郎、安春、倉造の特殊な関係が始まったのだと読んだ。

「すると転倒寒暖計の製造法の発明者はやっぱりおまえだったのだな」

別に転倒寒暖計まで話を持っていくつもりはなかったが、ひょいとそれが口に出た。おまつの死因が分っただけでここへ来た目的は達した。四十年前に愛人を殺した犯人はそこに居た。房吉の運命を狂わせた男はそこでよだれを流している。だがそれをどうにもすることは出来なかった。又、する積りもなかった。自分に向って合掌している紫郎の両手に切れ目なく流れ落ちるよだれの糸を見ながら、早晩自分もそうなるだろうと思った。房吉は紫郎の合掌している手を放してやった。

(許してくれるか)

紫郎はそんな眼をした。それから紫郎はなにを思ったのか、杖を両手に持ち、その先を顎でささえながら、土の上に奇妙な図を書き始めた。よろよろしている二本のレールの間に土管かなにかが置かれている絵である。しかし房吉にはそれが、寒暖計の構造を表わす基本図であることが直ぐ分った。つまりそれは一本の寒暖計用毛細管の横断図である。そこまでは分ったが、その次に紫郎が書いた、つぶれた人魂《ひとだま》が土管に吸いついたような絵はなんのことだか分らなかった。紫郎が房吉の顔を見た。分るかと聞いているのである。房吉は首を大きく横に振った。紫郎は平仮名でしかい、とやっと書いた。それは転倒寒暖計の死管の製法に関するなにかを房吉に告げようとしている挙動に見えた。

なぜ紫郎が、そんなことをする気になったか房吉には分らなかった。或いは房吉が転倒寒暖計の製造にうき身をやつしていることを誰かから聞いていたかも知れない。旧悪を房吉の前でざんげした後、紫郎は四十年前の兄貴格となって、房吉に仕事を教える気になったのかも知れない。奇妙な問答が始まった。紫郎があやしげな絵を書いても、字を書いても、房吉はその部分の製法機構を理解することは出来なかった。これでも分らないのか、紫郎は昂奮《こうふん》のあまり、杖で土を打った。どこかにまだ、昔の名人紫郎の面影があった。

「そんなことじゃあ分らない、その人魂のようなガラス玉と毛細管をどうしろっていうのだ」

房吉は紫郎に言った。紫郎の頭がかすんでいて、表現出来ないのだと思った。紫郎の身体がぐっと前に延びた。二つの洗面器のうち左の方にスッポンが一匹入っていた。売るためではなく、銭亀を小さく見せるために置いてあるのだ。紫郎はスッポンのいる洗面器へ左手を入れた。引いた手の指先に、スッポンがぶらさがっていた。紫郎は顔をしかめながら、あいている右手でスッポンの頭と、かみつかれている自分の指と、地面に書いた図とを交互に示しながら、しきりに首を上下した。紫郎の指の血が乾いた土の上に音を立てて落ちた。

8

それまで房吉は転倒寒暖計の死管は毛細活管に他の毛細管を継ぎたすか、毛細活管自体をとかして曲げて作る以外に方法はないと考えていた。安春や倉造の作った転倒寒暖計を虫眼鏡でのぞくとそのように見えた。

このむずかしい工作を二年近くもかかって試みたのである。しかし製造の秘密は違っていた。死管は想像も及ばないものの変形であった。紫郎が自らの指を犠牲にして示した教授法が、房吉の眼を開かせた。

（活管毛細管が、紫郎の指だ。指に食いつくスッポンの頭が、別に挿入される空気入のガラス玉だ。スッポンの頭が指にかみつく格好は、ガラス玉と毛細管との接合である）

房吉は試作場に坐ったまま殆ど動かなかった。彼は微細な紡錘上のガラス玉を無数に作った。それをガラス管内の毛細管に接合してから、ガス火を当てる。ガラス玉の内部に含まれている空気が膨脹して逃げ道を求める。右手のピンセットで、小豆色に溶解していくガラスを押えながら、左手はガラス管をたえずくるくる廻す。足でフイゴを踏んでガス火の強さを調整する。こうして、ガラス玉に含まれた空気の逃げ道は長く延びて毛細管に岐路を作る。これだけの同じ操作を一カ月繰返してどうにか転倒寒暖計の死管は作られた。しかし、これだけでは完全でない。感部に封入される水銀の量を考慮しつつ、水銀糸と、水銀溜《だま》りと、その中間に介在するスパイラル型のガラス管、それらの接合の間に一つの妥協が成立しないかぎり、正常位置では水銀は自由に上下し、転倒位置では水銀糸は分離されるという条件がなり立たない。

房吉は黙々としてガス火と向い合っていた。オシャカがいくつできても気にしなかった。試作場に保之が訪れても、以前のように怒鳴り立てなかった。不思議にいらいらしたところが見えなかった。はっきり見える山の頂上に向って、変らぬペースで登っていく人の姿に見えた。

房吉は向井紫郎の暗示を信用しきっていた。実際にそれを手掛けて見て、この方法によるしかないことを知った。後は時間と腕だ。時間は限りがないが、彼の腕は、腕と言う職人言葉では、この二年間ずっと上っていたが、水銀中毒の症状もまた前進していた。よだれこそ出さないが、彼の顔は微顫《びせん》をやめなかった。腕も足もそうだった。

房吉は気力で身体を押えつけていた。ガス火に、ガラス管を当て、澄明な固体がアメ色から美しい血の色に変っていくのを、ピンセットで押え、管を廻しながら、ガラス玉を封入する、きわどい仕事になると、ふるえる手先がぴたりと止った。水銀球部と管との接合の時には呼吸を止めた。あらゆる心と身体の精力が、青いガス火とガラス管と、そして水銀に向けられた。試作場に居残ったまま、自宅に帰らない時があった。

梅雨に入って、じめじめした暗い試作場の中で、昼も夜も、ガス火に顔を照らされている房吉の顔は幽鬼のようになった。水銀中毒の症状は急速に進んだ。彼はしばしば、仕事をしていながら、ガラス管を取り落すことがあった。瞬間的だったが、頭の中がからになる時である。頭の中の血が一斉に引いていったような感じであった。この症状を意識してから、房吉は少々あわてた。彼の試作はもう完成一歩手前のところまで来ていた。彼は水銀をルツボに入れて、ガス火にかけて、その蒸気を嗅《か》いだ。自殺行為と同じほどの危険な行為であった。そうすると、毒が毒を制するのか、一時的にふるえが止った。

保之は父が最後の非常手段を講じてまで、寒暖計作りにうち込んでいるとは思っていなかった。試作場に入っても怒鳴らないし、間もなく、この研究が完成するから、それまで口を出してくれるな、出来上ったら、山の温泉へ保養に行くからと、常識的のことを言うのを父親の本心だと信じこんでいた。

梅雨の中休みが三日続いた。試作場の窓が久しぶりで開かれ、そこに房吉が坐って庭を見て考え込んでいた。珍しく房吉の前のガスの火が消えていた。

「保之、俺はお前とマキさんだけにやって見せたいのだが、お前は学問をやりすぎている……工場の主だった者を呼んでくれ」

房吉は保之にそう言った。ひどく気を落した言い方だった。やって見せたいと言うのが、転倒寒暖計の製法だと言うことは分り切っていても、父の言葉がまるで遺言のために親類中を集めろと言う風に聞えた。

房吉は集まった人の中から、賀島マキだけを手招いて、彼のそばの丸椅子に腰かけさせた。一言も言わない。笑顔もなかった。

ガスに火が点じられ、房吉の手にガラス管が持たれた。それからは、房吉がフイゴを踏む音と、ピンセットを動かす音、ガラス管を机上に置く乾いた音の他にはなにもなかった。保之の他に職人は五人居た。どの職人も寒暖計を十年以上手がけた者ばかりであった。

職人達は社長が偉大なる職人であることに驚嘆し、日本では安春と倉造しか作れなかった転倒寒暖計の製法の秘伝が、眼の前にさらけ出されていくのを、手に汗をして眺めていた。一度見たら、もう俺達のものだ、職人達はみんなそう考えていた。

保之は別の考えで見守っていた。製法の秘密は公開されたが、個々の細部については個人の秘芸に属するであろう。カンとコツによるその秘芸の一部一部について、例えば、ガラス玉ならガラス玉、水銀球部なら球部を同一人に作らせて、これをまとめたら、狭義の量産は出来るだろう。房吉の実験を見ている六人の口と手をふさぐことはもはや出来ない。これで転倒寒暖計の製法は明るみに出たのだと思った。安春は猛犬を三頭飼って、邸内に人を近づけない。倉造は家のまわりに鉄条網を張り、鉄の窓をおろして、太陽にもその製法を盗まれまいとしている。その二人も、間もなくお手上げとなるだろう。

明治から大正にかけての家庭工業が、眼の前で終止符が打たれようとしているのだ。保之は父に向って、しばらく休むように言った。それをマキが受けついで房吉に大きな声で伝えた。

数日後、房吉の製造した転倒寒暖計六本は保之によって検定所に運ばれて検査を受けた。すばらしい成績で、検定検査をパスした。海の深さ一万メートルの圧力に耐え、精度は百分の一度であり、水銀の逆流はなかった。

房吉は自分の仕事が成功したことを疑わなかった。検定所の係官が自分の作った転倒寒暖計の性能に驚きの眼を見張って、保之を囲んで、いろいろ聞いている様子が眼に見えた。

「菅浦さんはもう一つ黄綬褒章をもらってもいいですね、それだけの価値はある」

いつも冗談を言う係官の声が聞えた。房吉は二年前の感激の夜を思い出した。長いことお目に掛らなかった自分の勲章を見たくなった。

大事にしまってあった勲章はもとのままだった。胸に吊って見たいと思った。しかし勲章をつるにはあまりにも仕事着はよごれていて、勲章に対して不敬であるような気がした。彼は、ふるえる手でモーニングを出した。

型にはまったモーニングは、房吉の身体に縄をかけたようにしめつけた。彼は勲章をつけ洋服簞笥《だんす》の鏡の前に立って全身を映してみた。眼の落ちくぼんだ蒼白の顔をした老人が立っていた。生きている人の顔ではなかった。そこには自分の死骸がモーニングを着て立っていた。

冷たい風が鏡と房吉の間を吹き過ぎると、彼は荒野に向って歩いていった。

ことごとくの萱は折れ尽していた。房吉は荒野に立っていた。

保之が帰宅した時には房吉の姿はなかった。仕事着が脱ぎすててあった。

房吉の行方不明は、同業者全部に知らされた。安春も倉造も、房吉の失踪《しっそう》について本気になって探し廻った。向井紫郎のところへ行ったのではないかという疑いはあったが、三年前に、水銀中毒で姿を消して以来、住所はわからなかった。上野の山には居なかった。

芝公園の池のほとりに房吉と紫郎がいることを知らされて、関係者が馳《は》せつけたのは、梅雨明けの暑い日であった。

二人は十間も離れて銭亀を売っていた。房吉に向って、保之とマキが家へ帰るように言っても、房吉は返事をしなかった。痴呆のような顔付をしていた。口からたえ間なくよだれが流れ落ち、全身はふるえ続けていた。安春と倉造が、片方ずつ房吉の腕を取って、

「おい房吉、家へ帰るのだ、家へ」

そう言った。房吉はかぶりを振った。よだれが胸の上で入り乱れて光った。

着て出たモーニングのかわりに、よれよれのズボンと、ほころびたシャツを着込んでいた。その胸のあたりに勲章が吊ってあった。よだれで汚れた玩具《おもちゃ》のように見えたが、それが二年前の祝賀会の席上で房吉の胸に輝いていた黄綬褒章の変り果てた姿であった。

深海用転倒温度計は現在も尚その製法はきわめてむずかしく、わが国においては吉野計器製作所と渡辺計器製作所が、年産合計約一五〇〇本を製作し国内の需要をまかなうほか、諸外国に輸出している。

解説

熊谷達也

きわめて個人的な話で恐縮なのだが、新田次郎作品とは、私の読書人生の中で二度、大きな出会いをしている。

最初の出会いは高校生のときで、作品は『アラスカ物語』（一九七四年新潮社刊）だった。

当時の私にとって、普通であれば手を出さないたぐいの本である。というのも、そのころせっせと読んでいたのは、海外のＳＦやミステリーを中心とした翻訳ものばかりで、日本文学は学校の教科書で触れるだけという、かなり偏った読書をしていたからだ。その私が『アラスカ物語』を手にしたのは、読書感想文コンクールの課題図書だったことによる。

明治元年に宮城県石巻に生まれた安田恭輔（のちにフランク安田）は、十五歳で見習い船員としてアメリカに渡ったあと、アラスカ北部での遭難をきっかけに、先住民のイヌイット（作中ではエスキモーとの表記）と深く交流を持ち、やがてリーダー的存在となってひとつの村を築くことになる。先住民たちから尊敬され、「ジャパニーズ・モーゼ」とも呼ばれた彼の生涯（第二次世界大戦をはさんだことで決して幸福な晩年ではなかったが）を丹念に描いた作品だ。

半世紀も前に読んだ本なので、細部はすっかり忘れてしまっているものの、読んでいるあいだ中、真夏にもかかわらずとにかく寒い思いをしたことだけは鮮明に覚えている。肌感覚としてあれだけ寒い思いをした読書体験はいまに至るまで皆無に近い。

そのときと同じような読書体験を、それから四半世紀あまり経って、再び新田次郎作品で味わうことになる。新田次郎の処女作であり、第三十四回直木賞受賞作でもある『強力伝』を読んだときだ。

強力《ごうりき》とは、徒歩で山小屋への荷揚げ作業を行う人々のこと。作中の強力小宮正作は、五十貫（百八十七・五キログラム）もある花崗岩《かこうがん》の風景指示盤を背負って、白馬山頂にのぼることになる。今度は寒いのではなく、苦しかった。全身にずしりと伸《の》し掛《か》かる桁外れの重量に、読んでいるあいだ中、息が詰まり、えもいわれぬ疲労感に襲われた。当時デビューから三年目で駆け出しの小説家だった私は、ひとりの書き手として圧倒され、言葉を失って立ち尽くすしかなかった。とりわけ印象深く心に刻まれたのは、小宮がついに花崗岩を山頂に運び上げたあとの描写だ。「――そこで彼は血のように赤い小水をした。」とあるだけなのだが、このわずかな一文に、強力という仕事の過酷さがすべて凝縮されている。

新田次郎作品の大きな魅力のひとつであるこの「肉体性」あるいは「身体性」がどこから来るのか、さまざまな批評家によって語られてきてはいるものの、少し違った視点から触れておきたい。

『サピエンス全史』で広く知られるようになったイスラエルの歴史学者ユヴァル・ノア・ハラリが、人類の未来を予測した著作『ホモ・デウス』のなかで、サピエンス（現生人類）は三重の現実のなかで生きている、と述べている。オオカミやチンパンジーは、岩や木や川といった自分の外にある客観的なもの（ひとつめの現実）をよく知っていると同時に、恐れや喜びや欲求といった自分の中の主観的な経験（ふたつめの現実）も自覚しており、二重の現実のなかで生きている。それに対してサピエンスは、三重の現実のなかで生きているという。ハラリによれば、サピエンスにとっての三番目の現実とは、お金や神々、国家、企業についての物語である。どれも客観性もなければ主観的な経験でもない。ここで肝要なのは、この三つめの現実が「物語」であるという点だ。つまり、サピエンスが言葉を獲得することによって構築が可能になった、幻想とも言える仮想の世界であるものの、私たちにとっては、それなしでは生きることができない紛れもない現実なのである。

だからこそ、サピエンスの世界では「物語」としての「小説」がごく自然に成立する。言葉によって創造されたいわゆるフィクションは、お金や神々、国家、企業についての物語と、なんら変わらぬ現実なのである。

私たちが小説世界に没頭しているときは、先の二つの現実との回路が遮断されているのが普通だ。座っている椅子の硬さや背もたれの感触が意識にのぼって来ることもないし、明日の食べ物を案じて不安を覚えることもない。それは、読み手側の資質や努力に頼る部分もあるのだが、それよりも、小説の書き手の技量によるところが大きい。巧みな書き手は、文章や文体、ストーリイを駆使して、ほかの二つの現実にアクセスするドアを巧妙に閉ざしているのである。

その物語に引き込む力が、新田次郎の多くの作品は並外れて強い。しかもである。技巧がどうのと些末な部分にこだわるような姑息なことを考えなくてもなにも困ることはない、と言わんばかりのごつごつした手触りの文章が、誤解を恐れずに言えば、物語世界のなかで読み手を執拗に痛めつける。それが「肉体性」や「身体性」というキーワードに結びつくのだが、いったいなにがそうさせるのか、具体的かつ明確に答えるのはとても難しい。

だが、そのヒントになりそうなものを、今回復刻された作品集『火の島』を読んで発見できた気がする。

表題作の『火の島』とは、東京から六百キロメートル近く離れた伊豆諸島南部に位置する火山島、鳥島のことである。その名の通りアホウドリの一大生息地で、羽毛や食肉を目当てに、かつては人が住んでいた。だが、明治三十五年八月の噴火で出稼ぎ労働者百二十五人全員が死亡したのをきっかけに、その後もアホウドリの捕獲は続けられたが、大正期には無人島に戻った。その後、南方海上の気象状況を知るための気象観測所が設けられるのだが、昭和四十年の秋、台風の夜に、観測員の房野八郎は噴火が迫っているようないやな予兆を感じる。のみならず、同じ夜に三人乗りの小型漁船が遭難して、船長は救助できたが、ひとりが行方不明に、もうひとりの乗組員が死亡するという不吉な出来事が重なる。それがきっかけになったかのように、地震と火山性微動が頻繁に観測され始めるものの、気象庁からは「今回の地震は直接火山の噴火と関係はないと判断される」との電信が送られてくる。収容した遺体から死臭が漂い始めるなかで、一刻も早い避難かそれとも島に踏みとどまるか、その選択を迫られる職員たちの葛藤が克明に描かれており、長年気象庁に勤めていた著者でなければ書けなかっただろう作品になっている。

この表題作もさることながら、より注目されるべきは、今回の復刻版にも収録されている二編の短編『毛髪湿度計』と『ガラスと水銀』かもしれない。

現在ではデジタル化され、一般家庭にも当たり前に普及している湿度計であるが、以前は湿度による毛髪の伸縮性を利用した「毛髪湿度計」が製造され、初期のころは、北欧女性の金髪が最良の素材として使われていた。

作品の舞台は、戦時下にある一企業の研究室である。日本女性の毛髪で造ることができれば大いに宣伝になるとの社長の発案で、研究員の喜村正一が開発に携わることになる。最初、喜村は乗り気ではない。日本女性の黒髪が湿度計の素材には向かないことをすでに知っていたからだ。ところが、研究室の助手として配属された社長の姪、十九歳の園子の毛髪が抜群の成績を示したことで、吉村は一変し、強い執着を女性の毛髪に抱くようになる。遺体からも毛髪を採取しようとする異常なまでの執着や、湿度計の開発にかける執念は、薄気味悪くあるとともに、性描写は一切ないにもかかわらず、妖しいエロチシズムを垣間見させる。この匙加減が実に秀逸で、機器の開発研究という無機質なテーマに人間臭さを存分に与えている。

『ガラスと水銀』は海中の温度を測定する転倒寒暖計の製造をめぐる技術者の執念を描いた作品だ。転倒寒暖計の原理は作中に示されているので割愛するが、その製造は極めて難しく、神業的な技術を持つ職人でないと不可能で、世界中でドイツにひとり、日本にふたりの三名しかいなかった。主人公は計測機器製造会社の社長、菅浦房吉であるが、元々は職人であった。会社経営は順調だったものの、昔のふたりの兄弟子から、貴様には転倒寒暖計は作れない、と揶揄されたのをきっかけに、自らの手で造る決意をする。

経営者からひとりの職人に戻った房吉の執念はすさまじい。が、製造は困難をきわめ、失敗の連続が続いていたところで、行方不明と思われていたもうひとりの兄弟子が見つかり、製造法の秘密を明かしてもらえるのだが、職人が扱う素材はガラスと水銀である。兄弟子は水銀中毒でまともに喋れないほどにまで衰えており、それはまた安吉の近い未来の姿でもあった。

『火の島』に収録されたこの三作品から浮かび上がってくるのは、文学者であると同時に科学者としての顔も持っていた新田次郎である。ものごとを客観的に、そして俯瞰的に見つめる科学的な眼差しを持っているからこそ、人間を描いてここまで説得性を持った作品を産み出せたのかと、妙に納得した次第だ。それを踏まえたうえでいま一度ほかの作品も読み返してみると、随所に懐の深い科学者としての眼差しを読み取ることができ、それが新田次郎作品の「肉体性」や「身体性」を下支えしていることがよくわかる。

現代は、ハラリが言う第三の現実が肥大化して、先のふたつの現実を支配しようとしている時代かもしれない。だがしかし、「なあきみ、所詮人間は食わなければ生きていけぬ動物であるとともに、自然の前では実にちっぽけな存在にすぎんのだよ」と、この道の大先輩はあの世で笑っているに違いない。

（くまがい・たつや　作家）

本書は、一九七六年五月三〇日に新潮文庫として刊行されたものを文庫化したものです。

本書のなかには、今日では差別的とも受け取れる表現がありますが、作品の歴史価値と著者が故人であることを考慮し、そのまま収録しました。

いい子は家で　青木淳悟

母、兄、父、家事、間取り、はては玄関の鍵の仕組みまで、徹底的に「家」を描いた驚異の「新・家族小説」。一篇を増補して待望の文庫化。（豊﨑由美）

青春と変態　会田誠

著者の芸術活動の最初期にあり、高校生男子の暴発するエネルギーを、日記形式の独白調で綴る変態的青春小説もしくは青春的変態小説。（松蔭浩之）

うなぎ　浅田次郎選　日本ペンクラブ編

庶民にとって高価でも何故か親しみのあるうなぎ。そのうなぎをめぐる人間模様。岡本綺堂、井伏鱒二など、小説九篇に短歌を収録。（平松洋子）

カレーライスの唄　阿川弘之

会社が倒産した！　どうしよう。美味しいカレーライスの店を始めよう。若い男女の恋と失業と起業の奮闘記。昭和娯楽小説の傑作。（平松洋子）

ぽんこつ　阿川弘之

文豪が残した昭和のエンタメ小説！　時は昭和30年代、知り合った自動車解体業「ぽんこつ屋」の若者と女子大生。その恋の行方は？（阿川佐和子）

末の末っ子　阿川弘之

五十代にして「末の末っ子」誕生を控えた作家・野村耕平は、執筆に雑事に作家仲間の交際にと大わらわ。昭和ファミリー小説の決定版！（阿川淳之）

あひる飛びなさい　阿川弘之

敗戦のどん底のなかで、国産航空機誕生の夢を実現させようとする男たち。仕事に家庭に恋に精一杯生きた昭和の人々を描いた傑作小説。（阿川淳之）

家が呼ぶ　朝宮運河編

ホラーファンにとって永遠のテーマの一つといえる「こわい家」。屋敷やマンション等をモチーフとした逃亡不可能な恐怖が襲う珠玉のアンソロジー！

宿で死ぬ　朝宮運河編

瀟洒なホテル、老舗の旅館、秘湯の湯煙……古今東西さまざまな怪奇譚の舞台となってきた「宿」をテーマに、大人気作家たちの傑作短編を一挙に集結！

秘本大岡政談　井上ひさし

こんな大岡様は観たことない。江戸城書物奉行が観た大岡裁きの秘密を描く表題作をはじめ単行本未収録作品5篇に明治物2篇を収録。（山本一力）

おれたちと大砲　井上ひさし
家代々の尿筒掛、草履取、駕籠持、髪結、馬方、いまだ修業中の彼らは幕末の将軍様を救うべく、奮闘努力、東奔西走。爆笑、必笑の幕末青春グラフィティ。（山根基世）

倚りかからず　茨木のり子
もはや／いかなる権威にも倚りかかりたくはない……話題の単行本に3篇の詩を加え、高瀬省三氏の絵を添えて贈る決定版詩集。（山根基世）

十六夜橋 新版　石牟礼道子
不知火（しらぬい）の海辺に暮らす人びとの生と死、恋の道行き、うつつとまぼろしを叙情豊かに描く傑作長篇。第3回紫式部文学賞受賞作。（米本浩二）

うれしい悲鳴をあげてくれ　いしわたり淳治
作詞家、音楽プロデューサーとして活躍する著者の小説＆エッセイ集。彼が「言葉」を紡ぐと誰もが楽しめる「物語」が生まれる。（鈴木おさむ）

こちらあみ子　今村夏子
あみ子の純粋な行動が周囲の人々を否応なく変えていく。第26回太宰治賞、第24回三島由紀夫賞受賞作。書き下ろし「チズさん」収録。（町田康／穂村弘）

さようなら、オレンジ　岩城けい
オーストラリアに流れ着いた難民サリマ。言葉も不自由な彼女が、新しい生活を切り拓いてゆく。第29回太宰治賞受賞・第150回芥川賞候補作。（小野正嗣）

笛ふき天女　岩田幸子
旧藩主の息女に生まれ松方財閥に嫁ぎ、四十歳で作家獅子文六と再婚。夫、文六の想い出と天女のような純真さで爽やかに生きた女性の半生を語る。

炎のタペストリー　乾石智子
〈火の鳥〉に魔法を奪われたエヤアルに突然生じた能力が、彼女を陰謀と戦火渦巻く世界に誘う。人気ファンタジー作家の新境地が文庫化。（池澤春菜）

小説の惑星 ノーザンブルーベリー篇　伊坂幸太郎編
小説って、超面白い。伊坂幸太郎が選び抜いた究極の短編アンソロジー、青いカバーのノーザンブルーベリー篇！　編者によるまえがき・あとがき収録。

小説の惑星 オーシャンラズベリー篇　伊坂幸太郎編
小説のドリームチーム、誕生。伊坂幸太郎選・至高の短編アンソロジー、赤いカバーのオーシャンラズベリー篇！　編者によるまえがき・あとがき収録。

男流文学論　上野千鶴子／小倉千加子／富岡多恵子

「痛快！　よくぞやってくれた」「こんなもの文学批評じゃない！」　吉行・三島など〝男流〟作家を一刀両断にして話題沸騰の書。（斎藤美奈子）

羊の怒る時　江馬修

激動する大地、飛び交うデマ、虐殺される朝鮮人……関東大震災を自らの体験をもとに描いた記録文学の金字塔。（天児照月／西崎雅夫／石牟礼道子）

なつかしい本の話　江藤淳

本がなければ、生存を続けていられなかった……。昭和を代表する文芸批評家の若き日の不遇を支え、同時に血肉になったその読書歴。

清水町先生　小沼丹

小沼丹が、師とあおぐ井伏鱒二について記した随筆、解説を精選して集成。人となりと文学を描き出し、語りつくした一冊。（庄野潤三）

尾崎翠集成（上）　尾崎翠／中野翠編

鮮烈な作品を残し、若き日に音信を絶った謎の作家・尾崎翠。この巻には代表作「第七官界彷徨」をはじめ初期短篇、詩、書簡、座談を収める。

尾崎翠集成（下）　尾崎翠／中野翠編

時間とともに新たな輝きを加えてゆく尾崎翠の文学世界。下巻には『アップルパイの午後』などの戯曲、映画評、初期の少女小説を収録する。

沈黙博物館　小川洋子

「形見じゃ」老婆は言った。死の完結を阻止するために形見が盗まれる。死者が残した断片をめぐるやさしくスリリングな物語。（堀江敏幸）

注文の多い注文書　小川洋子／クラフト・エヴィング商會

バナナフィッシュの耳石、貧乏な叔母さん、小説に隠された〈もの〉をめぐり、二つの才能が火花を散らす。贅沢で不思議な前代未聞の作品集。（平松洋子）

尾崎放哉全句集　村上護編

「咳をしても一人」などの感銘深い句で名高い自由律の俳人・放哉。放浪の旅の果て、小豆島で破滅型の人生を終えるまでの全句業。（村上護）

ノベライズ　太陽にほえろ！　岡田晋吉編

マカロニの登場、ジーパンの殉職など、伝説的な神回のノベライズを収録。シンコ（高橋惠子）との特別対談も付す。七曲署の熱い男たちが文庫で蘇る！

ちくま文庫

火《ひ》の島《しま》

二〇二四年十月十日　第一刷発行

著　者　新田次郎（にった・じろう）
発行者　増田健史
発行所　株式会社　筑摩書房
東京都台東区蔵前二―五―三　〒一一一―八七五五
電話番号　〇三―五六八七―二六〇一（代表）
装幀者　安野光雅
印刷所　星野精版印刷株式会社
製本所　加藤製本株式会社

ISBN978-4-480-43985-7 C0195